Janke.

Een Italiaans geheim

W0382994

boekerij.nl

Ella Carey

Een Italiaans geheim

Twee vrouwen. Twee tijden.
Een hartverscheurend geheim.

Vertaald door Renée de Graaf

BOEKERIJ

ISBN 978-90-492-0496-9
ISBN 978-94-023-2442-6 (e-book)
ISBN 978-90-528-6811-0 (audio)
NUR 302

Oorspronkelijke titel: *An Italian Secret*
Vertaling: Renée de Graaf
Omslagontwerp: Debbie Clement Design, bewerkt door
DPS Design & Prepress Studio
Omslagbeeld: © Shutterstock
Zetwerk: Mat-Zet b.v., Weesp

© 2023 Ella Carey. First published in Great Britain in 2023 by Storyfire Ltd trading as Bookouture.
© 2024 Nederlandse vertaling Meulenhoff Boekerij bv, Amsterdam

Alle rechten voorbehouden. Niets uit deze uitgave mag worden verveelvoudigd, opgeslagen in een geautomatiseerd bestand, of openbaar gemaakt in enige vorm of op enige wijze, hetzij elektronisch, mechanisch of enige andere manier, zonder voorafgaande schriftelijke toestemming van de uitgever. Tekst- en datamining van (delen van) deze uitgave is uitdrukkelijk niet toegestaan.

All rights are reserved, including those for text and data mining, AI training and similar technologies.

Voor Kelli

HOOFDSTUK 1

CALIFORNIË, HET HEDEN

ANNIE

Annie verlangde er hevig naar dat de woorden die ze vanochtend had gehoord zouden worden opgeslokt door de verraderlijke zee die in de diepte langs de kustweg kolkte. Dat was het enige wat zou helpen om niet te stoppen, de auto uit te stappen, de frisse zilte lucht diep in te ademen, tegen de vangrail aan te leunen en haar tranen die achter haar ogen brandden, de vrije loop te laten.

Ze trapte het gas in en pakte de kartonnen koffiebeker die ze in Monterey had gekocht. Het was al haar derde vanochtend en terwijl ze de beker aan haar mond zette, beefde haar hand. Ze had gisteravond tot ver na middernacht doorgewerkt; ze had de catering gedaan voor een feestje in een van de beroemde vrolijk geschilderde 'Painted Ladies'-huizen in San Francisco. De klant wilde een Frans thema voor het verjaarsfeest, dus had Annie bontgekleurde macarons gebakken die bij het felroze van het huis pasten en ook nog kleine, met chocolade bedekte eclairs en perfecte miniatuur tartes tatin.

Annie stopte bij de barokke toegangshekken naar het privéterrein waar haar vader woonde, vlak bij Carmel-by-the-Sea. Ze haalde haar pas langs de kaartlezer terwijl ze ongeduldig met haar vingers op het stuur trommelde en wachtte tot het hek zich – tergend langzaam – opende. Zodra er genoeg ruimte was om door te rijden, volgde ze de privéweg die zich naar boven slingerde naar het prachtige huis van haar vader. Voor zijn huis stond geen hek; je had direct zicht op het witgeschilderde houten huis dat fier op de top van de klif verrees. Daar was Annie opgegroeid. Ze veegde een traan van haar wang.

Ze bracht de auto tot stilstand, zette de motor af en sloot haar ogen. Ze dacht aan het gevreesde telefoontje waar ze zo bang voor was geweest.

'Annie, schrik niet, maar papa heeft een beroerte gehad. Kun je je afspraken afzeggen en zo snel mogelijk hierheen komen?'

Annies oudere broer Paul had haar duidelijk gemaakt dat het moment was aangebroken om bij haar vader thuis afscheid te komen nemen.

Buiten zichzelf van angst en bezorgdheid had ze gevraagd in welk ziekenhuis hij lag; ze was meteen uit bed gestapt, had haar sleutelbos, telefoon en handtas gepakt, ze had een oude spijkerbroek aangetrokken en haar lange blonde haar in een slordige paardenstaart gebonden terwijl ze fronsend naar de donkere kringen onder haar blauwe ogen staarde.

'Hij is thuis. De dokter zei dat het geen zin heeft om hem nu nog te vervoeren...'

Thuis dus, waar hij al bijna een jaar tegen zijn ziekte vocht; hij weigerde naar het ziekenhuis te gaan. In plaats daarvan had hij particuliere zorg ingehuurd, een verpleegkundige, en de meeste dagen had hij naar het uitzicht op zee gestaard, geheel in beslag genomen door zijn gedachten, steeds verder weg van zijn gezin. Annie was elke dag die ze niet hoefde te werken naar zijn huis bij Carmel-by-the-Sea gereden met boodschappen voor hem; ze had etenswaren uitgezocht en steeds genoeg maaltijden voor de komende dagen bereid die ze voor hem kon invriezen. En ze had de bezorgde telefoontjes van vrienden beantwoord.

Ze had alles geprobeerd om hem terug te brengen naar de realiteit, had hem koffietafelboeken over architectuur gebracht om hem te inspireren. Hij was niet zo'n romanlezer en had het altijd heerlijk gevonden om foto's te kijken van mooie huizen en tuinen. Maar de laatste tijd viel het Annie op dat zelfs zijn passie daarvoor tanende was. Haar vader was ergens in verstrikt geraakt, verdwaald in het verleden misschien.

De boeken had hij niet aangeraakt en al wist Annie dat er iets veranderd was bij hem, toch was ze blijven geloven dat hij erbovenop zou komen; ze kon zich een leven zonder hem niet voorstellen.

Annie opende het portier en stapte uit, haastte zich over het grind van de oprit naar boven naar haar oudere zus Monica, die in de deuropening stond.

Monica kwam onmiddellijk naar haar toe en begroette haar met een moederlijke omhelzing, maar haar perfect gekapte, korte donkere haar, haar prachtig opgemaakte gezicht en haar stijlvolle blauwe zomerjurk namen Annies bange voorgevoel niet weg.

'Komt goed,' fluisterde Monica. 'Komt goed, echt.'

Hoezo komt het goed? Annie deed geen moeite om de tranen weg te vegen die over haar wangen rolden.

Ze stak haar arm door die van Monica en liet zich mee naar binnen voeren.

Annie hief dapper haar kin op bij de vertrouwde aanblik van de foto van papa en hun overleden moeder Valerie, op een tafeltje tegen de muur in de enorme hal, naast de telefoon onderaan de elegante trap die in een bocht omhoogliep naar de bovenste verdiepingen. De foto stond al zo lang als Annie het zich kon herinneren op dezelfde plek. Papa en mama gearmd buiten in de tuin van dit prachtige huis. Ze was haar moeder verloren en nu was haar vader ook terminaal.

Terwijl ze met Monica de woonkamer in liep, aarzelde ze bij elke stap, zo erg zag ze ertegen op. Het uitzicht dat de hoge ramen van vloer tot plafond boden op de uitgestrekte blauwe oceaan was adembenemend. Er was niets te merken van de kolkende onderstroom die in de diepte de rotsen geselde. Vanaf deze hoogte zag je alleen de glinsterende zon op het water en een voorbijvarend jacht. Annie zag twee benen over de rand bungelen, mensen die genoten van een dagje op het water.

Haar adem stokte toen ze haar vader door kussens ondersteund zag liggen in het ziekenhuisbed dat hij had aangeschaft zodat hij thuis kon blijven. De verpleegkundige stond vlak naast hem en Paul stond met zijn handen in zijn zij over de oceaan te staren. Vanochtend vertelde hij dat de dokter twee uur was geweest en na zijn ochtendspreekuur zou terugkomen.

Bij het geluid van Annies en Monica's voetstappen draaide Paul zich om, zijn donkere wenkbrauwen in een bezorgde frons.

'Hij houdt vol tot hij afscheid van jou heeft kunnen nemen, Annie,' mompelde Paul. Hij zuchtte vermoeid terwijl hij Annies gezicht monsterde.

In tegenstelling tot Monica wond Paul er geen doekjes om dat het allemaal niets meer uithaalde. Monica had papa de afgelopen maanden met moederlijke zorg omringd, maar Paul had zichzelf nauwelijks in de hand gehad. Het aantal keren dat Annie 's avonds laat door hem gebeld was en hij volledig over zijn toeren leek, was niet te tellen. Hij maakte zich druk omdat papa per se zijn ziekbed thuis wilde, om wat ze met het grote huis aan moesten, of ze hem niet naar een verpleeghuis of hospice moesten brengen en waarom hij in godsnaam niets wilde horen over een ziekenhuis. Paul ging tekeer over het feit dat hun vader zich bij zijn lot had neergelegd, over zijn gebrek aan vechtlust. Eén keer had hij met schorre stem tegen Annie gezegd dat hij er niet meer tegen kon dat papa het had opgegeven.

Paul had papa aangespoord om alles te proberen: elk nieuw medicijn, elke alternatieve behandelmethode. Hij had gebedsgenezers thuis uitgenodigd en uiteindelijk had papa een oude hand op zijn zoons schouder gelegd en hem gezegd dat het volstrekt natuurlijk was wat er gebeurde en dat hij zich niet tegen zijn levenseinde zou verzetten. Papa wist dat het zijn tijd was. Hij had gezegd dat zijn lijf een manier probeerde te vinden om te sterven.

Annie had haar vaders filosofische benadering willen omarmen en had zich gestort op waar ze goed in was – hem steunen en voor hem koken – maar nu stond ze oog in oog met de werkelijkheid en wist ze dat het nog maar een kwestie van enkele uren was voordat ze afscheid moest nemen.

'Annie.'

Annie snikte kort en haastte zich in de richting van het dierbare stemgeluid van haar vader. 'Ik ben er,' kreeg ze nog net over haar lippen terwijl het verdriet zich als een korset rond haar ingewanden snoerde.

Zijn ogen waren dicht en zijn papierachtige huid zag bleek. Hij was de afgelopen maanden zo afgevallen dat ze hem nog nauwelijks herkende.

'Ik ga hem zo de morfine geven,' fluisterde de verpleegkundige. 'Daarna raakt hij buiten bewustzijn. Hij wilde op jou wachten, Annie.'

Annie knikte de verpleegkundige toe, leunde over het bed en greep haar vaders roerloze hand. 'Papa?' fluisterde ze. 'Ik hou van je.' *Wat viel er nog te zeggen?*

'Ik ook van jou,' prevelde papa. De vooral binnensmondse klanken waren toch duidelijk verstaanbaar voor Annie.

'Ik wil geen afscheid nemen,' fluisterde ze en ze voelde het onmiskenbare gewicht van zijn hand op die van haar. Precies zo hadden ze enkele maanden geleden samen gezeten, toen de diagnose uitzichtloos leek.

Terwijl haar hoofd tolde en ze paniek voelde bij de gedachte aan een leven zonder hem, haar lieve vader – ze wilde hem terug, ze wilde meer tijd voor al die dingen die ze nog niet besproken hadden samen... – begon hij met diepe stem te murmelen. Annie probeerde er uit alle macht iets van te begrijpen.

Monica kwam erbij en ging aan de andere kant van het bed staan. 'Wat zeg je, papa?' vroeg ze.

'Een brief,' zei hij met uiterste krachtsinspanning. Zijn stemgeluid klonk geforceerd. 'In mijn bureaula, mijn werkkamer, voor Annie.'

Wat stond erin? Waarom kwam hij er nu mee? Als het zo belangrijk was had hij die toch wel eerder kunnen geven?

Ze was zich vaag bewust van de verpleegkundige tegenover haar, die de medicatie tevoorschijn haalde.

'Het is tijd,' zei de verpleegkundige zacht en vriendelijk.

'Ik hou van je,' fluisterde Oscar. 'Annie. Mijn lieve kind.'

'Dag papa. Ik ook van jou. Voor altijd,' bracht Annie met moeite uit.

Monica hield nog steeds papa's andere hand vast. Paul kwam ook aan het bed staan en streelde zijn vaders vermoeide, grijze hoofd.

'Mijn schatten,' murmelde papa.

'Zijn jullie zover?' vroeg de verpleegkundige.

Natuurlijk niet. Nooit zou ze er klaar voor zijn. Ze wilde maar één ding en dat was zijn hand blijven vasthouden. In de verte hoorde ze haar broer en zus mompelend instemmen. Ze sloot haar ogen en slikte. Ze zou hem nooit meer zien. Hij was altijd haar thuis geweest. Ze zou zich altijd zijn passie en enthousiasme voor huizen ontwerpen blijven herinneren, de manier waarop hij zijn clientèle en vrienden verwelkomde. Zijn boeken, zijn dierbare vaste gewoonten... 'S ochtends koffie in zijn gemakkelijke stoel met uitzicht op de oceaan en op de achtergrond klassieke muziek uit de radio, het glas rode wijn 's avonds in diezelfde stoel terwijl hij van de zonsondergang genoot. Zijn hopeloze gestuntel in de keuken, hoe Annie het van hem overgenomen had, waarop ze haar passie voor lekker eten en mooie maaltijden had ontdekt.

'Wilt u de morfine toegediend krijgen? Meneer Reynolds?' vroeg de verpleegkundige.

Er vormde zich een ondraaglijke zwaarte in Annies buik, alsof ze een baksteen in haar maag had en ze staarde naar de grond.

'Annie?' fluisterde haar vader.

Ze kneep in zijn hand.

'Ik hou meer van je dan ik kan zeggen. Onthoud dat altijd, schat.' En met één waardige, laatste krachtsinspanning keek papa naar de verpleegkundige en knikte.

'Papa?' vroeg ze zoals ze altijd had gedaan met de zekerheid dat hij haar de antwoorden zou geven die ze zocht.

De verpleegkundige diende via de pomp de morfine toe en hij liet zijn hoofd achterover in het kussen zakken. Langzaam vielen zijn ogen dicht.

Zo zou hij blijven liggen tot hij zijn laatste adem uitblies.

Hij had geen woorden meer.

Annie begroef haar gezicht tegen haar zusters schouder.

De volgende ochtend stond Annie voor het cilinderbureau van haar vader. De onderste la zat op slot en er hing een kleine sleutel bij aan een lichtblauw koordje. Als kind was ze er altijd door gefascineerd geweest en had ze papa eindeloos aan zijn hoofd gezeurd of ze mocht zien wat er in de la verstopt zat. Het was een spel geworden en hij had het haar nooit verklapt. Maar hij had haar wel heerlijk erop los laten fantaseren wat erin zou kunnen zitten. Brieven van heksen, geheime toverdrankjes waarmee je magische tuinen kon laten opbloeien, en lang nadat haar moeder gestorven was had Annie bedacht dat er iets speciaals van Valerie in de la verborgen lag. Iets wat alleen hun vader mocht zien.

Monica's stem drong door vanuit de woonkamer tot in de werkkamer. De verpleegkundige was vertrokken en de begrafenisondernemers waren gearriveerd om papa's lichaam mee te nemen. Annie had er geen getuige van willen zijn. Ze had met Monica en Paul de hele nacht aan zijn bed gewaakt, tot hij vanochtend zijn laatste adem had uitgeblazen, precies op het moment dat de dag aanbrak boven zee.

De zon bescheen het water in een zacht schitterende boog en Monica's stem werd begeleid door het doffe geluid van brekende golven tegen de rotsen beneden in de diepte. Ze hadden allebei als vanzelf hun gebruikelijke rollen aangenomen, Monica en Paul. Monica had aangeboden de begrafenisondernemers te woord te staan en Paul was naar beneden gegaan, naar de keuken om telefoontjes te plegen. Annie kon zich precies voorstellen hoe hij daar liep te ijsberen, zijn mobiel aan zijn oor vastgeplakt en pratend op dat typisch dringende toontje van hem.

Annie was verbaasd geweest dat haar oudere broer en zus zo snel in de organisatiemodus waren geschoten. Weg was de paniek die Paul de afgelopen maanden in haar greep had gehouden. Misschien kwam dat omdat hij nu eindelijk iets kon dóén. Hij had de situatie nu wél in de hand en zijn rechtschapen advocateninborst had het overgenomen. Monica was makelaar in onroerend goed en dat was goed te merken toen ze de lijkbezorgers instructies gaf over de meest geschikte manier om het huis binnen te komen.

Maar Annie stond alleen maar uit het raam te staren nadat papa was overleden, met haar armen om zichzelf heen geslagen terwijl het verpletterende verlies haar overspoelde. Haar leven zou nooit meer hetzelfde zijn. Papa was altijd een constante factor geweest.

Het lukte haar een dun glimlachje te produceren bij de gedachte aan het kleine meisje dat ze ooit was, dat er altijd zo op gebrand was om erachter te komen wat er in de la lag die op slot zat. Ze aarzelde om hem open te maken. Als ze dat deed werd het idee dat papa er niet meer was meer werkelijkheid. Ze ademde diep in, draaide het sleuteltje in het slot om en schoof de houten la open, alles in een verrassend soepele beweging. Er lag alleen een envelop in de la. Dat was het. Annie fronste terwijl ze de envelop pakte en de naam erop las. De envelop was aan haar gericht.

Annie.

Ze hield de envelop even dicht bij haar gezicht, aarzelde om hem open te maken, aarzelde bij het besef wat het openmaken betekende. Na enkele seconden stond ze op en liep naar het raam met uitzicht op zee en keek naar buiten. Alleen zo kon ze het aan. De zee was altijd haar toevluchtsoord geweest en ze wist dat die ook diep in haar vaders ziel gekerfd stond. Hoe vaak hadden ze niet samen langs de stranden in de omgeving gewandeld, schelpen gezocht nadat haar moeder was overleden, hoe vaak hadden ze geen langere tochten langs het strand gemaakt samen toen Annie ouder was? Hij had vol aandacht geluisterd als ze moeilijke keuzes in haar carrière met hem besprak.

Ze had hem altijd alles verteld. En ze had altijd gevoeld dat het vertrouwen wederzijds was. Was er iets wat hij haar misschien toch niet verteld had?

De envelop was niet dichtgeplakt. Een briefopener was niet nodig, dus stak Annie een vinger onder de flap en haalde ze een enkel velletje papier tevoorschijn en twee koperen sleutels, een kleine en een grotere. Het was een dun velletje papier, volledig beschreven in papa's schuine handschrift.

Annie ging in papa's luie stoel zitten bij het raam, sloeg een arm om haar buik en begon te lezen.

HOOFDSTUK 2

TOSCANE, ITALIË, BEGIN ZOMER 1944

CARA

Cara stopte bij de ingang van de magische tuinen van Villa Rosa en keek op naar de perzik- en honingkleurige gevel van het oude huis. Villa Rosa glinsterde in de vroege ochtendzon, en het was net of de glooiende heuvels in de verte door grote vriendelijke reuzenhanden waren gevormd. De geur van gravin Evelina Messina's rozen en geraniums was zo bedwelmend dat Cara als ze haar ogen sloot, zich makkelijk kon voorstellen dat er geen oorlog was en ze kon doen alsof Villa Rosa het enige was wat er bestond. Maar de zachte krachten hadden de afgelopen vijf jaar de wereld verlaten en Cara was eraan gewend geraakt om uit een raam van de markante villa te staren waar ze als secretaresse van de gravin werkte, mijmerend over de mogelijkheid dat ze Italië misschien vergeten waren.

De wereld leek gefocust op de komende invasie van de geallieerden aan de Franse kust en de Amerikaanse luchtaanvallen op Japan. Toscane daarentegen leek verlaten en leed onder de troepen van de Duitse veldmaarschalk Albert Kesselring in de bergen ten noorden van Florence, waar Italiaanse landarbeiders gedwongen waren om een dichte verdedigingslinie te graven die bekend werd als de Gotenstellung. Niemand van hen wist hoelang de Duitse bezetting van Toscane zou gaan duren.

Cara's geliefde vallei, waar ze haar hele leven met haar vader in het kleine *pensione* had gewoond, het hotelletje dat hij runde in het dorp aan de voet van de heuvel, was in angst gehuld. Het pensione was door de nazi's gesloten en regelmatig ricocheerde er geschutvuur in de heuvels; het geschreeuw van doodsbange dorpsbewoners wanneer ze in handen vielen van de lokale nazi's die de regio hadden bestormd tijdens de Duitse invasie vorig jaar was een ware marteling. 's Avonds zat papa met de handen in het haar aan tafel.

Cara hield even halt en tuurde over het dal, met het vertrouwde uitzicht op de twee kastelen die al sinds de dertiende eeuw fier op de heuveltoppen in de verte prijkten. De boerenhoeves waarmee het dal al eeuwenlang bezaaid was, stonden nog overeind, oorlog of geen oorlog. Hun roestrode terracotta dakpannen glommen tegen de zachtgroene glooiende achtergrond van olijfboomgaarden en cipressen, maar het kleine dorpje waar Cara woonde lag als een verschrikt kluitje, dicht opeengepakt onderaan de heuvel waar Villa Rosa stond. Als je daar boven kwam aanwandelen, was het alsof je in een andere wereld terechtkwam, en was je in staat om alle verschrikkingen van je af te schudden, al was het maar voor even.

De gravin had, nadat haar echtgenoot in 1935 was gestorven, de leiding over de villa met de bijbehorende zevenenveertig boerenhoeves op zich genomen en ze zwaaide er onvermoeibaar de scepter; ze had ervoor gewaakt dat het agrarisch systeem zoals dat al zeven eeuwen in Toscane bestond, onveranderd bleef na de dood van het hoofd van de familie Messina. De gravin had de familiebetrekkingen met haar pachters onderhouden alsof ze voor die rol in de wieg was gelegd; ze had het traditionele pachtstelsel voortgezet waarbij ze als landeigenaar de helft van de kosten van het boerenbedrijf betaalde, terwijl de pachter de andere helft bijdroeg en ze de winst gelijkelijk verdeelden.

Gravin Evelina Messina werd als bestuurder de afgelopen jaren bij de lokale pachters alom gerespecteerd en bewonderd en Cara had met beide handen de gelegenheid aangegrepen om bij haar als secretaresse te solliciteren. Cara had in haar vaders pensione alleen ervaring opgedaan als manusje-van-alles, boekhoudster, secretaresse en probleemoplosser en had het idee dat ze totaal niet in aanmerking kwam voor een positie in Villa Rosa. De charmante, imposante Evelina Messina zou haar toch niet kiezen. Maar de gravin had heel goed naar haar gekeken tijdens het sollicitatiegesprek en ze had gezegd dat Cara de perfecte kandidaat was.

Ook papa had haar aangemoedigd. Hij hoopte dat de gravin een voorbeeldfunctie zou hebben voor zijn dochter.

Cara stak bij de gedachte aan de goede bedoelingen van haar lieve vader hoofdschuddend de sleutel in het slot van de voordeur; de sleutel had ze onlangs van Evelina Messina gekregen zodat ze zelf naar binnen kon. Zoals zoveel dorpelingen had ze nog nooit van haar leven een deur op slot gedaan, tot op het moment van de bezetting door de nazi's.

Cara stond in de enorme hal die baadde in het zonlicht dat door het waaiervormige bovenlicht dat als een pauwenstaart boven de voordeur prijkte naar binnen scheen.

'Cara?' Het stemgeluid van Evelina Messina klonk luid vanuit haar kantoor aan de rechterkant van de hal.

'*Si*, goedemorgen, mevrouw.' Cara schoot onmiddellijk in haar rol en begaf zich naar het kantoor.

De gravin verscheen in de deuropening. Evelina Messina verschééń altijd, ze kwam nooit zomaar tevoorschijn. Ze droeg een roze zijden jurk waarvan Cara wist dat ze die bezat sinds 1939; ze had een witte anjer op haar borst gespeld en haar blonde lokken golfden naar achter in zachte gouden slagen tot op haar schouders. Evelina was ergens in de veertig, maar ze had het uiterlijk van een meisje van eenentwintig, met prachtige groene ogen die doordat ze ietsje schuin naar beneden stonden, het effect gaven van een permanent schalkse oogopslag, precies zoals haar jongste zoon Rafaeli.

Rafaeli.

Nee. Vandaag bande ze Raf uit haar gedachten.

Ze streek haar eenvoudige, blauwe katoenen jurk glad en was zich er zoals altijd van bewust dat ze nooit kon tippen aan de elegantie van haar werkgeefster, noch aan haar verfijnde, aristocratische voorkomen. Cara streek haar haren glad die in een lange, donkere paardenstaart bijeengebonden waren.

De gravin zag bleek en had donkere kringen onder haar ogen door gebrek aan slaap. Ze keek rond alsof ze bang was dat iemand door het raam was geklommen van het kantoor van haar overleden echtgenoot en hen zou aanvallen. Dat idee was de laatste tijd niet ondenkbaar.

De gravin had echter veel moeite gedaan om er zeker van te zijn dat Villa Rosa niet het mikpunt zou worden van de woede of plundering van de nazi's. Andere landeigenaren in de vallei hadden zich verenigd om voedsel en andere benodigdheden naar het toenemend aantal groepjes partizanen te brengen dat zich schuilhield in de bossen. Sommige buren van de gravin verborgen geallieerde soldaten die uit de krijgsgevangenenkampen waren ontsnapt, maar Evelina had haar personeel verteld dat het een te groot risico voor haar was om de nazi's tegen zich in het harnas te jagen, ze had immers zevenenveertig boerderijen onder haar hoede. Wat zou er met al die pachters gebeuren, zo redeneerde ze, als zij het risico nam de partizanen te steunen en de nazi's vervolgens represailles zouden nemen?

Persoonlijk wist Cara dat Evelina Messina's twijfel om zich aan te sluiten bij het Italiaans verzet voortkwam uit het feit dat ze een Italiaanse aristocrate was en dat ze daarom de lokale partizanen niet steunde; iedereen wist dat de hogere standen verwachtten dat Mussolini de macht weer zou grijpen en orde op zaken zou stellen.

'Cara, ga zitten alsjeblieft.' De gravin nodigde haar uit plaats te nemen op een van de barokke, met lichtblauwe zijde beklede Lodewijk XIV-stoelen aan weerszijden van het haardvuur; de wanden ernaast werden volledig in beslag genomen door ingebouwde boekenkasten met rijen boeken.

Cara gluurde even naar haar werkgeefster. Het was niets voor haar om niet meteen ter zake te komen met de instructies voor die dag.

De gravin liep naar de haard en duwde haar handpalmen tegen de houten schoorsteenmantel, sloot haar ogen en liet haar hoofd hangen, tot ze ten slotte opkeek naar de portretfoto van haar overleden man

Arturo, die een voorname positie innam boven de haard. Evelina Messina prevelde hoorbaar een schietgebedje.

Cara schoot rechtop in haar stoel, ze begon zich zorgen te maken. 'Als ik zo vrij mag zijn, mevrouw... is er iets aan de hand?'

De gravin had Cara maar één keer eerder in vertrouwen genomen toen ze er in de zomer van 1940 getuige van was geweest dat haar werkgeefster instortte nadat haar oudste zoon Nicolas Villa Rosa had verlaten. Moeder en zoon hadden fikse ruzie gehad over de betrokkenheid van Italië bij Hitlers oorlog. Het laatste wat Nicolas wilde was soldaat worden en Cara had hem tegen zijn moeder horen schreeuwen dat hij 'een zakenman was, geen strijder'. Uiteindelijk had de gravin hem laten gaan, maar ze had zijn slaapkamer intact gelaten, precies zoals toen hij nog thuis woonde. De gravin hoopte blijkbaar dat haar geliefde oudste zoon op een dag zou terugkomen. Toen hij de villa de rug had toegekeerd met in zijn kielzog zijn knecht en een hele zwik chique Italiaanse bagage, had de gravin zich in een waardig stilzwijgen gehuld.

Evelina draaide zich langzaam een halve slag om en keek Cara in de ogen. Haar vuisten waren zo stevig gebald dat de knokkels wit zagen.

Cara ging in gedachten terug naar die dag. Was er iets gebeurd met Nicolas? Evelina zou het verschrikkelijk vinden als haar oudste zoon iets was overkomen en ze hem niet te hulp had kunnen schieten.

Vervolgens werd Cara bleek. Het zou toch niet om Raf gaan? Dat kon gewoon niet.

Cara had zich heilig voorgenomen niet aan hem te denken, al konden ze nooit méér voor elkaar zijn dan zijn moeders secretaresse en de zoon des huizes. Ze stond half op uit haar stoel, waarop Evelina Messina met een handgebaar duidelijk maakte dat ze weer moest gaan zitten.

'Zet je schrap.'

Cara's adem stokte. Haar onderbuikgevoel bij de gedachte dat Raf iets was overkomen, werd tien keer heviger. 'Wat is er gebeurd, mevrouw?' Haar neus begon te jeuken en er prikten tranen achter haar ogen. 'Alstublieft –'

'Helaas is dit op geen enkele manier makkelijk over te brengen.' De gravin sloeg haar armen over elkaar en haar blik tastte Cara's gezicht af. 'Er heeft zich een incident voorgedaan. Je vader was erbij betrokken.'

'Papa?' Papa was dit weekend naar een van de oude boeren in de vallei gegaan met wie hij bevriend was. Hij maakte zich zorgen over diens tanende gezondheid en wilde er zeker van zijn dat zijn vrouw en hun dochter het gingen redden nu hij zo voortsukkelde, dus papa was er blijven overnachten en zou vanochtend weer thuiskomen.

'Ik kreeg zojuist de boodschap... het was nogal dringend... dat je vader is neergeschoten.'

Cara stond op. Ze ging achter de stoel staan zodat er afstand ontstond tussen haarzelf en de woorden van de gravin. Dit kon niet waar zijn. Het was niet waar.

Niet papa. Niet papa die de dood van zijn eigen vrouw, Cara's moeder, had overleefd en stoïcijns zijn dochter in zijn eentje had grootgebracht. Hij had iedereen altijd hartelijk verwelkomd in zijn eenvoudige pensione, tot de regering was gevallen en de Britse gasten in het pensione die uitgeweken waren naar hun geliefde Toscane en weigerden de regio te verlaten, als vijandelijke vreemdelingen werden bestempeld die uiteindelijk in detentiekampen werden opgesloten. De situatie had papa enorm aangegrepen. Hij had geprobeerd met de autoriteiten tot overeenstemming te komen, maar dat was mislukt.

Er begon een vogel te zingen in de tuin en bleekgeel zonlicht viel op de kleine gouden klok op de marmeren koffietafel tussen de twee zijden stoelen.

'Waar is hij? Alstublieft, is hij nog steeds op de boerderij? Bij zijn vriend?'

De gravin knikte.

'Alstublieft, mevrouw, ik moet er onmiddellijk naartoe. Ik haal de verloren tijd later in. Een fiets. Hebt u een fiets die ik mag lenen?' Cara's handen fladderden nerveus alle kanten uit. 'Wat is er precies gebeurd, weet u dat?'

'Het klinkt niet goed,' fluisterde de gravin. Een zorgelijke frons trok over haar gezicht. 'Het blijkt dat een stel nazi's de boerderij is binnengevallen en de boer zover probeerde te krijgen dat hij zijn laatste stuk vee aan hen afstond. Jouw vader is toen tussenbeide gekomen waarop een van de twee de dochter van de boer greep en haar wilde verkrachten. Dat probeerde je vader te voorkomen. Wat ik ervan begrijp is dat de tweede nazi hem neergeschoten heeft. Het bericht heeft de villa net pas bereikt. Een van de buren van de boer is hiernaartoe gereden en meldde zich bij de keukendeur. Hij was totaal van streek.'

Cara staarde vol ongeloof naar de gravin.

'Het spijt me,' mompelde Evelina. 'Een afschuwelijk incident.'

Op dat moment verscheen de tuinman van de gravin, Alphonso, met zijn pet in zijn hand in de deuropening. '*Signorina*, ik wil u mijn respect betonen en zeggen hoe erg ik het vind. Uw vader is een goed man.'

'Ik moet nú naar hem toe, alstublieft,' zei Cara. Het leek of haar lichaam in brand stond en daarna ijskoud werd; het enige wat ze voor zich zag was papa.

'Alphonso rijdt je naar de boerderij,' zei Evelina. 'Neem mijn mans stationcar. Die tank is voller dan de mijne.'

'Maar natuurlijk, mevrouw,' hoorde Cara Alphonso zeggen.

Cara wist dat ze zo wit moest zien als een lijk en dat ze beefde, maar toch glimlachte ze dapper naar de vriendelijke tuinman terwijl ze met dichtgeknepen handen stond, haar armen slap langs haar lijf. Ze wist nauwelijks nog wat ze tegen de gravin had gezegd en ze liep achter Alphonso aan de hal door, de ochtendzon tegemoet. Voor één keer was ze de nazi's dankbaar dat ze de gravin haar auto's hadden laten houden vanwege haar trouw aan Mussolini.

Even later zat ze, als in een roes, naast Alphonso in de stationcar van wijlen Arturo Messina terwijl een warme ochtendbries door de geopende ramen naar binnen waaide. De auto snorde over de keurig aangeharkte oprijlaan en Cara staarde star voor zich uit. Haar oog viel op een figuur die door het geopende smeedijzeren hek van Villa Rosa kwam aanlopen. Cara boog zich naar voren en tuurde, haar hart ging tekeer.

Ze voelde dat Alphonso op zijn beurt zijn blik op haar richtte. 'Rafaeli,' mompelde hij terwijl hij vaart minderde.

Cara hield haar adem in. 'Alphonso, we kunnen nu niet stoppen.'

'Maar, signorina...'

Raf schermde met één arm zijn ogen af tegen de ochtendzon en Cara sloeg een hand voor haar mond: toen ze dichterbij kwamen zag ze dat Raf een mitella om zijn arm had. 'Hij is gewond...' zei ze en ze sloot haar ogen. Ook dat nog. Ze mocht zich nu niet laten afleiden.

Raf legde zijn goede arm op de bovenrand van het raampje toen ze genaderd waren en keek Cara onderzoekend aan. '*Mia bella*,' fluisterde hij.

Alphonso schraapte zijn keel.

'We moeten door,' zei Cara tegen Alphonso.

Rafs blik bleef Cara's gezicht aftasten dat vlekkerig was door tranen en hij kneep bezorgd zijn ogen samen. Hij zag er zoals altijd knap uit, lang, met zijn honingkleurige huid en die ogen, precies zoals zijn moeder. Hij was wat breder geworden sinds de laatste keer dat ze hem zag en oogde nu mannelijker dan toen hij als jong ventje het leger in moest om het vaderland te dienen.

'Signorina Cara's vader zit in de problemen. Hij heeft een aanvaring gehad met de nazi's op een boerenhoeve in de vallei en is daarbij gewond geraakt,' zei Alphonso.

Cara leunde met haar hoofd tegen de stoelleuning; godzijdank was Alphonso erbij. Die kreeg er een volzin uit zonder dat zijn stem brak, tegelijk met haar hart.

'Ik ga mee.'

Cara hoorde Alphonso snuivend inademen. Ze mocht de werknemer van de gravin niet het idee geven dat er ooit iets onbetamelijks was geweest tussen haar en Raf. Toen ze had afgeluisterd dat de gravin tegen Raf had gezegd dat hij Villa Rosa vaarwel kon zeggen als er iets speelde tussen hen, was dat meer dan genoeg geweest voor Cara. Ze had het uitgemaakt. Ze kon het idee niet verdragen dat Raf met zijn familie moest breken en niet meer thuis mocht komen terwijl hij zo veel van de Villa hield. En vanzelfsprekend kon zij het zich niet veroorloven om haar baan kwijt te raken. Sinds die dag had de gravin zich in een koppig stilzwijgen gehuld en had ze niets tegen Cara gezegd. Het was alsof ze er niet toe deed… alleen goed genoeg was als secretaresse. Ze moest haar plaats weten.

'Nee.' Ze gooide het er ferm uit. 'We moeten meteen door.'

Alphonso knikte en Cara voelde dat Raf haar verontrust aankeek. Ze schudde resoluut haar hoofd.

'Alsjeblieft, Alphonso…' fluisterde ze gejaagd.

Alphonso trapte het gaspedaal in.

Als papa ernstig gewond was, zou ze niet weten hoe het verder moest met haar.

HOOFDSTUK 3

ANNIE

Mijn liefste Annie,

Ik besef dat deze brief een schok bij je teweeg zal brengen. Het is dan ook een van de moeilijkste brieven die ik ooit heb moeten schrijven.

Al lezend zul je me misschien een lafaard vinden. Ik geef je geen ongelijk en toch smeek ik je ons allebei te vergeven. Valerie en mij.

Mijn lieve meisje, er is geen simpele, makkelijke manier om je dit te vertellen.

Toen jij in ons leven kwam, een perfecte baby, met parelachtige vingernageltjes en voetjes zo zacht als boter, toen je ons voor het eerst je tandeloze lachjes schonk en je kleine oogjes schitterden, en je met je mollige beentjes begon te spartelen van verrukking als je ons zag, toen je je eerste woordje zei, 'mama', betekende dat moment net zoveel voor Valerie als dat het voor een biologische moeder had betekend.

Valerie heeft jou niet ter wereld gebracht, maar je bent altijd onze dochter geweest.

Ik weet dat je deze brief nu vol afgrijzen leest. Ik wou dat ik bij je kon zijn om je in mijn armen te sluiten en je te zeggen dat alles goed is. Ik begrijp dat wat ik je ga vertellen je hart zal breken, maar lees alsjeblieft verder en blijf in me geloven.

Jij, mijn liefste, bent een Italiaans kind. We hebben je geadopteerd; je moeder is een charmante vrouw afkomstig van een betoverende plek onder de Toscaanse zon. Er is daar een villa die uitkijkt over een vallei vol olijfgaarden en hoge, stoere cipressen, als wachters.

Ik wil dat je erheen gaat, naar waar je vandaan komt en uitzoekt wie je in werkelijkheid bent; ik wil dat je je overige familie ontmoet, de mensen van wie je afstamt, en dingen over je verleden en het heden te weten komt.

Dan is nu het moment daar voor het gewichtigste nieuws. Jij bent de eigenaresse van die schitterende villa in Toscane. Villa Rosa is prachtig, trots, fier en kordaat, net als jij.

Ga langs bij de notaris in het dorp aan de voet van de heuvel waarop de villa staat. Hij zal je alles vertellen.

Alle liefs,

Je liefhebbende vader, voor wie je dierbaarder bent dan iemand zich ooit kan voorstellen en die net zo innig van je houdt als je altijd hebt ervaren.

Papa

Annie zakte terug in de stoel. Er was buiten een briesje opgestoken en de zilte zeelucht waaide via het open raam papa's werkkamer binnen, alsof hij haar vaarwel zei.

Zijn brief ritselde in haar hand.

Vanuit de kamer ernaast klonken gedempte stemmen. De lijkbezorgers verlieten het huis met haar vaders lichaam.

Annie wachtte tot ze de voordeur hoorde dichtgaan en liep toen langzaam naar Monica en Paul. Ze stond in de deuropening en stak de brief omhoog.

Ze draaide zich om naar de zee. Kon ze nog maar naar papa toe en hem omhelzen, maar hij was er niet meer.

Paul pakte de brief aan en las de inhoud. Hij stond met zijn rug naar haar toe, met zijn gezicht naar het raam en gebogen hoofd.

'Heb jij dit ooit geweten, Paul?' Misschien was ze zelfs met een andere naam geboren.

Paul draaide zich om. Zijn gezicht verried geen enkele emotie. Op dit terrein voelde hij zich thuis. De raadsman. 'Nee, natuurlijk niet.' Hij klonk kortaf.

Bezorgd gaf hij de brief door aan Monica.

'Ik moet dit op waarheid toetsen. Waar staat die Villa Rosa precies? Hoe kun jij daar in godsnaam de eigenaresse van zijn, Annie? Als die mensen jou iets hebben nagelaten in Toscane, waarom hebben ze dan zélf geen contact met je opgenomen?' Paul had zijn lage, afgemeten, professionele stem opgezet die ze hem ook had horen gebruiken als hij het met papa over zaken had.

Plotseling kwam er een raar gevoel bij haar op. Een uitdijende hete gloed. De echte vraag was natuurlijk waarom papa dit geheim had gehouden voor haar. Waarom had híj het haar niet verteld? Was ze nog te jong bevonden, te onvolwassen, nog niet in staat om te weten wie ze werkelijk was? Had ze daar geen recht op? Mocht ze onderhand weten wie ze eigenlijk was vóórdat ze drieëndertig werd?

Monica had de brief ook gelezen. 'Ik ben sprakeloos.'

'Laten we even gaan zitten, in de woonkamer.' Paul fronste diep. Hij bood haar een arm aan terwijl zijn bruine ogen ernstig stonden.

Het was duidelijk dat Paul en Monica ook niet geweten hadden wie ze in werkelijkheid was. Waarom was ze een geheim? Nu er plotseling zoveel op haar afkwam, voelde Annie zich verdoofd; ze pakte Pauls arm en liet zich meevoeren. Monica volgde.

Het lege ziekenhuisbed van papa stond in de woonkamer met de lakens teruggeslagen. Deze kamer waar altijd zo veel liefde en leven was geweest maakte nu een vreemde, roerloze indruk. De ruimte waar zij een familie had gehad, bestond niet meer.

Annie plofte in een van de stoelen met uitzicht op zee. Monica gaf haar een glas water, dat ze met beide handen aanpakte.

Paul opende zijn mond om iets te zeggen en Monica draaide zich verwachtingsvol naar hem toe.

'Ik ga eerst de notaris bellen,' zei Paul. 'We moeten dit zo snel mogelijk tot de bodem uitzoeken. Het hele verhaal klinkt belachelijk.'

Maar Annie stak haar hand op; tot haar eigen verbazing klonk ze helder en beslist. 'Nee.'

Haar oudere broer en zus draaiden zich naar haar toe.

'Bedankt. Maar dit regel ik zelf.'

Er verscheen een diepe rimpel boven Pauls ogen.

'Ik ga naar Toscane.'

Annie hield Monica's en Pauls blik vast. Papa's bed stond er zielloos bij, alle leven was weg. Mét hem was het leven verdwenen dat ze altijd dacht te kennen. Ze moest gaan uitzoeken wie ze in werkelijkheid was.

HOOFDSTUK 4

Annie stond in de keuken van haar appartement in San Francisco. Monica had ooit voorgesteld het te kopen vanwege het ansichtkaartuitzicht op de baai. Paul vond het een solide investering en ze kon het altijd aanhouden, zelfs als ze iemand ontmoette en besloot om een gezinnetje te stichten en ergens in een buitenwijk te gaan wonen, ver van dit kleine stukje paradijs.

Onder haar voeten in de keuken prijkten terracotta plavuizen. Niet dat ze zo praktisch waren, ze waren vooral warm en mooi verouderd; onder de patinalaag kwamen blekere kleurschakeringen tevoorschijn.

Op het balkon kweekte ze Italiaanse kruiden: oregano, rozemarijn, basilicum. In een grote plantenpot stond een citroenboompje. En na lange avonden cateren of als ze in het weekend middagen in de keuken had gestaan voor een bruiloft of een verjaardag, vond Annie niets heerlijker dan thuiskomen in haar eigen keuken en voor zichzelf een maaltijd te bereiden van niet meer dan drie ingrediënten. Het eerste was altijd pasta en het tweede vaak knapperige, in overvloedig veel olijfolie gebakken, ongerookte pancetta. Vervolgens deed ze er rucola bij, de wilde raketsla die ze bij haar favoriete Italiaanse stalletje op de markt kocht waar ze altijd haar inkopen deed.

Het was eigenlijk al heel lang haar droom om een keer naar Italië te gaan. Ze voelde zich verbonden met het land en ze dacht dat het alleen door het Italiaanse eten kwam. Of was het misschien iets anders? Iets wat dieper zat?

Ze had papa's begrafenis bijgewoond; ze voelde een peilloos verdriet en het verlies viel haar zwaar. Afscheid van hem nemen was nog pijnlijker geworden nu ze met zo veel onbeantwoorde vragen zat over haar eigen leven.

Monica had haar stilletjes gesteund sinds papa was gestorven en Paul was met haar meegegaan toen ze met papa's advocaat hier in San Francisco het vreemde en schokkende nieuws ging bespreken dat ze op de dag van papa's dood had gekregen. En nu stonden haar koffers gepakt bij de voordeur en was ze klaar voor de reis naar Toscane.

'Wij zorgen dat alles goed gaat, geen zorgen,' zei Lucy.

Annie draaide zich om en glimlachte naar haar jonge werkneemster; ze had haar bij de eerste kennismaking onmiddellijk aangenomen en er nooit één seconde spijt van gehad.

Lucy hield Annies kat Portia in haar armen, die haar zachte kop langs haar wang wreef. 'Lauren en ik kunnen het echt wel aan en het is trouwens een buitenkans dat ik in jouw appartement mag. Ik hou van mijn ouders, maar sommige dingen beginnen irritant te worden.

'Dank je,' zei Annie en ze meende het. Een van de moeilijkste beslissingen die ze moest nemen was bij wie ze Portia kon achterlaten als ze wegging. Ze was erg gehecht aan haar kat, en niemand wist hoe lang ze wegbleef. Meestal gaf Monica Portia eten als Annie een weekend weg was, maar die moest er een flink eind voor omrijden.

In de weekenden was Annie meestal aan het werk, omdat ze de klanten niet graag teleurstelde die haar vroegen om in hun buitenhuis op het platteland de catering te komen verzorgen voor de familie of een belangrijke sociale gebeurtenis. En Portia was een binnenkat. Eén keer had Annie haar achtergelaten bij een vriendin, maar Portia had alleen maar onder de keukentafel naar alles en iedereen zitten blazen en had geen hap gegeten.

Annie stak haar hand uit en aaide haar harige huisgenootje. Portia was uitstekend gezelschap voor haar. Al vond Annie het prima om alleen te wonen, het was toch een troost om te weten dat haar kat altijd thuis op haar wachtte; ze hield ervan als Portia zich om haar benen kronkelde en op die speciaal voor haar bedoelde manier miauwde. Het zou nog moeilijk worden om zo lang weg te gaan en Portia achter te laten, maar ze was Lucy dankbaar dat zij wilde oppassen.

Annie ging in gedachten haar to-dolijstje na. 'Je zult genoeg steun aan het team hebben en je mag me natuurlijk altijd bellen als er iets is. Ik zal elke ochtend even checken en –'

Lucy stak haar hand op. 'Annie, ik snap niet hoe jij het gered hebt de afgelopen maand.' Ze sloeg haar ogen neer en keek naar de vloer, haar blonde wimpers raakten haar wangen en haar rossige, korte haar viel rond haar gezicht. 'Sorry dat ik zo over mijn ouders praatte.' Ze keek weer op. 'Dat was niet tactisch van me.'

Annie legde geruststellend haar hand op haar arm. 'Geeft niks.'

Ze zuchtte. Behalve Paul en Monica had ze niemand verteld over haar uitzonderlijke ontdekking. Het leek nog steeds bizar dat ze morgen in het vliegtuig zou stappen en naar Toscane zou gaan. En toch, als ze er nu over nadacht, voelde het ergens diep vanbinnen alsof ze naar huis ging.

HOOFDSTUK 5

CARA

Alphonso reed niet langzaam, maar de rit in de grote stationcar naar de boerderij waar haar vader was neergeschoten leek eindeloos te duren. Aan de velden aan weerszijden van de weg leek geen einde te komen en de cipressen die ter nagedachtenis aan gesneuvelde bewoners tijdens de Eerste Wereldoorlog waren geplant, wierpen langwerpige schaduwen over de auto toen ze de weg vanaf Cortona verlieten.

Cara keek opzij naar de trouwe tuinman van de gravin. Dunne strepen grijs liepen als plukjes zilver door Alphonso's donkere haar.

'Mijn vader heeft zijn leven gewaagd... om zijn vrienden te helpen.' Cara schudde haar hoofd en liet het hangen. Ze trok afkeurend aan één kant haar lip op. Ze kon Alphonso vertrouwen. 'En ik doe niets. Alphonso, zo kan het niet langer.'

Alphonso draaide zijn ronde, eerlijke gezicht naar haar toe, keek haar vol sympathie aan, maar zei niets. Het zacht snorren van de motor was het enige geluid dat de stilte verbrak.

'Als papa ernstig gewond is, dan...' Haar stem bibberde en ze slikte hoorbaar. 'Kan ik niet langer mijn ogen sluiten en op de achtergrond blijven. Niet na wat er is gebeurd.'

'De gravin zal haar beslissingen nemen om de pachters te beschermen.'

Cara schrok omdat hij precies wist waar ze het over had. 'Maar ik ben de gravin niet. Het wordt hoog tijd dat ik zélf wat ga doen.'

De gravin was niet onder de indruk van de partizanen; ze vond het maar een zootje ongeregeld dat Italië eerder slecht deed dan goed. Afgelopen maart had een partizanengroep een bom gegooid op een ss-eenheid in Rome, en als represaillemaatregel hadden de nazi's driehonderdvijfendertig onschuldige Italianen omgebracht. Maar in de vallei voerden de lokale partizanen willekeurige aanvallen uit op individuele nazi's, terwijl ze de Duitse communicatiekanalen en wapendepots probeerden te vernietigen. Het gerucht ging dat bijna de helft van de geallieerde soldaten die in Italië gevangenzat, ontsnapt was uit de krijgsgevangenenkampen en de partizanen hielp.

'Als jij risico's neemt, zet je daarmee haar veiligheid op het spel, signorina. Ze vertrouwt je.'

'Dat weet ik. Maar ze beschermt zichzelf.'

Alphonso hief even zijn hand op van het stuur maar legde die weer terug. 'Signorina Cara, alsjeblieft. Je staat zo dicht bij haar.'

Cara zuchtte luid.

'Maar als je meer wilt doen, dan kunnen we dat straks bespreken, bij terugkomst.'

Cara bewoog nauwelijks. Ze had al zo'n vermoeden gehad. Dat Alphonso de partizanen hielp... op de een of andere manier. Ze dacht ook gemerkt te hebben dat kokkin Bettina ergens bij betrokken was. Soms, als Cara de keuken binnenkwam, braken Alphonso en Bettina plotseling hun gesprek af en veranderden ze snel van onderwerp.

'En,' vervolgde Alphonso zachtjes, 'misschien krijg je Rafaeli dan te spreken.'

Cara tuurde overdonderd uit het raam. Wat had Raf met het verzet te maken? Hij leek zo gehoorzaam, deed altijd wat zijn moeder zei en wilde een goede zoon voor haar zijn. Ze kon zich niet voorstellen dat hij zich bij de partizanen had aangesloten.

Alphonso minderde vaart en reed het erf van de boerderij op. De zwarte motorkap glinsterde in de brandende zon. Alphonso opende zijn portier en wilde om de stationcar heen lopen om het portier aan haar kant te openen, maar voordat hij buiten stond, was ze er al uit.

'Dank je, Alphonso,' riep ze; ze moest beleefd blijven. Daarna rende ze over de binnenplaats naar de simpele, groene houten achterdeur van de boerderij, stootte die open en vloekte binnensmonds; de boer was nog steeds veel te goed van vertrouwen, waarom was de deur niet op slot?

'Papa?' riep ze. Haar stem brak bijna.

In de keuken was niemand, de plavuizen waren gedweild en alles stond er gelukkig in goede orde bij. Maar er hing een vreemde stilte in huis.

Ze hoorde voetstappen op de trap. Op dat moment kwam Alphonso achter haar de keuken binnen. Hij draaide zorgvuldig de sleutel om.

'*Buongiorno*, Cara,' zei de boer, die inmiddels de smalle trap was afgedaald. Hij zag asgrauw, was buiten adem en Cara wilde beleefd informeren naar zijn longontsteking, maar hij gaf haar een teken om mee naar boven te lopen. 'Kom. Je vader ligt in mijn bed.'

Cara liep naar de simpele stenen trap; de zolen van haar schoenen klepperden hoorbaar. 'Hoe gaat het met uw dochter? En met mijn vader?' Haar woorden kwamen eruit als een snik. Ze hoorde de regelmatige voetstappen van Alphonso achter haar op de trap.

Cara pakte het simpele kruisje vast dat aan een kettinkje om haar hals hing en mompelde een schietgebedje. *Laat papa leven, alstublieft. Neem hem niet weg, laat hem niet sterven onder deze verschrikkelijke omstandigheden.*

'Mijn vrouw zorgt voor onze dochter in haar slaapkamer. Ze is erg van streek. Ze is pas twaalf...'

Zo jong. Cara knikte sprakeloos.

De boer zei niets meer en liet haar boven op de kleine overloop zelf de deur van de slaapkamer openen. Ze viel de kamer bijna binnen en schrok zich wild bij de aanblik van papa die uitgestrekt op het bed lag met zijn ogen dicht, en met een grote rode vlek op zijn buik.

Ongewild gilde Cara het uit. Ze knielde neer bij het bed en pakte papa's wasachtig bleke hand. 'Er moet een dokter komen, alsjeblieft!' fluisterde ze en ze draaide zich ruw om naar de boer.

Maar de boer sloeg zijn handen ineen en keek naar de grond. Naast hem stond Alphonso met zijn hoed in zijn handen. Hij schudde zwijgend zijn hoofd.

'De *dottore* is net weg,' zei de boer. 'Er is helaas geen hoop meer, we kunnen alleen wachten.'

'Nee!' Cara's schreeuw klonk hartverscheurend door de stille kamer. Plotseling voelde ze dat papa zacht in haar hand kneep.

'*Bambina?*' fluisterde hij. Zo noemde hij haar vroeger toen ze klein was.

Tranen gleden over haar wangen en ze slikte, maar de brok in haar keel kreeg ze niet weg. 'Alsjeblieft, papa, laat me niet in de steek,' zei ze. Ze keek naar zijn wond, die ernstig was, en wist dat ze egoïstisch was.

'Bambina.' Papa's stem klonk zwak. 'Verschrikkelijke tijden... zijn het... vreselijke dingen gebeuren er....' Hij fluisterde de woorden, maar de grip van zijn hand rond de hare was stevig. 'Cara, *tesoro,* schat, alsjeblieft. Zet de strijd voort. Kom op voor je vrienden en buren. Help ze... leid een leven waar je trots op kunt zijn. Dat is alles wat we kunnen doen. Ik hou van je, Cara, wees dapper.' Papa kneep nog één keer in haar hand en sloot zijn ogen.

'Papa, ik beloof het... maar verlaat ons niet, alsjeblieft,' fluisterde ze.

Cara legde haar hoofd tegen zijn hand en na een tijdje verslapte zijn greep. Hij was haar familie en ze was hem kwijt. Hij was de dapperste, liefdevolste man die ze ooit gekend had. Niemand kon ooit zijn plaats innemen.

HOOFDSTUK 6

ANNIE

'Er zijn wat complicaties.'

Annie keek de jonge notaris die tegenover haar zat fronsend aan. Buiten, onder de azuurblauwe hemel, heerste een zinderende hitte; een rij hoge cipressen omzoomde als elegante telegraafpalen de weg die het Toscaanse dorp uit liep. De buschauffeur had tegen iedereen die hier moest zijn gezegd dat de cipressen geplant waren ter nagedachtenis aan de plaatselijke bewoners die gesneuveld waren tijdens de Eerste Wereldoorlog.

De twee koperen sleutels, een grote en een kleine, die bij de brief van haar vader waren gevoegd, lagen op het bureau van de notaris.

'Er zijn geen documenten.'

Er waren geen eigendomsaktes, er was niets om te ondertekenen, niets wat haar een antwoord kon geven op de vraag waarom ze de villa had geërfd.

'Villa Rosa staat al tientallen jaren leeg, meer weet ik er niet van, signora.'

Annie veegde haar bezwete voorhoofd af. Het gesprek draaide in kringetjes rond. 'Maar wat bedoelt u precies met complicaties?'

'De gravin is overleden en we weten niets over eventuele nakomelingen. We hebben geen idee wat er met hen is gebeurd.'

Annie keek de jonge notaris aan. Hij had het ook warm: er parelden zweetdruppels op zijn bovenlip. 'Bedoelt u dat het eigendomsrecht kan worden aangevochten?'

De notaris scrolde door documenten op zijn computer terwijl zijn ogen over het scherm heen en weer vlogen. 'Mijn enige instructie is dat ik u toestemming geef om het pand te betrekken. Er is een e-mail binnengekomen van uw advocaat in San Francisco –'

'Zou iemand uit het dorp hier weten wie er van de familie Messina nog in leven is? Iemand die bekend is met de lokale geschiedenis en me meer kan vertellen?'

De notaris keek ongemakkelijk; er verschenen twee diepe rimpels op zijn voorhoofd. 'Ik zou het niet weten. De villa is een mysterie. De meeste mensen van hier beschouwen het als een spookvilla. Zo noem je dat toch?'

Annie had zin om met haar voorhoofd op het bureau te bonken. *Ja, maar het zou zomaar familie van me kunnen zijn. Dat is wat ik heb ontdekt. Iemand moet toch meer weten?*

'Is de villa bewoonbaar?'

De jongeman haalde zijn schouders op. 'Geen idee.' Hij keek op zijn horloge. 'Het spijt me, signorina bella.'

Annie trok een wenkbrauw op. 'U bent niet bekend met Villa Rosa?'

De jonge notaris zweeg even en gooide het over een andere boeg. 'Mijn vader behartigde altijd dit soort belangen. Ik heb contact met hem gezocht nadat ik bericht kreeg van uw advocaat in de Verenigde Staten. Mijn ouders zijn al enkele maanden op reis. Mijn vader is met pensioen. Ik neem zolang de zaken waar tot er een goede opvolger voor hem is gevonden, iemand die permanent de functie van notaris op zich neemt. Normaal gesproken woon ik in Rome en werk ik hier niet. Ik zie geen problemen met uw situatie, om eerlijk te zijn. Mochten er nakomelingen zijn, mocht iemand van de familie Messina contact met me opnemen, dan laat ik u dat weten. Ik heb de villa zelf niet bezocht, maar volgens mijn vader is die buitengewoon mooi, zij het wellicht een beetje... vergane glorie. Ik wens u absoluut alle goeds toe, signorina Reynolds.'

Annie sloot haar ogen en knikte. Ze voelde dat ze uitgeput was door de lange vlucht naar Rome, de treinreis naar Florence, daarna de busrit naar haar verblijf in Cortona en vervolgens de tocht naar dit dorpje aan de voet van de heuvel waar Villa Rosa stond, voor haar afspraak met de notaris. Ze was te moe geweest om de adembenemende schoonheid van de omgeving tot zich door te laten dringen toen ze gisteren de bus uit was gestapt. Het dal was bij haar aankomst in een soort zachtgroene sereniteit gehuld; had ze zichzelf maar meer tijd gegund om ervan te genieten.

De lucht was lichtblauw, met van die dikke, donzige wolken en ze had een alleraardigste trattoria gevonden, gerund door een wat ouder echtpaar dat voor haar kookte. Ze kreeg crostini *Toscane* – kippenleverpaté op dunne plakken geroosterd brood –, *panzanella* – een traditionele Toscaanse *insalata* van knapperig oud brood, tomaten, ui, basilicum, olijfolie en balsamicoazijn en daarna *Bistecca alla Fiorentina*, biefstuk simpel gekruid met rozemarijn en salie. Als dessert at ze een *torta di ceci*, een zoete pannenkoek van kikkererwtenmeel, met als afsluiter *biscotti di Prato* – de lokale zoete biscuitjes van meel, suiker en noten, met een glas *vin santo* erbij.

Ze pakte de sleutels op. 'Bedankt voor uw hulp,' zei ze. 'Ik hoor graag van u wanneer de documenten binnen zijn.'

Paul zou ontsteld zijn geweest. Hij zou erop gestaan hebben dat ze de sleutels van de villa niet eens had aangepakt, niet voordat ze alles grondig had doorgenomen en begrepen had wat er was vastgelegd.

Maar Paul was duizenden kilometers bij haar vandaan. Hij had aangeboden om mee te gaan toen ze besloten had naar Italië af te reizen, en hij had gezegd dat ze iemand nodig had om dingen te regelen. Misschien had hij wel gelijk… Of misschien niet.

Op internet had ze niets gevonden, geen foto's, nergens werd de familie Messina genoemd. Er waren geen antwoorden, alleen vragen. Het was op een vreemde manier spannend om geen idee te hebben wat haar te wachten stond.

De notaris stond op van zijn stoel. Annie schudde hem de hand.

Het moment was aangebroken.

HOOFDSTUK 7

Een roestig smeedijzeren hekwerk gaf toegang tot de tuin van Villa Rosa. Een dieprode patinalaag was op het oorspronkelijke zwart verschenen en er waren bloemen in verwerkt, subtiel gevormd uit ingewikkeld ijzeren kantwerk: tulpen, narcissen, viooltjes en bekoorlijke irissen. Annie liet een vinger langs het ruwe oppervlak glijden. Ooit had iemand van deze plek gehouden. De details waren tijdloos en nog steeds prachtig. Ze was vanaf het kantoor van de notaris, beneden in het dorp, door de oude dorpshekken heuvelopwaarts gelopen naar de villa, via een steile weg die een adembenemend vergezicht bood op de groene vallei beneden.

Ze speurde fronsend naar een slot op het hek en vroeg zich af of de sleutels in haar tas van enig nut waren. Annie stak de grootste sleutel in het sleutelgat en die paste perfect. Maar omdat het hek toch al op een kier stond, pakte ze de roestige hendel vast en duwde het verder open. Het hek gaf krakend mee, en ze was binnen.

Annie stond aan de voet van een steile heuvel. De tuin was verdeeld in terrassen. Op het onderste stonden olijfbomen met zilverachtige blaadjes die zacht afstaken tegen de lichtblauwe lucht. Er hingen kleine knoppen van rijpende olijven aan de takken; op het volgende terras stond over de hele breedte een boomgaard met fruitbomen. Annie zette haar handen in haar zij en keek op naar de abrikozen-, appel- en kersenbomen. Wat geweldig. Als ze hier een tijdje zou mogen blijven, kon ze die inmaken.

Ze schudde haar hoofd. Zo moest ze niet denken.

Manshoge muren van stapelstenen, door klimop overwoekerd, scheidden de verschillende niveaus van elkaar en boven de fruitboomgaard tuurde ze naar een enorme stenen constructie, bedekt met kleine klimroosjes.

En dan de villa zelf. Annie hield een hand boven haar ogen tegen de fletse zonnestralen op de roze met abrikooskleurige gevel van het oude huis. Op de begane grond waren vier paar openslaande deuren met vaal geworden groene luiken, een patroon dat zich op de eerste verdieping herhaalde. De ramen zagen er zelfs vanaf haar standpunt verweerd en stoffig uit en toch leken ze glimlachend op te kijken naar de zon.

Was dit echt allemaal van haar? Het leek wel een villa uit een sprookje. Er moest wel een heel goede reden zijn geweest om dit verbluffend mooie huis zo'n lange tijd leeg te laten staan.

Annie liep naar de stapelstenen muur. Er moest toch ergens een trapje zijn. Trapjes waarop in het verleden vrouwen hun delicate, in slippers gehulde voetjes hadden neergezet en waar in verlegenheid gebrachte jongemannen hen met zachte, beschaafde handen hadden begeleid.

De gedachte dat deze mensen haar voorouders waren geweest was onvoorstelbaar vreemd. Haar vader was ook vermogend geweest, maar dit was van een andere orde, een andere wereld, een buitengewoon nakomelingschap.

De olijfbomen naast haar ruisten zacht door een opstekend briesje. Ze hield even halt en ademde diep in. Ze concentreerde zich. Een vogel zong vanuit de boomgaard boven haar, fladderde op en verdween in het geel en blauw van de lucht.

Annie speurde van boven naar beneden de stapelstenen muur af, op zoek naar een doorgangetje waar ze veilig omhoog naar het volgende niveau kon klimmen, maar de muur was hoger dan zijzelf en voorzag duidelijk in een adequate, terrasgewijze aanleg op de steile helling waarop Villa Rosa stond.

'Ciao?'

Er stond een man op het bovenste terras die, omlijst door een oude pergola overwoekerd met grillige uitlopers van roosjes, met zijn handen in de zij op haar neerkeek. Vanaf haar standpunt kon ze een rijzig, zongebruind silhouet onderscheiden en blond haar. Hij droeg een marineblauwe korte broek en een groen T-shirt.

'Kom je helpen met de put?' Hij sprak Engels met een Brits accent.

Annie schudde haar hoofd, rimpelde haar neus. 'De put?' Als zij de eigenaresse was van Villa Rosa, hadden anderen dan het recht om een put te slaan op haar perceel? De notaris had niet gezegd dat er iemand aan het werk was. Ze schudde haar hoofd. 'Nee, ik kom niet voor de put.'

Hij daalde snel af tot op het niveau van de fruitbomen. Annie speurde nog steeds naar een plek waar de trap zou kunnen beginnen zodat ze naar boven kon klimmen en op gelijke voet kwam met haar onverwachte gezelschap. Het voelde raar om beneden te staan en naar hem op te kijken.

De man keek bevreemd. 'Brengen Amerikaanse toeristen tegenwoordig ook al solobezoekjes aan een leegstaande villa? Hoe zit dat, signorina bella?'

Er speelde een glimlach om haar lippen. Als elke man in dit land haar zo aansprak zou haar ego aan het einde van de week tot ballonformaat zijn opgeblazen.

De man ging op zijn hurken zitten. Achter hem de fruitbomen en vogels met kraaloogjes. 'Kom, hier boven kun je van het uitzicht genieten. Het is magnifiek. Verbluffend.' Hij stak zijn hand uit. Zijn huid was goudkleurig en de haartjes op zijn armen waren gebleekt door de zon. 'Ik ben Luca, trouwens.'

Annie liep naar de muur en trapte op een paar takjes verse kruiden. De geur van citroenmelisse en rozemarijn steeg op. Ze sloot even haar ogen. 'Ik ben Annie. Aangenaam kennis te maken. Maar –'

'Ongelooflijk, hè? Deze plek?'

Annie knikte. 'Betoverend,' zei ze ademloos.

'Kom van het uitzicht genieten op het terras en van de geometrisch aangelegde tuin boven het rozenprieel,' zei Luca. 'Ik vind af en toe een toerist niet erg. Het is eigenlijk wel een welkome afleiding bij het zoeken naar de put. Die moet ergens verstopt liggen.'

Annie stak haar hand uit en pakte die van hem vast.

'Oké. Zet je voet in die kleine opening daar.' Hij wees naar iets wat duidelijk een steunpunt voor de voet in de stenen muur was. Met haar hand nog steeds in de zijne vond ze een steunpunt en een houvast voor haar andere hand. 'Pak allebei mijn handen vast,' zei hij.

Dat deed ze zodat hij haar naar boven kon hijsen en over de rand van het terras kon trekken, tot ze plat op haar buik terechtkwam en oog in oog lag met bergjes rot fruit. Ze hoestte, ging rechtop zitten en streek haar jurk glad.

'Sorry, voor mijn geestesoog zag het er een stuk eleganter uit,' zei hij. Ze lachten allebei.

Hij stak opnieuw zijn hand uit, die ze pakte, zodat hij haar overeind kon trekken. Ze staarde naar het uitzicht over het dal, waar zonnestralen de bomen, de dorpjes en de huizen beschenen. 'Ik heb eerlijk gezegd van mijn leven nog nooit zoiets schitterends gezien.'

'Dacht ik al.'

Ze draaide zich naar hem toe. 'Maar wie heeft je gevraagd om naar een put te zoeken op dit perceel?'

'De eigenaar van Villa Rosa.'

HOOFDSTUK 8

CARA

Cara stond op de begraafplaats aan de rand van het dorp. De eenvoudige zwarte jurk die om haar lijf slobberde had ze van Bettina geleend, de kokkin van de gravin, en toen ze vanochtend voor de spiegel haar lange donkere haar in een paardenstaart had gebonden, had een gezicht met ingevallen wangen en grote, verschrikte bruine ogen teruggekeken.

Bettina stond nu naast haar en aan haar andere zijde stond Alphonso. Het was heel verdrietig om papa's oudste vrienden die hun medeleven betuigden in een halve cirkel te zien staan met de hoed in de handen. En terwijl de dragers de simpele houten kist die Alphonso had gemaakt in het graf lieten zakken, draaide Cara zich om. De monotone woorden die de priester sprak, ebden weg en ze zag tot haar schrik dat Raf en de gravin op enige afstand van het gezelschap aan de heuvelkant stonden.

Ze durfde even op te kijken en voelde onmiddellijk dat Rafs blik zich in die van haar boorde. De twee vielen op: hij in een duur zwart pak compleet met zijden pochet in het borstzakje, zijn donkere haar glad naar achteren gekamd zodat zijn warme honingkleurige ogen nog beter uitkwamen en zijn arm in een witte mitella; de gravin met haar blonde haar in een wrong, de zwarte zijden rok en blouse die ze droeg slechts opgesmukt met een parelsnoer.

Cara draaide zich weer om naar papa's kist, die de bodem van het graf bereikt had. Ze staarde er nog een laatste keer naar en voelde een leegte vanbinnen die voor haar gevoel nooit meer opgevuld zou worden. Het licht dat papa in haar leven was geweest was voor altijd gedoofd.

De priester gaf haar een enkele witte roos voor op de kist. Cara pakte de roos aan, staarde ernaar, niet in staat om zich te bewegen. Bettina pakte haar hand en kneep erin. Ze draaide zich even naar de kokkin met de krullen die het had overgenomen sinds de privékok van de gravin was vertrokken om mee te vechten in de oorlog. Vanochtend was Bettina bij papa's pensione langsgekomen met de jurk, een zacht versgebakken witbrood en een kom aardbeien uit de tuin. Cara had ernaar gestaard en zich er met moeite toe gezet om er in haar bijzijn, uit respect voor haar goedheid, van te eten.

Cara glimlachte moedig naar Bettina en draaide zich naar Alphonso, legde haar hand even op zijn arm. Zijn blik was veelzeggend. Hij had ook veel respect voor haar vader gehad en in de eerste periode van de oorlog had hij vaak kruiden uit de tuin van de gravin naar het pensione gestuurd en verse eieren van de kippen die hij verzorgde voor de gravin.

Cara hield nog steeds de witte roos vast. De bloem op de kist gooien zou voor haar voelen als 'het einde'. Dan was het allemaal voorbij. Papa's gesprekjes met de gasten van het pensione, zijn steevast verrukte begroeting van elke gast die 's ochtends naar beneden kwam voor het ontbijt, alsof elke keer dat ze verschenen het ook de eerste keer leek. Gisteravond had Cara op de binnenplaats achter het pensione gezeten en naar zijn geliefde potten met tomatenplanten gekeken terwijl de tranen over haar wangen rolden. Vorige week nog had papa gezegd dat de oogst van deze zomer alle verwachtingen overtrof. Nog maar een paar dagen geleden had hij gezegd hoeveel geluk ze hadden dat de nazi's niet alle tomaten hadden gestolen. En zij had geantwoord dat het volgens haar misschien kwam omdat de gravin weigerde de partizanen te helpen, waardoor het hele dorp een streepje voor had bij de nazi's.

Cara staarde naar de houten kist, haar vingers roerloos om de dunne stengel van de witte roos geklemd. Er klonk gemompel onder de dorpelingen die zich om het graf hadden verzameld, maar ze bewoog zich niet: de roos op het zand gooien dat op papa's lichaam lag opgehoopt, voelde te onherroepelijk.

Ze schudde haar hoofd. Ze kon het niet.

Toen ze merkte dat Raf naast haar was komen staan, sloot ze haar ogen. Ze voelde zijn aanwezigheid net zo intens als altijd, de zekerheid en troost die hij haar gaf, maar uiteindelijk had de hartstocht tussen hen alles kapotgemaakt.

Ze wist dat papa Raf graag had gemogen.

De gravin was niet alleen Cara's werkgever, ze was ook de eigenaresse van papa's pensione; hij betaalde haar de huur en hij runde zelfstandig het pension.

De wereld van de gravin en van Raf was zo totaal anders dan haar eigen wereld; ze paste op geen enkele manier in hun leven.

Papa had haar altijd beschermd, haar gesteund bij haar keuzes en beslissingen; hij besprak alles kalm met haar en deed suggesties. Hij was er altijd voor haar geweest.

Cara ademde vermoeid in en keek plotseling op toen ze tot een besef kwam.

Natuurlijk.

Het lichaam dat onder de hoop aarde begraven lag was niet papa.

De nazi's hadden papa's lichaam misschien wel meegenomen, ze hadden hem afgemaakt en hem pijn gedaan, zo veel pijn dat hij eraan bezweken was en daarmee zijn tijd was gekomen om naar Gods genadige armen in de hemel te gaan, maar de waarheid was dat het niet papa was daar beneden.

Hij zou altijd bij haar blijven. Die zekerheid zou niemand haar afnemen, wist ze. De dood kon de liefde niet wegnemen.

Precies op dat moment voelde ze hem, hij was overal, hij was het briesje in de lindeboom die uitzag over deze heilige plek. In de lucht boven de vallei waar hij haar had grootgebracht en vooral, waar hij diep in haar hart, altijd zou zijn. Zij van wie we hielden, zouden voor altijd bij ons zijn. Ze voelde het en ze kon zich voorstellen dat hij haar geruststellend toesprak, dat hij vlak bij haar was.

Cara wierp de roos in het graf.

Haar vaders begrafenis was al een paar dagen geleden. Cara liep de stenen traptreden af van de terrastuin van Villa Rosa. Ze stopte toen ze op het onderste terras met de oude, knoestige olijfbomen was aangekomen. De indigonacht die Toscane laat in de zomeravond altijd als een diepblauwe deken omhulde, werd door stralen maanlicht gebroken, als citroengele penseelstreken in het magische olijfbos.

Cara bleef stokstijf staan. De stilte werd doorsneden door het geluid van Rafs voetstappen die haar volgden in de inktblauwe stilte en ze wachtte op hem, al zei alles in haar dat ze naar huis moest.

Hij stond tegenover haar in het maanlicht, zijn blik liep over van bezorgdheid. Zijn donkere haar was kortgeknipt vanwege het leger en hij zag er krachtiger en knapper uit dan ooit in zijn witlinnen blouse en broek, al hing zijn arm in een mitella en hij herstelde van een wond, veroorzaakt door een granaatscherf. 'Hoe gaat het Cara?'

Sinds de dag van de begrafenis had ze met haar haren in een keurige paardenstaart brieven voor de gravin getikt naar haar zakencontacten, haar bankiers in Milaan, haar financieel adviseurs in Florence, terwijl haar hart brak bij de gedachte aan haar vader en hoe erg hij geleden moest hebben. En elke ochtend als ze wakker werd in haar slaapkamer in het doodstille pensione, waar de geluiden van papa die koffiezette of papa die zong in de keuken niet meer klonken, voelde ze een diepe, pijnlijke leegte in haar buik.

Cara had door haar tranen heen gelachen toen een van de buren aankwam met een zorgvuldig bereide *torte della nonna*, het dessert dat haar moeder altijd voor haar maakte op zondag. Haar buur had haar laatste kostbare meel eraan gespendeerd om dit speciale dessert te maken. De herinnering aan papa die haar moeders traditie had voortgezet had haar overspoeld. Dan kneedde hij zorgvuldig het deeg en bracht het in vorm, terwijl hij de verrukkelijke goudgele custard, bereid met de beste bruine eieren en boter, in de ondiepe taartbodem goot, waarna hij zorgvuldig een gladde schijf korstdeeg erbovenop legde en er pijnboompitten in decoratieve cirkels in duwde.

Cara nam een grote hap lucht; het was een met maanlicht overgoten nacht, vermengd met rozengeur en de belofte van glanzende, groene olijfolie die de familie Messina na elke oogst bottelde. Vanuit de boomgaard erboven kwam de indringende geur van midzomerperziken en de wildgroei van rozemarijn en citroenkruid langs de stapelstenen muren.

Cara herpakte zich. Ze had haar paardenstaart losgemaakt zodat haar donkere lange manen over haar rug golfden. Haar ogen, zo donker als haar haren, waren groot, rond en kwetsbaar. Maar het vuur dat in haar brandde en haar aanmoedigde om de mensen te steunen die zich verzetten tegen de nazi's, zou niet zomaar doven. En zo snel als de golf van verdriet haar had overspoeld, zo snel was die vurige overtuiging opgekomen.

'Ik ben alleen maar bezig met mijn verdriet om papa. Het is onvoorstelbaar wat hem is overkomen. Ik kan nergens anders aan denken. Behalve...' Ze tastte met haar ogen zijn gezicht af.

Er trilde een spiertje op Rafs wang. Haar woorden bleven even tussen hen in hangen en zijn ogen werden groot.

Cara loerde om zich heen. 'Ik heb begrepen dat jij contacten hebt. Introduceer me bij hen. Dan kan ik ook wat doen.'

'Cara... het is te gevaarlijk, begrijp dat alsjeblieft. Hier in de vallei heeft de oorlog ons nog niet bereikt, maar met elke stap die de geallieerden naar het noorden zetten, komt de oorlog dichterbij, en met elke versterkingstroep die van de nazi's opdracht krijgt naar Toscane af te zakken om het veroverd gebied te claimen ook. Je kunt je leven niet in de waagschaal stellen. Ik wil niet dat je het risico neemt –'

'Mijn vader is dood omdat hij de twaalfjarige dochter van zijn vriend beschermde tegen een dreigende verkrachting door nazi's.'

De uitdrukking op Rafs gezicht werd zachter. 'Ik snap het. Ik snap hoe je je voelt en ik weet wat je doormaakt.'

Cara schudde haar hoofd toen ze het vuur weer in zich voelde oplaaien. 'Hoe weet je dat? Hoe kun je...'

Raf boog zijn hoofd.

Cara sloot haar ogen. 'Sorry.' Hij had ook zijn vader plotseling verloren. De hele vallei was geschokt geweest. En toch was de aandacht vooral uitgegaan naar de gravin, haar moed en veerkracht toen ze geconfronteerd werd met de dood van haar man. Maar er bleven ook twee jongens achter die geen vader meer hadden.

Raf had altijd in de schaduw van zijn moeder gestaan. En haar invloed was groot. Cara wist dat Raf aan zijn moeders wens had voldaan om voor Mussolini te vechten, aan Hitlers kant. Ze wist dat Raf er veel waarde aan hechtte om zijn familie te respecteren en zijn moeder te verzekeren dat hij altijd voor haar zou klaarstaan, vooral nadat Nicolas, de oudste, Villa Rosa de rug had toegekeerd. Maar ze wist ook dat Raf nooit tegen zijn moeder kon zeggen dat hij partizaan was. De enige manier om dicht bij zichzelf te blijven was dat achter de rug van zijn moeder om te doen. *Leugens en bedrog...*

Cara begreep het wel, maar begrip was niet genoeg. Ze kon ook iets dóén en de situatie vereiste dat. Deze vallei stroomde net zozeer door haar aderen als door die van hem.

De stilte van de roerloze, door de maan verlichte avond werd alleen onderbroken door het zachte geklater van de fonteinen van huize Messina, van het ene op het andere terras. De fonteinen werden op gang gehouden door een pomp boven in de tuin. Raf was degene die haar verteld had dat Villa Rosa op een diepe springbron stond die indertijd door de Etrusken was ontdekt en dat er diep onder de grond een uitgebreid buizen- en gotenstelsel was. Hij vond het altijd fijn om Alphonso te helpen met het schoonhouden en verzorgen van de fonteinen en Cara wist dat toen Raf terugkeerde van het front, Alphonso blij en ontroerd was geweest. Hij had altijd een zwak gehad voor de jongste zoon van de gravin.

Toen Raf vertrok om in de oorlog te gaan vechten, had hij haar verteld dat elke druppel water telde en dat de fontein volgens een circulair systeem werkte, zodat er niets verloren ging. Maar elk mensenleven telde ook.

'Heeft Alphonso je gezegd het met mij daarover te hebben?' vroeg Raf, waarmee hij de zware stilte tussen hen verbrak.

Cara hief haar kin op en keek hem onderzoekend aan. 'Je weet dat ik Alphonso's vertrouwen nooit zou beschamen. Hij is als een oom voor me.' Haar stem brak. 'Ik doe dit uit eigen wil, ik wil hem helpen. Als jij me niet de juiste weg wijst, dan vind ik wel iemand die dat wel doet.'

Zijn stem klonk laag en krachtig. 'Ik kan het niet verdragen dat jij je leven op het spel zet.' Hij keek haar nu smekend aan. 'Kijk wat er met je vader is gebeurd...' fluisterde hij.

'Ik heb niets meer te verliezen,' zei ze. Dat was zo.

Hij knikte en staarde naar de grond. 'Ik vermoedde al zoiets, dat je het zo zou zien.'

Hun gezamenlijk zwijgen hing als een sluier tussen hen in.

'Ik ga hoe dan ook mijn bijdrage leveren. Ik vind wel een manier als jij me niet wil helpen.'

Hij keek naar haar op met een blik die haar recht door de ziel sneed. 'Zou je vader dit gewild hebben, Cara?'

'Ik heb het hem beloofd.' Ze draaide zich om en zocht haar weg in de richting van de smeedijzeren hekken van Villa Rosa.

'Cara...'

Maar Cara keek het dal in, naar het dorp aan de voet van de heuvel. Het was maar een klein dorpje, maar het was het meer dan waard om beschermd te worden. En de nagedachtenis aan papa in ere houden was ook elk risico dubbel en dwars waard. 'Ik hoop van je te horen,' zei ze.

Cara liep weg en begaf zich op de stille weg naar beneden.

HOOFDSTUK 9

ANNIE

Annie stond buiten bij de voordeur van Villa Rosa, die in dezelfde zachtgroene tint was geschilderd als de luiken; spinnenwebben omzoomden de randen in fragiele patronen. Boven de deur bevond zich een elegant waaiervormig bovenlicht dat bespikkeld was met modder en stof en bij de voordeur hadden zich sinds jaar en dag bergen dode bladeren opgehoopt.

Luca, de man met het Britse accent die ze tijdens haar eerste bezoek aan Villa Rosa had ontmoet, had haar duidelijk te verstaan gegeven dat hij haar geen toegang tot het terrein kon verlenen zonder toestemming van 'de eigenaar'. Die laatste zou vandaag naar de Villa komen; zijn naam was Sandro Messina en Luca had haar verteld dat hij een rechtstreekse nakomeling was van de Messina's.

Annie had zichzelf wat afleiding moeten bezorgen op de dagen voor de komst van Sandro Messina, dus was ze naar Florence getogen en had ze rondgewandeld in de Galleria degli Uffizi. Ze was naar boven geklommen naar het Palazzo Pitti en had van het vergezicht genoten vanaf de Toscaanse heuvels en de Giardino di Boboli, had gegeten in alleraardigste familierestaurantjes en genoten van de eenvoudige lokale maaltijden die haar papa vast en zeker enorm had weten te waarderen.

Ze was geïnspireerd geraakt door de producten die op de lokale markten werden verkocht en was teruggegaan naar het pensione in het dorp – dat ze had verkozen boven iets anders omdat het dichter bij Villa Rosa was dan het hotel in Cortona – met haar handen vol potjes lokale honing, kazen en een fles Toscaanse wijn. De indruk werd gewekt dat elke familie met een stuk land in Toscane druiven kweekte en een wijngaard had en haar eigen wijn maakte. Oude wijngaarden stonden langs de helling op een van de omringende heuvels bij Villa Rosa. Als ze hier zou wonen zou ze, net als de familieleden van weleer die hier eeuwenlang hadden gewoond, er enorm veel plezier in scheppen om haar eigen wijn en olijfolie te produceren. Of ze kon bijenhouder worden. Ze zag zichzelf wel met bijenkasten in de weer.

Haar zintuigen waren de afgelopen dagen, terwijl ze ronddwaalde in de straten van 's werelds mooiste renaissancestad, in alle opzichten geprikkeld. Ze had haar lange blonde haar niet langer in een paardenstaart en droeg het los, voor het eerst sinds ze naar de kookschool ging in Parijs. Ze had zichzelf in Florence getrakteerd op zachtleren schoenen en een paar kleurrijke zomerjurkjes die haar olijfkleurige huid accentueerden.

Annie voelde zich levendiger dan in San Francisco, waar ze gewend was om zwarte kleding te dragen tijdens het werk en ze meestal in versleten jeans en vale shirts rondliep als ze niet werkte.

Hoe erg ze ook in de rouw was om papa en hoezeer ze Monica en Paul ook miste, ze vond reizen in haar eentje heerlijk en genoot met volle teugen. Keek papa met haar mee en glimlachte hij omdat ze op een plek was waar ze het leven volledig kon omarmen? Ze hoopte het.

'Annie?'

Ze draaide zich om. Luca stond met zijn handen in zijn zij, precies zoals hij had gestaan toen ze hem voor het eerst ontmoette.

'Godzijdank is het een beetje afgekoeld sinds de laatste keer,' zei hij. Hij klonk alsof hij zin had in een praatje, zelfs blij was om haar te zien. 'Ik vond het achteraf heel onbeleefd dat ik je niet binnen heb gelaten in de villa. Vergeef me.'

Annie glimlachte, ze was blij met zijn aandacht. 'Ik denk dat ik ook zou hebben geaarzeld om een vreemde binnen te laten in een huis dat niet het mijne was...' Er viel een korte stilte. Eigenaarschap was een gevoelig onderwerp. 'Ik heb een interessant tripje gemaakt naar Florence. Geweldig was het.'

'Je bent vast nog meer onder de indruk geraakt van Toscane?' vroeg hij. Hij keek naar haar en grinnikte charmant. Zijn ogen twinkelden.

'Wie raakt er niet onder de indruk van dit alles?' Ze spreidde haar armen uit om de villa, de tuinen, de vallei en de in nevel gehulde heuvels in de verte te omarmen. Door haar verblijf in Florence was haar liefde voor Toscane alleen maar groter geworden en nu ze terug was in de vallei keek ze er absoluut niet naar uit om die andere persoon te ontmoeten die de betoverende villa als zijn eigendom opeiste.

'Ik weet het. Ik zit ook niet te springen om terug te gaan naar Engeland, al is het daar ook mooi. Behalve het weer dan...'

'Ik dacht dat je Italiaans was, Luca?' vroeg Annie, al sprak hij nog zo perfect Brits-Engels.

Luca schudde zijn hoofd. 'Mijn opa was Italiaans, maar ik ben in Hampshire opgegroeid. Ik heb er mijn eigen tuinontwerpbedrijf. Toen ik gevraagd werd om naar Italië te komen voor de renovatie van de tuinen van Villa Rosa, heb ik die kans meteen gegrepen. Voor mij betekent het ook heel veel.'

Annie fronste.

Precies op dat moment klonk het alles overstemmende geronk van een motor en kwam een lage sportwagen de bocht om die de oprit naar de villa opreed en vlak voor hen stopte. Annie keek naar het embleem op de auto: het was een Ferrari. Ze liep naar Luca toe en ging naast hem staan.

'Nou, daar gaan we dan,' zei Luca en onverwacht voelde ze zijn hand op haar arm voordat hij naar de gestroomlijnde sportauto liep. 'Hou je vast.'

Ze sloeg haar armen over elkaar en vroeg zich af aan wiens kant Luca nou eigenlijk stond.

Luca boog zich naar de sportauto, liet zijn arm op het dak rusten zodat Annie niet kon zien wie erin zat en opende het portier aan de bestuurderskant.

Toen Luca een stap opzij deed, verscheen er een spottend lachje om Annies mond.

De bestuurder van de sportwagen plantte een voet op het grind, dat nodig aangeharkt moest worden. Toen hij uit de auto stapte, moest Annie zich inhouden om niet te grijnzen. De man was woest aantrekkelijk, zoals dat heette. Hij was knap, adembenemend zelfs, met donkere krullen, klassieke gelaatstrekken en heel bijzondere, honingkleurige ogen. Hij droeg een vale spijkerbroek en een wit linnen overhemd er losjes overheen.

Zijn zonnebril stak in zijn donkere krullen en hij kwam met uitgestoken hand op haar af. Zijn andere hand legde hij op haar arm. 'Jij bent zeker Annie,' zei hij. Zijn accent verried sporen van het zangerige soort Italiaans waar ze de afgelopen week zo graag naar geluisterd had. 'Sandro Messina. Eerlijk gezegd ben ik lichtelijk verontrust over je aanwezigheid hier.'

Ze schudde zijn hand en moest bekennen dat hij ontwapenend was en meteen alle tegenstand bij haar had weggenomen. 'Je bent echt heel anders dan ik me had voorgesteld,' zei ze ondanks zichzelf. Ze had zich een man van middelbare leeftijd voorgesteld met een citroengele sweater over zijn schouders geknoopt en een paar glimmende geelbruine brogues aan zijn voeten. Luca had gezegd dat het om privacyredenen beter was dat ze de eigenaar eerst zelf ontmoette voordat hij haar meer vertelde.

Sandro keerde zich naar Luca. 'Wat heb je gedaan, heb je haar bang gemaakt? Heb je gezegd dat ik de duivel in eigen persoon ben? Ach, laat ook maar, ik wil het eigenlijk ook niet weten.'

Annie keek snel even naar Luca, die blozend met zijn handen in zijn zakken naar het grind stond te staren. 'Ik ben slechts de boodschapper van het nieuws.' Hij schudde zijn hoofd. 'En ik heb niets losgelaten.' Hij knipoogde naar Annie.

Annie haalde haar schouders op en streek door haar lange blonde haar. Ze had een jurk aangetrokken waarvan ze wist dat die papa dicht bij haar hield, de jurk die ze op zijn begrafenis had gedragen, niet zwart, maar marineblauw en ze wist dat die de kleur van haar ogen goed uit deed komen. Op het moment dat ze de jurk kocht had ze besloten dat deze geen ongeluk mocht brengen vanwege de begrafenis; ze zou hem juist dragen om zichzelf eraan te herinneren dat haar vader altijd achter haar stond.

'Ik wil je dolgraag spreken,' zei ze tegen Sandro. 'De situatie heeft mij ook nogal overvallen.'

'Ik denk dat je vast wel een kijkje wil nemen, binnen,' zei hij kalm.

Ze knikte. 'Ik heb mijn eigen sleutel, één van het hek en één van de voordeur.'

Hij bekeek de koperen sleutels in haar hand.

'Natuurlijk,' zei hij nog steeds met zachte stem.

Achter hen hoorde ze Luca zijn keel schrapen.

'Zullen we de proef maar op de som nemen dan?' vroeg Sandro, nog steeds op innemende toon.

Annie pakte haar sleutel en liep ermee naar de voordeur van Villa Rosa.

HOOFDSTUK 10

CARA

Cara had op aandringen van de gravin een week vrij genomen. Sinds de begrafenis had ze elke dag keihard gewerkt, wat voor afleiding zorgde, maar het had de pijn om het verlies van haar vader niet verzacht. Wat hielp het om zichzelf onder te dompelen in brieven en telefoontjes?

Ze had vanochtend rechtop in bed haar koffie gedronken; de stilte buiten in het dorp had haar verontrust. Nog maar tien maanden geleden had er blij gejuich geklonken op de keienstraatje buiten bij papa's pensione en hadden de dorpelingen de avond dansend doorgebracht op de piazza. Mussolini was weggestemd door zijn eigen Fascistische Grote Raad en iedereen had gedacht dat de tientallen jaren van fascisme eindelijk voorbij waren. Maar sinds Hitlers tanks waren binnengerold in de vallei, had het gevoeld alsof de dag des oordeels was aangebroken en sindsdien had er buiten geen gejuich of gezang meer geklonken.

De lokale bevolking had kunnen overleven door middel van haar eigen landbouwproducten, maar de rantsoenen in de steden waren gehalveerd tot minder dan een kop melk per persoon per dag en met de distributiebonnen voor meel kon je maar bar weinig kopen. Er deden al lange tijd allerlei verhalen de ronde over mensen die het familiezilver ruilden tegen een ham op de zwarte markt, terwijl de prijs van een lamsbout gelijk was aan honderdduizenden lires en fruit en groenten bijna niet meer bestonden; de nazi's plunderden regelmatig de naburige dorpen en beroofden de inwoners van hun laatste bezittingen.

Meningsverschillen tussen Cara's buren leken opgeblazen te worden door de wanhoop waaronder iedereen gebukt ging. Gisteravond had ze het geschreeuw aangehoord van haar buurman, Luigi Santino, die tekeerging tegen zijn vrouw. En buiten was hij al net zo verschrikkelijk. Ze haatte de manier waarop hij naar haar loerde alsof ze zijn toetje was. Om de zoveel tijd vroeg hij haar poeslief hoe het met de gravin ging en dan vroeg hij haar zijn groeten over te brengen.

Het waren de oudste dorpelingen die haar hart braken, zoals ze op het marktplein zaten en hoofdschuddend voor zich uit staarden. Cara wist dat ze zich nog konden herinneren hoe het in Italië was voordat Mussolini in 1922 aan de macht kwam. Ze herinnerden zich het kortstondige gevoel van vrijheid dat het land had genoten na de Eerste Wereldoorlog. Het leek alweer zo lang geleden, zo ver weg.

Cara wachtte tot de eerste lichtstrepen verschenen die het aanbreken van een nieuwe dag aankondigden rond de oude houten luiken voor haar slaapkamerraam. Alphonso, God zegene hem, kwam elke ochtend langs met een rieten mand, afgedekt met een rood-wit geruit kleedje, met haar ontbijt erin: brood uit de villa, en een kannetje melk. Meestal nam hij ook grote, stevige lichtrode aardbeien mee uit de tuin.

De gravin bevoorraadde de groenten- en fruitstalletjes op de markt, maar de nazi's plunderden de marktstalletjes altijd als eerste en beroofden hen van het kleine voorraadje dat ze hadden, zodat de markt in het dorp tegenwoordig nog maar een fractie was van wat die voor de oorlog was.

Cara zonk naar achteren in de kussens. De Duitse stemmen onder haar raam in het smalle keienstraatje buiten bij het pensione verstoorden de anders zo stille ochtend. Ze patrouilleerden altijd precies om zeven uur. Ze had nog tegen Alphonso gezegd dat het wel handig was dat de nazi's altijd stipt hun dagelijkse ronde deden. Alphonso had nors geknikt. De partizanen deden er hun voordeel mee. Ze opereerden al zigzaggend om de nazi's heen, gingen in de scheuren zitten en haalden hun muren neer.

Cara stapte haar eenpersoonsbed uit toen de stemmen van de patrouillerende nazi's eenmaal verstomd waren. Ze trok haar peignoir van fijn wit batist aan en trippelde naar het raam. Ze sloeg de luiken wijd open. Het was een stille, serene ochtend. Ze leunde op de vensterbank en keek omhoog naar de blauwe lucht.

Toen ze daar een tijdje had gestaan, in gedachten bij papa, hoorde ze Alphonso zacht op de voordeur kloppen. Ze verliet het knusse appartementje dat ze met papa had gedeeld, liep de houten trap af en passeerde de receptie van het pensione met het houten sleutelbord.

Ze riep zacht Alphonso's naam.

'Si, signorina Cara.'

Ze opende uit gewoonte voorzichtig de voordeur, haar ogen neergeslagen, omdat ze altijd eerst keek of het Alphonso's schoenen wel waren. En dat klopte: afgedragen schoeisel, waarvan de zolen de afgelopen jaren vaker dan één keer door de plaatselijke schoenlapper vervangen waren.

Ze sloeg haar ogen op en beantwoordde Alphonso's vriendelijke blik.

'Je ziet er al weer wat beter uit, signorina,' zei hij.

Ze glimlachte en keek hem recht in de ogen: hij was even groot als zij, bijna één meter achtenzestig. 'Dank je, Alphonso. Ik moet eerlijk bekennen dat ik er best naar uitkijk om morgen weer te gaan werken.'

Alphonso keek even bezorgd naar het smalle weggetje naar boven. 'Si,' zei hij, 'als ik mijn werk niet zou hebben' – hij sloeg zijn ogen weer neer – 'of mijn huisje op het terrein van de villa... ik moet er niet aan denken onder wat voor omstandigheden ik dan zou leven. Welke nazi er in mijn bed zou slapen!'

'Ja,' fluisterde Cara.

'Hoe gaat het nu, signorina Cara?'

'Beter,' zei Cara en ze meende het. 'Al zijn er mensen die zeggen dat ik er nooit overheen kom, over papa's dood. Dat de pijn nooit minder wordt. Maar er zijn er ook die zeggen dat het verdriet uiteindelijk slijt.'

Alphonso knikte en zuchtte.

'Ik weet niet hoe ik me over een maand voel, of over een jaar, of over tien jaar.' Cara beet op haar lip. 'Maar wat ik wel weet is dat papa me het leven heeft gegeven. En dat moet ik op waarde schatten. Ik moet dankbaar zijn voor elke nieuwe dag. Ik denk dat dat de laatste les is die onze ouders ons leren, denk je niet?' Ze haperde, haar woorden bleven steken en ze slikte.

'Dat is waar, denk ik,' zei hij. Hij mompelde een zegen. 'We kijken ernaar uit om je morgen weer boven te zien, signorina, in de villa.'

Cara glimlachte naar hem en terwijl hij wegliep, sloot ze zacht de deur en bleef ze in de koele roerloosheid van haar huis staan. Ze had hem naar de partizanen willen vragen, maar ze voelde dat iedereen wilde dat ze de tijd zou nemen om te rouwen, en dat respecteerde ze.

Toch had ze inmiddels genoeg gerust. Het was tijd om in actie te komen.

De volgende ochtend liep Cara naar boven via de terrastuinen van de villa en kwam ze langs het zomerhuis waar de man van de gravin de jonge Evelina ten huwelijk had gevraagd. Ze hield even halt op het bovenste terras bij de rozenboog, die bedekt was met kleine roze ontluikende roosjes. De gravin had ze al voor zo veel plaatselijke trouwerijen weggegeven, en ze had er altijd op gestaan dat ze zelf de perfectste roosjes eruit mocht plukken. Ze had Cara gezegd dat ze moest trouwen zodra ze in bloei kwamen. Cara was niet in staat geweest om haar recht in de ogen te kijken.

Ze kwam de koele hal binnen. Rechts van haar was de deur naar het kantoor gesloten. Aan haar linkerkant was de serene muziekkamer van de gravin die via een binnendeur toegang gaf tot de eetkamer.

Cara's hand zweefde boven de klink van het kantoor toen ze stemmen van boven hoorde: de zachte stem van de gravin en nog een andere, niet van Raf, maar van een man.

Cara glipte snel de veilige werkruimte binnen en gluurde om het hoekje van de deur de hal in.

Er klonken voetstappen op de brede trap die in een bocht liep en een smeedijzeren balustrade had, ontworpen door dezelfde ijzersmid die de hekken rond Villa Rosa had gemaakt. Cara zag de voeten van de gravin in beeld komen, in lichtblauwe sandaaltjes met hoge hakken gestoken en vervolgens de blauwe zijde van haar jurk. Haar gezicht was opgemaakt met bleekroze lipstick en door haar glimlach hadden zich plooitjes bij haar ogen gevormd.

Cara's hand bleef als bevroren op de deurklink liggen en haar blik werd naar boven gezogen. Een paar dure schoenen en een broek met een keurige vouw erin volgden de lichte tred van de gravin. Een scherp gesneden colbert en dan een glimp van zijn gezicht.

Cara deed intuïtief een stap terug en zorgde dat ze niet gezien werd, maar ze hield haar oor tegen de dichte deur van het kantoor en luisterde, terwijl haar hart hevig klopte. De gravin giechelde als een schoolmeisje. De man die haar volgde, de trap af, mompelde haar op zachte, speelse toon toe. Het was duidelijk dat ze aan het flirten waren. Hij sprak Duits.

Cara liep op haar tenen het kantoor door naar het bureau en begon met de ingekomen post te rommelen die zich tijdens haar afwezigheid had opgestapeld.

Ze had te veel uren in haar eentje in het kantoor van de gravin doorgebracht en de kranten gelezen om hem niet te herkennen. Ze had zijn gezicht maar al te vaak op de voorpagina zien staan. Veel te vaak.

Cara haalde een paar keer onthutst adem.

De gravin had een affaire met een hooggeplaatste nazi, een van de commandanten van Camp Florence. Zo uit het hoofd dacht ze dat hij Bruno Klein heette. *Hoe kón ze...*

Cara keek even naar de stapels correspondentie op haar bureau. Dit moest ze Raf vertellen, zodat de partizanen in elk geval op de hoogte waren! *Nu was het moment om iets bij te dragen, zelfs al was het onder de neus van deze nazi.*

Ze sloop weer terug naar de deur. De man mompelde iets en de stem van de gravin antwoordde zwoel en flirterig. Hij grinnikte diep en daarna was het stil. Hij was haar vast aan het zoenen.

Wat betekende dit voor haar, voor Alphonso, voor Bettina en voor Raf? Had de gravin niet in de gaten aan hoeveel gevaar ze hen allemaal blootstelde door deze man binnen te laten?

HOOFDSTUK 11

ANNIE

Met de sleutel die Annie gekregen had ging het slot gemakkelijk open; ze liep de hal van Villa Rosa binnen. Een trap liep in een bocht naar de bovenverdiepingen en hetzelfde smeedijzeren patroon van het hek buiten kwam binnen terug in de balustrades en trapleuningen. Maar binnen was het smeedwerk gedecoreerd met iets wat op initialen leek en er waren rozenknoppen in verwerkt.

Annie kon het niet laten om ernaartoe te lopen en van dichtbij de sierlijke letters te bekijken – E en A. Ze stonden dicht bij elkaar, waren ineengestrengeld en vormden bijna een eenheid.

'Evelina en Arturo.' Sandro zette zijn gelaarsde voet op de onderste tree. 'Mijn overgrootouders. Evelina en Arturo Messina.' Hij streek met een vinger langs de initialen. 'Ze waren dol op deze villa. Ik weet zeker dat Arturo, mijn overgrootvader, als hij niet gestorven was in de oorlog, met hand en tand de villa verdedigd had om te voorkomen dat de nazi's er bezit van namen. Het is vreselijk wat hier gebeurd is... afschuwelijk.'

Annie zweeg. Waar doelde hij op? Ze wist niets over deze mensen of over hun geschiedenis en hoe zijzelf in het plaatje paste. De koele roerloosheid in Villa Rosa was verontrustend en door naar binnen te gaan was het alsof papa's brief aan haar nu pas werkelijkheidswaarde kreeg.

Luca had zich verontschuldigd en was weer aan het werk gegaan in de tuin. Het voelde vreemd om hier alleen met Sandro te staan. Ze had liever gehad dat Luca erbij was gebleven.

Tegelijkertijd kon ze niet wachten om de elegante trap op te gaan, maar Sandro liep door de hal naar rechts en ze volgde hem. Hij opende een witte deur en knipte het licht aan. Het bleek een werkkamer te zijn met een fraai antiek bureau voor het venster, waarvan de luiken gesloten waren, en met een open haard waarboven een schilderij hing dat afgedekt was met een doek. Over twee leunstoelen lagen stoflakens en in de hoek van de kamer lag een opgerold vloerkleed. Aan weerszijden van de open haard waren planken bevestigd met rijen oude boeken. De lederen ruggen waren gebarsten en versleten, maar de gouden letters in reliëf en de sierranden waren intact.

'Mijn hemel,' fluisterde Annie. Ze liep naar de boeken toe en las de ruggen: Dante, Voltaire, Poesjkin... ongelooflijk dat niemand deze kostbare werken had weggekaapt.

'Dit is maar een fractie van de boekencollectie die de villa ooit in bezit had. Mijn vader vertelde me dat er hier honderden boeken stonden toen hij nog jong was. Wie weet wat er met de rest gebeurd is.'

Annie draaide zich naar Sandro, die alweer was doorgelopen en via een tussendeur in de volgende kamer was aanbeland, een zitkamer met een sofa en verschillende leunstoelen die ook afgedekt waren met stoflakens. Aan het plafond hing een kroonluchter die een lichtpatroon over de donkere ruimte sprenkelde. De wanden waren diepgeel geschilderd en hadden een bijna magische ouderdomsglans.

Plotseling viel Annies oog op de wand aan de overzijde van de kamer en haar mond viel open: het antieke diepgeel op de wand was gedeeltelijk afgekrabd zodat er restanten van een fresco zichtbaar waren: mensen die op een markt lopen, met in hun mantels en robes het levendig lazuurblauw van lapis lazuli.

'Jeetje wat mooi,' fluisterde Annie.

Sandro stond met zijn neus boven op de schilderingen en tuurde ernaar. 'Prachtig, hè? Ze vormen een belangrijk onderdeel van de nalatenschap van mijn overgrootouders. Ik ben bezig de beste vaklieden te verzamelen om dit te restaureren.'

Annie fronste. *Mijn erfenis, mijn overgrootouders...*

'Deze vertrekken werden door mijn overgrootvader als kantoor gebruikt; helaas is hij in de jaren dertig vroegtijdig overleden; hij kreeg een hartaanval tijdens een wandeling in de tuinen.'

'Wat spijtig.' Annie wilde met haar vinger langs de fresco's strijken, maar ze durfde niet.

'Mijn overgrootmoeder Evelina voelde het aan en ging naar buiten om hem te zoeken, toen is hij in haar armen gestorven. Vanaf dat moment moest ze in haar eentje de leiding op zich nemen en dat heeft ze de hele oorlog lang volgehouden.' Sandro keek met een trieste blik naar de vloer. 'En toen is het allemaal fout gelopen.'

Sandro ging haar voor naar het volgende vertrek.

'Dit is een kleine antichambre,' zei hij. 'Ik denk dat die gebruikt werd als een soort bergruimte, voor de administratie.' Hij wapperde met zijn hand door de benauwde donkere ruimte. Aan alle wanden waren planken bevestigd, maar iemand had alle mappen met papierwerk weggehaald. Een kaal peertje hing eenzaam en zonderling aan het plafond. 'Ik denk dat dit destijds een stal is geweest die ze omgebouwd hebben tot opslagruimte.'

Annie voelde zich niet helemaal op haar gemak hier. Ondanks het warme weer buiten sloeg ze rillend haar armen om zich heen. Er was iets grimmigs en vreemds aan deze ruimte. 'Kunnen we hier weg?' fluisterde ze.

Sandro draaide om en keek haar aan. 'Is er iets wat je niet aanstaat aan de villa?'

'Nee, hoor,' mompelde ze, maar ze was opgelucht toen ze weer terug in de hal waren.

Sandro keek naar het plafond. 'Ik ben van plan om alle muren tussen de vertrekken te slopen. Ik wil er één grote leefruimte van maken met een moderne keuken erin, zonder tussenmuren. De architect die ik in de arm heb genomen is met het ontwerp bezig,' zei hij. 'Ik wil eigenlijk het hele achterhuis met de oude keuken en de slaapkamers van het personeel slopen. Alles compleet renoveren en afrekenen met de spoken uit het verleden die in het oude huis ronddolen. Het verleden is passé, we moeten ervan af. Toch?'

Annie kneep haar ogen tot spleetjes. Het kwam blijkbaar geen moment bij hem op dat niet hij, maar zíj recht had op de villa. Alsof hij het hele feit terzijde schoof. Ze ging hem niet pushen... nog niet.

'En de linkervleugel?' Ze vroeg het op nuchtere toon alsof ze altijd al gewend was aan huizen met meerdere vleugels. 'Heeft die een soortgelijk patroon?' De vier paar openslaande deuren aan de voorkant, op gelijke afstand van elkaar, had ze heel charmant gevonden bij de eerste aanblik van de villa.

Sandro knikte. 'Ik ben van plan om van de andere helft van het huis een officiële locatie voor evenementen te maken.'

'Evenementen, locatie? Wat een moderne woorden voor zo'n prachtig oud huis.' Ze probeerde razendsnel alles op een rijtje te zetten. Hoe kon ze om deze man heen? Teruggaan naar de notaris en het hem voorleggen? Maar die had al laten blijken dat hij van niets wist.

Sandro glimlachte alleen maar. 'Nogmaals, ik wil alle tussenmuren slopen aan deze kant van het huis en één grote ruimte creëren.' Hij wandelde naar de deur die toegang gaf tot de linkervleugel, stootte die open en knipte weer lichten aan. 'Het wordt helemaal fantastisch. Ik kan niet wachten tot mijn plannen gerealiseerd zijn.'

Ze bevonden zich in een muziekkamer. Er stond een enorme vleugel met een stoflaken eroverheen, waarvan drie taps toelopende walnoothouten poten op betoverende wijze onder de witte bedekking uitstaken. In een andere hoek stond een oude harp. De meubels, alle onder stoflakens, stonden gegroepeerd alsof er elk moment een recital zou plaatsvinden. Er was zelfs een podium voor musici om een performance te geven.

Annies vader was een muziekliefhebber geweest. Als hij aan het werk was, luisterde hij vaak naar de grote Italiaanse componisten – Puccini, Verdi, Vivaldi – en schalden hun schitterende opera's en melodieën door het huis.

Sandro wandelde verder en knipte overal lichten aan. Achter de muziekkamer was een eetkamer, compleet met eettafel voor minstens zestien personen en een buffet met stoffige decanteerflessen en tafelzilver erop.

'Ik kan er nog steeds niet over uit dat hier nooit is ingebroken en alles is weggehaald,' zei Annie.

Sandro zuchtte. 'Niemand doet hier ooit zijn deur op slot.'

Hij ging een biljartkamer binnen die grotendeels in beslag werd genomen door het biljart met een zachtgroen laken. Ook hier stond een buffet en waren er vitrinekasten met kristallen tumblers voor whisky, wodka en gin. Sandro leunde tegen het buffet. 'Het spijt me Annie, maar dit is mijn thuis, mijn erfenis. Er is geen sprake van dat het iemand anders zou toebehoren.'

Annie bleef zwijgen maar hield zijn blik vast tot zijn kaak verstrakte en hij zijn ogen neersloeg.

'Ik wil je dolgraag de rest laten zien, maar daarna zul je moeten respecteren dat het niet van jou is.'

Annie kneep haar ogen toe en bleef hem strak aankijken. Hij zette zich weer in beweging en ze volgde hem door, zoals hij die noemde, de achtervleugel, met een grote ouderwetse boerenkeuken, een gedeelte met dienstbodevertrekken en daarachter de werkkamer en de zitkamer en een lange gang met verschillende gastenverblijven die uitkeken op een binnentuin met een hoge muur eromheen.

'Ben je niet bang dat je per ongeluk draagmuren sloopt?' vroeg Annie. Door de hele villa heen stonden stutbalken en -palen tegen de plafonds; waren die sterk genoeg om weggeslagen draagmuren op te vangen?

'Onze architect heeft groen licht gegeven. Mijn zakenpartner is bezig met het financiële plaatje.'

Annies hart begon onregelmatig te bonken toen ze achter Sandro de sierlijke trap op liep. Boven was een grote overloop waarop rechts en links deuren uitkwamen, net als beneden. Ze volgde Sandro door de onderling verbonden kamers. Het was duidelijk dat de vroegere bewoners van Villa Rosa door al die tussendeuren geen privacy hadden.

Annie bleef in de grootste slaapkamer staan en liet haar blik over een groot oud houten hemelbed gaan met verschoten lichtblauwe zijden draperieën. Was dit Evelina Messina's slaapkamer? Er was een kaptafel die vreemd genoeg niet afgedekt was met stoflakens. Draden spinrag en stof hingen langs de spiegel en bedekten de zilverkleurige borstels en kammen.

Annies blik werd getrokken door een vervaagde foto in sepia van een mooie vrouw, haar blonde haar naar achteren geborsteld en haar lippen tot een mysterieuze Grace Kelly-glimlach gekruld. Annie boog zich naar de foto toe om haar goed te kunnen bestuderen. 'Is dit Evelina?'

'Ze was heel mooi, dat moet ik toegeven.' De uitdrukking op Sandro's gezicht was moeilijk te peilen. 'Zullen we weer?'

Annie fronste naar hem. Wat had de gravin gedaan?

Ernaast was een kleedkamer: een kamer met alleen maar ingebouwde garderobekasten. Annie popelde om een kast te openen en te zien of Evelina Messina's jurken en jassen en elegante broekpakken er nog hingen. De kleedkamer leidde naar een charmante zitkamer en vervolgens naar een oude badkamer. Het tegelwerk was prachtig: met de hand geschilderde vogels en bloemen versierden de hele tegelwand rond het bad. Het plafond verhief zich ruim vier meter boven hen.

'Mag ik?' Annie zette haar handpalmen tegen de vensterluiken.

Sandro knikte en ze duwde ze wijd open zodat het zonlicht naar binnen viel de badkamer in. Beneden was een patio waar nog oude stenen potten met troep en viezigheid stonden, maar je had er een grandioos uitzicht op de vallei.

'Prachtig,' fluisterde ze. En terwijl ze uitkeek over de vallei hoorde ze ondanks zichzelf papa tegen haar fluisteren: *'Dit mag hij je niet afnemen, Annie.'*

Dat laat ik niet gebeuren. Maak je geen zorgen.

Aan de andere kant van het huis gaven de tussendeuren toegang tot een kamer waar duidelijk gebruik van was gemaakt door een jongeman. Het bed was opgemaakt met een oude marineblauwe beddensprei en op de stoffige walnoothouten ladekast lagen leren borstels, een zilveren sigarettenkoker en een oude, verweerde handspiegel vol gaatjes en zwarte vlekjes.

'De slaapkamer van Nicolas, mijn grootvader,' zei Sandro. Hij keek een keer de kamer rond, trok een grimas en liep door naar de volgende kamer, die helemaal leeggehaald was. Er stond niets meer in. De muren waren in dezelfde zachtgele tint geverfd als de zitkamer beneden en een paar piepkleine, verdwaalde stukjes papier staken tussen de houten vloerplanken uit in een hoek van de kamer. Annie kreeg kippenvel en ze huiverde, ze was maar al te blij om Sandro naar de volgende ruimte te volgen.

Aan de achterkant van het huis aan deze zijde was nog een badkamer aangebouwd, het stof dwarrelde er rond.

Annie begon te hoesten.

'Natuurlijk maak ik korte metten met deze rare uitbouw,' zei Sandro.

Annie volgde hem terwijl ze terugliepen door de slaapkamers. Deze keer concentreerde ze zich op de toekomst: ze zou de muren wit laten schilderen en de houten balken in de olie zetten en weer laten glanzen. Diep in haar hart verlangde ze ernaar om de villa weer tot leven te wekken, maar dan niet als extravagante monstruositeit. Daar was de villa te waardevol en dierbaar voor, met haar oude rozen en zilverachtige olijfbomen. Het zou een perfect familiehuis kunnen zijn, of anders een kookschool... stel je voor.

Toen ze weer buiten stonden in de brandende hitte, keek Luca op van een plek bij de bovenste stapelmuur waar hij klimop aan het weghalen was, nog steeds op zoek naar zijn waterbron. Hij trok een wenkbrauw op naar Annie en ze gaf hem een geruststellende glimlach als antwoord.

'Ben je al naar de markt geweest in het dorp aan de voet van de heuvel?' vroeg Sandro plotseling.

Annie staarde hem aan. De eigenaar van het pensione had een markt genoemd op de piazza, het plein, en ze was van plan om daar de volgende ochtend heen te gaan; ze liet zich niet van de wijs brengen. 'Sandro, mijn vader heeft me verteld dat ik de eigenaresse ben van Villa Rosa. Zullen we ons daarop focussen?'

Sandro sloeg zijn armen over elkaar. Hij tuurde de tuin in naar Luca, maar de tuinman had zijn werk weer opgepakt. 'Ik wil je laten zien hoeveel dit allemaal voor me betekent. De villa, het dorp. Laat me je begeleiden naar de markt en je laten ervaren dat dit mijn thuis is.'

'Maar het blijkt nu ook mijn thuis te zijn.'

Een uitdrukking van oprechte droefheid trok over Sandro's gezicht. 'Het spijt me, mevrouw Reynolds, maar je zult hier niet op je plek zijn. Absoluut niet. Er zijn dingen die ik je vertellen moet zodat je het beter zult begrijpen, en je alles duidelijk wordt.' Zijn blik werd somber.

'Misschien moet je ook eens naar mij luisteren.' Er klonk irritatie door in haar stem.

Maar hij stak zijn hand op. 'Alsjeblieft. Ik zie je morgenvroeg om half negen op het dorpsplein. Dan ontbijten we en laat ik je kennismaken met al mijn vrienden van de dorpsmarkt. Elke zaterdag zijn er verse lokale producten te koop: wijn, kaas, honing. Toscane zit deze mensen in het bloed, net als mij. Morgen tegen de middag snap jij dat dit mijn thuis is en dat ik de ware erfgenaam van Villa Rosa ben, daar ben ik van overtuigd. Ik ben bang dat er geen tegenargument mogelijk is.'

Dat zullen we nog weleens zien.

HOOFDSTUK 12

CARA

Cara stond bij de openslaande deuren in het kantoor en trok haar vestje over haar schouders. Het was vandaag iets frisser dan anders. Ze speelde met het simpele kruisje dat aan een dun zilveren kettinkje om haar hals hing.

Een eenzaam vliegtuig ronkte hoog in de lucht waardoor ze uit haar dagdromerij ontwaakte. De geallieerden kenden geen genade en bombardeerden noord-Italië nog steeds.

Ze haastte zich naar de deur die toegang gaf tot de keukens en het souterrain en stond plotseling oog in oog met de gravin.

'Het zijn de Duitsers maar,' zei de gravin, doelend op het geronk boven hun hoofden.

Cara ontmoette haar koele blik terwijl ze opkeek naar de vrouw die langer was dan zij.

'Ze verspreiden pamfletten in de vallei, niets om je zorgen over te maken. Je kunt je gerust weer ontspannen, Cara.'

Cara staarde haar werkgeefster nog steeds aan; zei ze maar dat ze geen verhouding had met een nazi. Zei ze maar dat ze de vijand niet bij haar thuis had uitgenodigd om in haar bed te slapen. Beweren dat je de dorpen beschermt door af te zien van het verzet tegen de Duitsers was één ding, maar om een commandant uit Camp Florence in de villa uit te nodigen was het andere uiterste, alsof hij een gerespecteerde gast was. De gravin draaide zich eenvoudig om en legde een gemanicuurde hand op de trapleuning. Haar gelakte nagels glansden dieprood.

'Kun jij buiten de pamfletten oprapen die waarschijnlijk over de hele tuin verspreid liggen, alsjeblieft? Ik wil niet dat ze doorweekt raken en blijven rondslingeren, dat kost me mijn rozen.'

De gravin verdween naar boven en Cara wachtte even totdat het geluid van het ronkende vliegtuig wegstierf.

Aarzelend ging ze via de voordeur naar buiten en er lagen inderdaad meerdere pamfletten verspreid over de tuin. Ze raapte er een op van het keurig bijgeharkte grind op de oprijlaan.

DE BEWONERS VAN NOORD-ITALIË MOETEN TROUW ZIJN EN LOYAAL BLIJVEN AAN DE FÜHRER. WIJ WETEN DAT DIT VOOR DE MEESTEN VAN U GELDT. ECHTER, ONS ZIJN ALARMERENDE BERICHTEN TER ORE GEKOMEN OVER BEWONERS VAN DEZE VALLEI DIE DE VIJAND ONDERDAK VERSCHAFFEN. LATEN WE DUIDELIJK ZIJN: DIT WORDT DOOR ONS NIMMER GETOLEREERD; ER MAG GEEN MISBRUIK WORDEN GEMAAKT VAN HET FEIT DAT WIJ U ALS BEWONERS VAN DIT LAND BESCHERMEN. VERGEET NIET WAT WE VOOR U HEBBEN GEDAAN: WE HEBBEN UW GROTE LEIDER MUSSOLINI UIT DE KLAUWEN VAN DE OPSTANDELINGEN GERED EN HEM HET NOORDELIJK DEEL VAN UW LAND TERUGGEGEVEN. BLIJF STANDVASTIG, DAN KUNT U OP ONZE BESCHERMING BLIJVEN REKENEN. SLUIT U ZICH AAN BIJ DE VIJAND, DAN IS DAT OP EIGEN RISICO.

Cara's mond vertrok. *Hem het noordelijk deel van uw land teruggegeven…* Mussolini was voor Hitler niet meer dan een poppetje dat hij strategisch inzette en gebruikte om het naziregime in noord-Italië te vestigen, zodat het tegen de geallieerden kon vechten die vanuit het zuiden oprukten. Mussolini had geen macht. Hij was gewoon op de knieën gegaan voor Hitler… die had wél macht. Cara legde de pamfletten op de zijtafel binnen in de hal. Ze had ze liever aan stukken gescheurd en verbrand, in de open haard gegooid waar ze thuishoorden. Maar ze moest zorgvuldig haar plan trekken ten opzichte van de gravin.

Raf had ze de afgelopen dagen niet gezien, hij leek van de aardbodem te zijn verdwenen. Ze had niet de kans gehad om hem uit te horen over zijn moeders affaire met de hooggeplaatste nazi, die Bruno Klein heette, dat wist ze nog steeds zeker.

De gravin ging vlak na de lunch op pad en de villa leek in een vreemde angstaanjagende stilte te zijn gehuld. Het voelde pijnlijk leeg en Cara liet de deur van het kantoor openstaan terwijl ze aan het werk was zodat ze de vertrouwde geluiden van Bettina en de meid zou kunnen horen die hun taken in het huishouden uitvoerden. Zo had ze het gevoel nog wat gezelschap te hebben, maar de villa was enorm groot en de keukens zo ver weg dat geen enkel geluid haar bereikte en het volledig stil bleef. Ook al was Cara verknocht aan Villa Rosa, soms had ze een vreemd, akelig voorgevoel hier binnen. In ieder geval zou Alphonso halverwege de middag buiten in de tuin bij het kantoor aan de slag gaan, wat haar geruststelde. Cara keek af en toe op om te kijken of hij er al was. Het geluid van de bezem waarmee hij met soepele, ritmische bewegingen het terras aanveegde was geruststellend. Maar toen hij wegliep naar de wijngaard op de dichtstbijzijnde heuvel, speelden Cara's zenuwen weer op.

Om vijf uur pakte ze haar spullen in, opende de voordeur en liep het trapje af van het terras naar de fruitboomgaard, maar Alphonso was nergens te bekennen. De bomen wierpen vreemde schaduwen op de grond wat het angstaanjagende sfeertje dat er deze namiddag hing nog versterkte. De lucht was zwaar en donker, er was storm op til.

Cara verstijfde toen een schimmig figuur vanachter de appelbomen tevoorschijn kwam. Hij zag eruit als een partizaan. Zijn broek was hem te groot en werd opgehouden met een stuk touw. Zijn hemd hing scheef met de knoopjes in de verkeerde knoopsgaten en hij droeg een fletse herenhoed.

'Buongiorno, *signor*,' zei Cara. Ondertussen keek ze om zich heen, bang dat de nazivriend van de gravin ergens verstopt zat, net als de partizaan zojuist.

'We hebben geld nodig voor munitie,' beet hij haar toe. 'Tachtigduizend lire, signorina. We hebben ook uw hulp nodig.'

'Ik heb geen geld,' fluisterde Cara. 'Wie heeft je gestuurd?' Ze wierp een blik op de helling en de wijnstokken, maar ze zag Alphonso nergens en er klonken geen geruststellende geluiden van iemand die tussen de ontluikende ranken aan het werk was. Raf had niets gezegd. Had deze man de verkeerde persoon voor zich?

'Evengoed moet u ons helpen. Ik heb ook voedsel nodig. Breng me naar de keuken, alstublieft!'

Cara's adem stokte.

Er was iets vreemds aan zijn taalgebruik, hij zei alles op gebiedende toon en hij was geen Italiaan. Al geloofde ze nog zo graag dat Raf iemand van het Italiaanse verzet naar haar toe had gestuurd om haar te rekruteren en ze op ditzelfde moment diep met hen de heuvels in zou willen vluchten om zich ergens te verbergen – in wat voor rudimentair onderkomen ze zich ook schuilhielden – toch schreeuwde alles in haar dat dit géén partizaan was. De gravin beweerde steevast dat de partizanen corrupt waren en dat ze de hoop waren verloren om iets van betekenis te kunnen doen. Ze omschreef ze als ruw volk dat geen idee had hoe het oorlog moest voeren. Cara sloeg haar armen om zich heen. De enige kans die ze had om iets bij te dragen was zich aan te sluiten bij die 'bandietentroepen' in de bossen, maar de man die nu voor haar stond boezemde haar weinig vertrouwen in. Niemand was te vertrouwen.

Boven in de heuvels in de verte rolde de donder. De man bleef voor haar staan, hij versperde haar de weg. Nog hoger in de lucht waren bliksemschichten te zien.

De man bewoog zich niet.

Plotseling leek een oorverdovende donderslag de heuvel waarop ze stonden bijna in tweeën te splijten.

'Ik moet weer verder,' zei Cara. Ze knikte bij wijze van verklaring naar de onheilspellende lucht.

De man mompelde iets, draaide zich om, haastte zich de tuin uit en rende de heuvel af naar beneden.

Cara verroerde zich niet tot hij uit het zicht was verdwenen.

Ze liep naar beneden, de weg af naar het dorp, maar zodra ze bij de dorpshekken was aangekomen, hield ze haar pas weer in. Opnieuw dreigde een zware donderslag boven haar hoofd en de geur van regen vermengde zich met die van kruiden in de tuin.

Ergens beneden tussen de groepjes olijfbomen en de wijngaarden werd een salvo van geweerschoten afgevuurd.

Echo's van schreeuwende mensen weerkaatsten tegen de heuvel. De grimmige waarschuwingen van de Duitse pamfletten stonden in Cara's geheugen gegrift. Het conflict kwam dichterbij. Ze voelde het tot op het bot.

De hele week hoorde Cara niets van Raf. De vreemde ontmoeting met de man die plotseling in de tuin stond, baarde haar zorgen. Waar was Raf? Ze had een contact nodig dat ze kon vertrouwen als ze haar bijdrage wilde leveren aan het verzet, maar ze wilde Alphonso's en Bettina's veiligheid niet op het spel zetten door vlak voor de gravins neus met hen over hun verzetswerk te spreken.

Elke ochtend stapte de naziminnaar van de gravin na een hoop gesmiespel en geflirt op de trap buiten bij de voordeur in zijn auto en ging er weer vandoor. De gravin had hem niet aan Cara voorgesteld en Cara ging er echt niet om vragen. Het enige wat ze kon doen was zich op de vlakte houden en de gelegenheid afwachten om haar bijdrage aan het verzet te leveren.

Ze werd bang bij het zien van zijn auto en rilde als ze de villa naderde; ze kon niet naar het glanzende voertuig kijken dat de machthebbers representeerde die verantwoordelijk waren voor haar vaders dood.

Alphonso hield zich ook gedeisd. Cara wist dat zijn loyaliteit aan de gravin en de familie Messina grenzeloos was, maar ze las in zijn ogen dat deze situatie te ver ging.

Ze had zich nog nooit zo eenzaam en verlaten gevoeld, zeker nu Raf nergens meer te bekennen was.

Cara at tussen de middag haar lunch, een homp brood met tomaten uit de tuin, toen het afschuwelijke nieuws haar via de radio ter ore kwam. Ze had hem aan laten staan op kantoor omdat ze snakte naar menselijk gezelschap, in welke vorm dan ook. In het nabijgelegen dorp Stia waren vanuit een raam Duitse troepen beschoten door een partizaan. De nazi's namen revanche en iedere mannelijke vrijgezel uit het dorp werd neergeschoten.

De rest van de dag beefden Cara's handen onbedwingbaar tijdens haar werk. Toen de gravin binnenkwam om iets met haar te overleggen, was ze niet in staat haar in de ogen te kijken.

De volgende dag schudde en rommelde de vallei op zijn grondvesten. De ramen rammelden en in de verte steeg rook op. Zwaar geronk van een formatie bommenwerpers vulde de lucht. Cara keek omhoog en zag meer dan dertig oorlogsvliegtuigen richting het dorp komen. Ze haastte zich het kantoor uit naar de hal en liep door de gangen naar de keuken, waar ze niemand aantrof. Ze zag Bettina de trappen af hollen naar de kelder. Cara rende achter haar aan. Ze maakten zich klein onder in het huis terwijl de bommenwerpers hoog boven hun hoofd dreunden.

Cara zat met haar hoofd in haar handen en wist dat haar vriendin Bettina stoïcijns naar haar keek. Ze wist nog steeds niet zeker wat Bettina deed om de partizanen te helpen en het was te riskant om het haar te vragen, alhoewel Bettina als een zuster naast haar had gestaan op papa's begrafenis. Dit was de wereld waar ze nu gedwongen was in te leven.

'Volgens mij is het gestopt,' zei Bettina toen het geronk van de overvliegende oorlogsvliegtuigen wegstierf.

Cara liep traag en in gedachten verzonken de trap weer op naar de keuken. De verhalen over de partizanen verontrustten haar nog steeds. Er waren zelfs enkele dorpelingen geweest die beweerden dat ze slecht georganiseerd waren en niet professioneel genoeg om zichzelf te kunnen beschermen tegen nazirepresailles. De tragedie waar ze over had gehoord, had helaas het bewijs daarvoor geleverd.

Van Raf kwam nog steeds geen teken van leven en ze maakte zich zorgen dat hij gevlucht was na het zien van zijn moeders minnaar. Daar zag ze hem wel voor aan. Ze had zich aangetrokken gevoeld tot zijn vurige karakter toen ze in de villa was komen werken en hem wat beter had leren kennen. Maar wat betekende dat voor haar? Als Raf haar niet meer kon helpen om in het verzet te gaan, dan moest ze iemand anders zien te vinden.

Aan het einde van de week wist Cara dat ze een besluit moest nemen over wie ze kon benaderen. Het gevoel van rusteloosheid en hulpeloosheid omdat ze nog steeds geen vinger had kunnen uitsteken om haar vader te wreken, was overweldigend. Ze had een simpel voorraadje etenswaren uit de villa bij elkaar gesprokkeld voor het weekend, net genoeg om te overleven. Een kapje brood voor de zaterdag en een handvol tomaten, plus een paar aardappelen uit de moestuin bij de gastenverblijven. Toch stelde ze het almaar uit om iemand uit het dorp te benaderen.

Op zaterdagochtend maakte Cara gnocchi en tomatensaus, maar de gedachte dat er nazi's bij haar konden aankloppen om haar van haar eten te beroven, maakte haar nerveus. Vannacht was ze badend in het zweet wakker geworden.

Buiten was het stil en liepen de dorpelingen met gebogen hoofd en hun blik naar de grond. Hun boodschappenmandjes waren leeg, hun kinderen zagen bleek en keken stuurs. Moeders hielden hun baby's dicht tegen zich aan, doodsbang dat ze door machinegeweren vanuit de lucht zouden worden beschoten. De gedachte dat ze deze mensen in gevaar kon brengen door zich bij de partizanen aan te sluiten was hartverscheurend en het bloedbad van pasgeleden, aangericht door de nazi's, achtervolgde haar bij elke stap.

's Nachts weergalmden de schoten door het dal en af en toe ratelde een nazivoertuig over de keien. Cara sliep met een mes onder haar kussen. Elke keer als het huis schudde, schoot ze met een bonkend hart rechtop in bed.

Je kwam er niet achter wie er in het dorp de partizanen hielp en wie niet, en iemand vinden die bereid was om open kaart met haar te spelen en haar een opdracht te geven zou al net zo lastig zijn.

Op maandagochtend liep Cara zoals gewoonlijk het pad op naar de villa, toen ze Alphonso hoorde roepen vanaf de oprit.

'Kom mee,' fluisterde hij. Hij knikte welke kant ze op gingen.

Ze volgde hem terwijl haar zenuwen weer opspeelden en haar maag ineenkromp van de zorgen.

Alphonso liep de oprit af naar het groen geschilderde schuurtje dat schuilging achter een rij bomen.

Toen Cara eenmaal binnen was, sloot hij de deur. 'Signorina, ik heb verschrikkelijk slecht nieuws.'

Cara verstijfde.

Raf.

'Nee,' mompelde ze.

Alphonso nam zijn pet af en staarde naar de grond.

Cara wachtte terwijl haar ogen nerveus het gezicht van de oude man aftastten.

'Het dorp San Pancrazio is tot de grond toe afgebrand. En in San Godenzo zijn er vrouwen verkracht en is er een kind vermoord.'

'Santa Maria,' prevelde ze. 'God hebbe hun zielen.'

Ze zag rode adertjes in Alphonso's ogen. 'Boerderijen in heel Toscane zijn geplunderd en platgebrand. Görings divisies zijn op weg naar dit district. En hun methoden zullen niet veel anders zijn.' Hij hield Cara's blik vast.

Cara leunde zwaar tegen Alphonso's werkbank aan. *Er was geen tijd meer te verliezen.* 'Zeg maar wat ik moet doen. Ik heb Raf gesproken, maar die lijkt van de aardbodem te zijn verdwenen.' Cara dempte haar stem. 'Ik vermoed dat hij nogal van slag is door de... door zijn moeders... activiteiten. Breng me met iemand anders in contact, of geef me een taak die ik kan uitvoeren, Alphonso.'

'Alsjeblieft, ik smeek je, signorina bella. Je mag het risico niet lopen dat je wordt opgepakt.'

Haar blik beantwoordde de zijne.

'Honderden onschuldige Italianen zijn gevangenen van de SS. Jouw veiligheid staat voorop, Cara. Doe er alsjeblieft alles aan om jezelf te beschermen. Ik weet wat je gezegd hebt toen je vader werd neergeschoten en ik begrijp hoe je je voelt, maar...' Alphonso zweeg even. 'Het is het risico niet waard. Vooral nu met onze nieuwe... gast in de villa.'

Cara liep naar de deur van het schuurtje. Alphonso's kop koffie stond op een primitief bankje met daarnaast een driepoot met een keteltje eraan om water te koken en een lege glazen pot waar ooit biscotti in hadden gezeten.

'Alphonso,' fluisterde ze. 'Alsjeblieft. Als ik op wat voor manier ook kan helpen, zeg het dan. Voor mij is het een kwelling om niets te doen. Het kan zo niet langer.'

Alphonso monsterde haar. Allerlei uitdrukkingen gleden over zijn gezicht. Uiteindelijk stak hij een hand in zijn zak, haalde een stukje papier tevoorschijn en keek ernaar. Doodernstig schudde hij zijn hoofd. 'Ik wist niet of ik je dit moest geven. Het zit al een paar dagen in mijn zak. Het is een boodschap aan jou, signorina. Maar, alsjeblieft, doe geen onbesuisde dingen.'

Cara ademde diep in. Ze keek naar het stukje papier in Alphonso's hand. Als ze het aanpakte, zou dat haar leven veranderen; niets zou ooit nog hetzelfde zijn.

Alphonso wachtte zwijgend af.

Cara strekte haar hand uit en Alphonso legde het stukje papier erop.

HOOFDSTUK 13

ANNIE

Annie doolde door haar kamer in het pensione. Ze duwde de houten luiken open, leunde op de vensterbank met haar handen om haar kop koffie terwijl ze haar gezicht naar de zon keerde. Ze had geluk gehad dat ze een kamer in het pensione had kunnen bemachtigen, het was beter dan een hotelkamer. De eigenaar had haar verteld dat dit appartement ooit van de familie was geweest die het pensione in de afgelopen eeuw had gerund en dat maakte haar verblijf hier nog specialer.

Ze ging aan de ronde tafel bij het raam zitten met een bord wentelteefjes, mascarpone, aardbeien en een pot koffie die ze in het minikeukentje had gezet. Het Italiaanse brood van een dag oud was perfect voor de wentelteefjes en Annie genoot van elk krokant hapje en van het zachte binnenste van het kaneelachtige brood.

Gisteravond had ze heerlijk staan koken in het perfecte keukentje, had ze haar zorgen in verband met Sandro aan de kant geschoven en zichzelf verdiept in het uitbalanceren van smaken, kleuren, aroma's en geuren, puur op gevoel en op basis van de ingrediënten die in overvloed aanwezig waren in de vallei. Ze had als eerbetoon aan haar vader Puccini opgezet, terwijl ze pasta met groene asperges had gemaakt met delicate citroenschilkrullen, Parmezaanse kaas en versgemalen peper eroverheen.

Annie had de lunch voor later op de dag al gepland. Ze had ermee ingestemd om Sandro rond half negen die ochtend te zien. Wat hij haar ook allemaal vertellen zou, ze had zin om te kokkerellen en liet dat door hem niet bederven. Ze zou goed opletten op de lokale markt en de beste tomaten eruit pikken. Hij was er misschien van overtuigd dat ze niets afwist van de Italiaanse tradities, maar binnen een paar dagen was ze er al aan gewend dat er in Italië geen glans werd toegevoegd aan fruit en groenten en was ze, net als de locals, elke dag op zoek naar verse waren. Ze was van plan voor haar lunch een goede buffelmozzarella en een rustiek brood op de kop te tikken en naast haar fornuis stond al een diepgroene, aromatische extra vierge olijfolie klaar.

Toch was het de basilicum die haar het meest aansprak van Toscane. Annie had impulsief een basilicumplant in een pot gekocht waarvan de verse groene blaadjes op haar eettafel een heerlijke geur verspreidden. Ze wist nu al dat ze haar plantje zou missen als ze weer naar huis ging.

Annie nam het laatste hapje van de wentelteefjes en leunde achterover op de houten stoel. Daarna liep ze het badkamertje in, poetste haar tanden en inspecteerde zichzelf in de spiegel. Vandaag zou ze haar lange blonde haar in een praktische paardenstaart doen. Ze had een simpele groene jurk tot over de knie gekozen; om haar hals droeg ze een zilveren kettinkje en om haar arm een paar zilveren armbanden.

Ze wist nog steeds niet goed hoe ze Sandro moest benaderen, was hij haar... neef, was hij familie? Ze had geen idee welke plek ze innam in de familie Messina, of in Toscane. De sportwagen, het haar, de vale jeans, de dure schoenen, alles straalde bevoorrechting en uiterlijk vertoon uit. En toch had hij ook iets triestigs, iets authentieks in zijn manier van doen waardoor je voelde dat hij echt gaf om Villa Rosa, dat hij een band had met het hele perceel. Maar dan die plannen van hem! Zo anders dan ze zich had kunnen voorstellen, zo afwijkend van het vorstelijke verleden van de villa.

In de afgelopen nacht waren Annies dromen doorspekt met beelden van de betoverende tuinen die in ere waren hersteld en hun vroegere schoonheid terug hadden. De rozen stonden er prachtig bij, de fruitbomen in de boomgaard waren teruggesnoeid en stonden in volle bloei, de olijfbomen waren uitstekend onderhouden zodat ze volle, vlezige olijven opleverden waar heerlijke olijfolie van geperst werd en ook de druivenranken waren goedverzorgd zodat het landgoed zijn eigen exquise wijn kon produceren.

Met de wijn en olijfolie zat het wel goed, maar met haar afstamming was het anders gesteld. Nadat Sandro haar gisteren rondgeleid had door de leegstaande villa, had ze een mislukte poging gedaan om op internet meer te weten te komen over haar voorgeslacht en had ze Italiaanse geboorte- en overlijdensakten ingekeken. Op elke stamboomsite stopte de Messina-tak bij de huidige familieleden die in Italië waren geboren. Ze had alleen Sandro's grootvader gevonden, Nicolas Messina, en een jongere broer, Rafaeli. Hun moeder was Evelina Messina, die getrouwd was met Arturo Messina, precies zoals Sandro haar verteld had toen hij haar de initialen van zijn grootouders had laten zien, vervlochten in de spijlen van de oude trappen.

Het was duidelijk dat de familie Messina al eeuwenlang in deze streek woonde en ze hoefde er niet aan te twijfelen dat Sandro van de oudste zoon Nicolas afstamde. Geen twijfel mogelijk, maar ze had er niets aan. De familielijn stopte volgens de voorouderbeschrijvingen bij Nicolas en Rafaeli en elke Italiaanse website meldde dat het noodzakelijk was om in andere landen verder te zoeken naar nazaten die niet in Italië waren geboren.

De enige informatiebronnen die nog restten waren de parochiekerk of de burgerlijke stand, maar in beide gevallen moesten er brieven met het verzoek om informatie geschreven worden en beide bronnen meldden dat het niet gegarandeerd werd dat je antwoord kreeg van de functionarissen.

Annie stiftte haar lippen bleekroze en poederde haar neus. Afgezien van Villa Rosa was haar enige kans om erachter te komen wie ze écht was niemand minder dan... Sandro.

Sandro Messina zat midden op het plein en leunde tegen de fontein, precies op de plek die hij had aangeduid en exact om half negen. Hij had zijn benen over elkaar geslagen en zat met zijn gezicht naar de zon gekeerd, de ogen halfgesloten, en een sigaret in de hand. Een groepje tienermeiden keek bewonderend naar hem. Annie liep hen straal voorbij en rolde met haar ogen.

'Buongiorno, Sandro,' zei Annie.

Heel langzaam opende Sandro zijn ogen en keek haar aan. Hij zou zo door kunnen gaan voor een middeleeuwse troubadour of een negentiende-eeuwse held in een wit hemd, die kregelig vanuit zijn villa naar de olijfbomen en wijngaarden onder hem staarde. De heer des huizes, op wie elk meisje in het dal verliefd was.

'Buongiorno,' mompelde hij. Zijn blik gleed goedkeurend van top tot teen over haar groene jurkje. 'Je ziet er stralend uit vanochtend.'

Annie sloeg haar armen over elkaar. 'Het is ook een stralende ochtend,' zei ze en ze wist dat het nietszeggend en onverschillig klonk.

Sandro pakte een marineblauw jasje dat naast hem op de richel lag, stak zijn wijsvinger door het lusje en wierp het jasje over zijn schouder. Hij duwde zijn Wayfarer-zonnebril omlaag en maakte Annie met een knikje duidelijk dat ze hem maar moest volgen. De man was een wandelend designermerk. Hij droeg een smetteloos wit T-shirt dat hij in zijn vale jeans had gestopt. 'Ik laat je eerst de markt zien. Daarna kunnen we een koffietje doen en praten.'

Annie concentreerde zich op de marktstalletjes. 'Prima.' Ze zou hem moeten uithoren straks, maar hoe star Sandro ook bleef volhouden dat hij de enige erfgenaam was van Villa Rosa, de stem van haar vader die ergens diep vanbinnen in haar klonk was sterker en zei haar dat ze voet bij stuk moest houden.

Sandro gebaarde haar door te lopen en maakte er een hele show van om de hoffelijke gentleman uit te hangen. 'Vind je het goed dat we weer verdergaan? Wil je mij maar volgen?'

Annie liep naar een stalletje toe met grote ronde kazen, de lokale pecorino en de perfect gevormde Parmezaanse. Ze was in de hemel. Maar vanuit haar ooghoek zag ze dat Sandro werd aangestaard door de locals en dat hij zich koesterde in die aandacht.

'De pecorino uit de streek is magnifiek, Annie,' mompelde Sandro, terwijl hij zich bij haar voegde. 'Maar je moet het *cacio* noemen, zoals in het Latijn, en niet *formaggio*. Hij bestaat uit pure melk van de ooi en wordt tussen september en juni gemaakt. Heel belangrijk... als je als een Italiaan wil denken.'

Annie negeerde hem en accepteerde het stukje kaas dat de marktkoopman haar aan een vorkje geprikt aanbood. De zoetheid van het brokje kaas dat haar smaakpapillen streelde, bracht haar in vervoering.

'Probeer deze, die is minder pikant, mijn favoriet,' zei de oude man. 'En zie je de karnemelkpareltjes op de kaas? Schapenmelk bestaat voor een groot deel uit karnemelk. De smaak varieert, afhankelijk van het gras dat de ooien eten. Geniet ervan.'

Annie probeerde een nog iets sterkere variant, die een ware smaakexplosie in haar mond opleverde. Deze zou het worden. Ze koos een klein stukje uit en negeerde het feit dat Sandro naast haar stond, met het jasje nog steeds over zijn schouder en ongeduldig met zijn voet op de grond tikkend.

'Signor Bartucci, dit is Annie Reynolds. Ze komt uit Californië en brengt ons een bezoekje,' zei Sandro tegen de marktkoopman.

De oudere man stak zijn hand uit, die Annie glimlachend schudde. 'Mijn familie heeft eeuwenlang de markten bevoorraad,' vervolgde Sandro, ook al was de marktkoopman alweer met een andere klant bezig. 'Mijn overgrootouders Evelina en Arturo bezaten veel boerenhoeves in de vallei en tot op de dag van vandaag proef je de verse producten uit de streek, afkomstig van deze kleine boerenbedrijfjes. Na de oorlog werden de boerenhoeves teruggegeven aan de boeren, om ze aan te moedigen in Italië te blijven.'

'O kijk,' zei Annie. Zelfs Sandro's college kon haar verrukking niet bederven over alle kleuren en aroma's om haar heen. Een winkeltje verkocht gegrild varkensvlees met een knapperige braadkorst en er had zich al een hele rij gevormd. Annie liep er nieuwsgierig naartoe.

'Dat is Bernardi,' kondigde Sandro aan, die achter haar liep. 'Zijn boerderij ligt aan de rand van het dorp en zij zijn altijd zeer loyale pachters van mijn overgrootouders geweest.'

Sandro leunde naar voren en gaf de boer van middelbare leeftijd een paar klopjes op zijn arm.

Sandro had helaas Annies vermogen onderschat om zichzelf te verliezen als ze omringd werd door verleidelijke etenswaren. Ze nam alle tijd om de producten te bekijken in de groente- en fruitstalletjes en koos een halve kanteloep die ze als voorafje voor het eten vanavond zou omwikkelen met plakjes prosciutto, de Italiaanse ham, hoewel het ook bij een voorafje kon blijven als ze bedacht hoe ze het zich allemaal liet smaken.

Hier en daar maakte Sandro een praatje met een marktkoopman of -vrouw, sloeg zijn arm om hun schouders en gedroeg zich alsof hij hier zijn hele leven gewoond had. Maar Luca had gezegd dat Sandro in Londen woonde. Als hij zo verknocht was aan Italië, waarom was hij dan weggegaan?

Tegen de tijd dat ze een paar vlezige tomaten had bemachtigd en een vers brood voor die dag, plus enkele perfecte bolletjes sappige buffelmozzarella en prosciutto, was het tijd om orde op zaken te stellen met Sandro.

Annie ging in de drukste bar op het plein tegenover hem zitten aan een tafeltje buiten. Het feit dat ze omringd waren door mensen was geruststellend. Ze kon zich goed voorstellen dat er op een stillere plek met minder mensen om hen heen al snel een ijzige stilte was gevallen.

Sandro nipte aan zijn espresso terwijl Annie als een echte Italiaanse die van haar in één teug achteroversloeg en daarna het glazen kopje van zich af schoof.

Sandro vouwde zijn handen en leunde naar voren. 'Laten we open en eerlijk tegen elkaar zijn. Annie, jij wilt mijn families villa niet. Er zit een verontrustende geschiedenis aan vast en enorme complicaties. Helaas moet er veel meer aan gedaan worden dan jij aankunt. En bella, neem gerust van mij aan dat je er geen aanspraak op kunt maken.'

Annie zette zich schrap, maar Sandro ging gewoon door.

'Ik heb gezien toen je vanochtend tussen de marktkraampjes liep te struinen dat je deed alsof je een van de locals was, maar je bent niet beter dan een toerist die probeert onze gewoontes over te nemen. Je begrijpt ons landschap niet, de groene vallei zoals die baadt in het avondlicht, de rode klaprozen waarmee de velden bespikkeld zijn en de boerenhoeves die er al eeuwenlang hetzelfde bij staan, het gemaaide hooi dat in ronde balen wordt geperst, hoe het is om door het bos te wandelen terwijl de bosgrond onder je zolen knerpt. Hoe er in piepkleine gehuchten exquise wijnen worden geproduceerd. De tradities die we koesteren: het opvoeren van scènes uit het kerstverhaal waarbij elke dorpeling meedoet; zomerconcerten op de piazza's. Dit dal is een van de mooiste, zo niet het allermooiste gedeelte van Toscane. Het zit in mijn bloed, Annie.' Hij klonk nogal triest.

'Maar mij is verteld dat ik hier vandaan kom, dat ik hier thuishoor.'

'Je hebt hier nooit gewoond en je kent het niet, je houdt niet echt van Toscane.' Hij wuifde naar een van de serveersters en bestelde nog een espresso. 'Je bent geen Messina.'

Annie vervolgde op gedempte toon. 'Sandro, er waren twee broers: Nicolas, jouw opa, en Rafaeli.'

Sandro staarde over het plein. 'Rafaeli Messina was mijn opa's jongere broer. Hij was van hem vervreemd geraakt.'

'Wat spijtig. Had Rafaeli kinderen?'

Sandro veegde zijn voorhoofd af en keek haar vanachter zijn Wayfarer aan. 'Sorry... ik had niet op een kruisverhoor gerekend over mijn thuis en mijn familie en het verbaast me dat je het antwoord nog niet weet op dit soort vragen. Als je werkelijk de eigenaresse van de villa zou zijn, zou je de antwoorden hebben.'

Annie pakte haar handtas en klemde die tegen zich aan. 'De notaris in het dorp heeft bevestigd dat ik de eigenaar ben.' Ze hield zich kranig, maar diep vanbinnen begon ze zich onzeker te voelen. De notaris had haar ook verteld dat hij geen papieren kon overleggen en dat het eigenaarschap gecompliceerd kon liggen, misschien zelfs betwist werd. Maar waarom zou papa haar in godsnaam hebben willen misleiden? Een intense loyaliteit tegenover haar vader vlamde op. Ze liet zich door de man tegenover haar niet zomaar wegsturen.

'Mijn vader is de directe erfgenaam van de villa en heeft die erfenis aan mij overgedaan,' vervolgde Sandro. 'Mijn grootvader Nicolas

Messina was de oudste zoon van Evelina en Arturo Messina. Het ligt gewoon heel simpel en helaas voor jou ben ik dol op de villa. Villa Rosa is onderdeel van mijn familie. Het is mijn erfdeel.'

'Maar waarom,' zei ze, 'heeft mijn vader deze dan voor mij achtergelaten?' Annie haalde papa's brief uit haar handtas en schoof die over het tafeltje naar hem toe.

Sandro las fronsend de brief van haar lieve vader. 'Deze aanspraak is niet rechtmatig.' Hij gaf haar de brief terug en zette zijn vingertoppen tegen elkaar.

Annie ademde diep in. Sandro klonk net als haar broer Paul. Ze zou zich niet op stang laten jagen. Ze was hiernaartoe gekomen om dit uit te zoeken en dat zou ze doen ook.

Ze stopte de brief veilig terug in haar tas. 'Het mag duidelijk zijn dat mijn vader en de notaris uit het dorp van mening waren, en zijn, dat ik de meeste aanspraak maak op de villa.'

Sandro trok zijn kin in. 'Ah, dus nu geef je toe dat het allemaal nog niet zo zeker is? Dat het nog niet duidelijk is dat jij definitief de eigenaar bent?'

'Mijn vader was een goudeerlijke man die nooit tegen me zou liegen. Deze brief maakt heel duidelijk dat ik de villa heb geërfd. Sterker nog, ik heb de sleutel van de voordeur.'

Sandro sloeg zijn armen over elkaar.

'Sandro, ik sta erop dat jij van je plannen afziet om de villa te renoveren totdat dit tot de bodem is uitgezocht. Je hebt het recht niet om onroerend goed te verbouwen als je er de eigenaar niet van bent en er een geschil over bestaat. En helaas hebben we inmiddels een ernstig geschil. Villa Rosa is prachtig. Ik wil het huis in ere herstellen en er weer het prachtige familiehuis van maken dat het ooit was. Dat verdient Villa Rosa. En ik ga er zelf wonen.' Ze stond op van haar stoel, verbijsterd over haar eigen woorden. Zo, ze had gezegd. Ze was dus van plan om in Toscane te gaan wonen en niet meer naar huis te gaan.

'Annie, je snapt het niet. Het is in je eigen belang dat je teruggaat naar San Francisco en het hele verhaal uit je hoofd zet. Dat is echt het beste. Vergeet Villa Rosa, vertrouw me nou maar.'

Annie sloeg haar benen over elkaar en leunde naar achter op de stoel. 'Ik voel me thuis in Toscane. Vanaf het moment dat ik mijn eerste schreden zette in Cortona.' Ze keek om zich heen naar het drukke plein. 'Ik ben mijn hele leven al verzot op koken. Ik houd van de textuur en de kleuren van de marktwaren, van de creativiteit en traditie van recepturen. Je kunt van Villa Rosa niet zomaar een congrescentrum maken, die bestemming mag je er niet aan geven. Dat zou een aanfluiting zijn, bespottelijk.'

'Dat kan ik wél, want ze is mijn eigendom. Jij hoort niet thuis in dit dorp, en ook niet in dit land of op mijn terrein. Ga alsjeblieft terug voordat het nog veel erger wordt.'

Met gedempte stem vroeg ze: 'Hoe kun jij weten dat ik de eigenaar niet zou zijn als je nog steeds geen idee hebt wie ik ben?'

Een spiertje op zijn wang trilde nauwelijks zichtbaar. Hij pakte zijn lege koffiekopje op en zette het met een klap terug op het schoteltje. 'Ik weet precies wie jij bent, mevrouw Reynolds. En je kunt maar beter snel wegwezen, weg uit dit dorp en weg van zijn bewoners.' Hij vervolgde zacht. 'Jezus, Annie, ik heb je juist de hele tijd afgeschermd voor de waarheid.'

Annie verbleekte. 'Welke waarheid?' fluisterde ze.

Sandro zuchtte. 'Geloof mij nou maar, die wil je niet kennen.'

HOOFDSTUK 14

CARA

Op het stukje papier dat Alphonso haar in de hand had gedrukt herkende ze Rafs handschrift. Cara ging fronsend op weg naar de ontmoetingsplek op het marktplein die hij voorstelde. Ze herinnerde zich dat de gravin Raf ooit zijn persoonlijke briefpapier cadeau had gedaan, met bovenaan in het midden zijn initialen en in de rechterhoek van elk velletje zijn naam en adres, wat onmiddellijk zijn adellijke afkomst verried. Hij had haar wel een dozijn briefjes geschreven toen ze close waren met elkaar, maar ze had ze verscheurd nadat ze gehoord had dat de gravin Raf waarschuwde dat hij het recht op Villa Rosa ermee kon verspelen. Sinds die afschuwelijke avond had ze op haar tenen gelopen in de buurt van de gravin en gezorgd dat ze volstrekt professioneel overkwam en Raf op afstand hield, maar nu werd het tegenovergestelde van haar verwacht. Raf wilde haar spreken en schreef dat ze naar de fontein midden in het dorp moest komen. Ze had zijn boodschap onmiddellijk begrepen: *Duiven, 8.30u.* Duiven scharrelden altijd in groten getale rond de fontein en probeerden iets mee te pikken van de marktwaar waarvan mensen zaten te smikkelen.

Cara liep het plein op en keek om zich heen of ze hem zag. De marktkooplui hadden zich moedig geïnstalleerd, maar ze hadden weinig uitgestald. In sommige kraampjes stond alleen een kommetje olijfolie of lag een enkel bosje basilicum. Alleen de nazi's liepen brutaal rond terwijl ze de marktkooplui die met hen over de prijs probeerden te onderhandelen afkapten, totdat ze uiteindelijk hun koopwaar gratis afstonden. Sommige markthandelaren waren juist bang om hun waren niét uit te stallen omdat ze dan een kruisverhoor van de nazi's riskeerden; onder het naziregime moesten ze juist doen alsof alles normaal was.

Cara huiverde. Zijzelf, Bettina en Alphonso hielden hun lippen stijf opeen als het ging om de naziminnaar van de gravin, ze wilden immers hun baan niet op het spel zetten. Toch voorzag Bettina, ondanks het opduiken van het nazikopstuk, de vele pachters die onder het regime leden, de arme lui die de heuvel op kwamen en om voedsel smeekten, nog steeds van etenswaren. Alphonso oogstte kroppen sla uit de moestuin achter de villa en er groeide ook wilde sla in de voortuinen. Cara vermoedde dat hij speciaal voor dit doel sla had ingezaaid. De villa beschikte over zo veel sla door de vruchtbare grond eromheen die bewaterd werd en kon meerdere lokale gezinnen van groenten voorzien.

Cara probeerde ongemerkt een stel onberispelijk uitgedoste jonge nazi's te passeren met gemillimeterd haar en blozende wangen, die met elkaar liepen te gniffelen. Ze sloeg haar ogen neer en wurmde zich langs hen heen, zonder de aandacht te willen trekken. Vreselijk om zo te moeten leven, met hangend hoofd en je lippen stijf opeen.

Toen ze de fontein naderde, zag Cara eerst een paar glanzend gepoetste schoenen, een gestreken broek en daarboven een lichtblauw hemd.

'Buongiorno,' zei ze zacht. Zijn arm zat niet meer in een mitella. Ze keek hem onderzoekend aan. 'Waar heb je uitgehangen? Hoe gaat het met je arm?' fluisterde ze.

'Buongiorno, Cara. Een stuk beter, nu ik weer thuis ben.' Raf gluurde naar de nazi's, maakte zich los van de plek waar hij tegen de fontein had geleund, kwam naar haar toe en liep met haar op. Hij begon luid over zakelijke beslommeringen van de villa te praten en babbelde over een bezoek dat hij had gebracht aan de bankdirecteur van de gravin in Florence.

De dorpsbewoners knikten Raf vol respect toe in de veronderstelling dat hij zijn moeders secretaresse instrueerde, zoals het hoorde.

Raf glimlachte en groette de locals, schudde oudere mannen de hand en legde zijn hand hartelijk op de schouder van oudere dames. Hij maakte totaal geen haast en negeerde Cara bijna.

Iedereen liep weg met Raf. Hij was altijd de loyale jongste zoon geweest die in Italië was gebleven terwijl zijn oudere broer de gravin had verlaten. Alle hoop was op Raf gevestigd als het om de toekomst van de familie ging. Niet alleen het personeel van de villa droeg hem op handen, iedereen in de vallei hield van hem en nu ook van Cara, leek het wel. Ze was vergeten hoe het was om samen met hem over de markt te lopen en ze was vergeten dat hij alom gerespecteerd werd. Ze slikte een brok in haar keel weg.

Ze babbelde op haar beurt met een jonge moeder, nauwelijks ouder dan zij, maar werd afgeleid toen ze de ouwe fascistische brompot van een buurman zag zitten, die zo vaak tegen zijn vrouw schreeuwde. Luigi Santino loerde naar haar vanachter een tafeltje in het overvolle café.

Ze negeerde hem. Hij had haar onlangs achterbaks een dubieus compliment gemaakt over de gravin: wat een opluchting het was dat de gravin eindelijk tot bezinning was gekomen en een goede man had gekozen. Cara was hem haastig voorbijgelopen en had zich niet met hem ingelaten. Ze had gehoord dat Luigi Santino dorpsbewoners had nageroepen die verdacht werden van verzetsdaden. Een andere buur had gefluisterd dat de man angstige tieners de weg had versperd die als de dood waren dat ze opgeroepen zouden worden voor de dienstplicht; hij had tegen ze geschreeuwd in de stille dorpsstraat waar ze doorheen fietsten.

Cara negeerde zijn starende blik en haar mond vertrok in afkeer; ze voelde het venijn dwars over het plein haar kant op kruipen. Ze stond bij Raf in de buurt, maar niet te dicht bij hem.

Raf bleef rechtdoor lopen over de markt tot hij afsloeg naar een van de smalle steegjes die zich al sinds mensenheugenis omhoogslingerden de heuvel op. Raf hield na het beklimmen van de stenen traptreden na een poosje zijn pas in en stapte op een overloopje naast de trap, haalde een bos sleutels uit zijn zak en opende een deur. Dit was niet zo heel vreemd, de familie Messina verhuurde verschillende appartementen in het dorp en Cara was eraan gewend om de huurders te woord te staan. Ze keek vanaf de voet van het trappenhuis omhoog en volgde Raf twee smalle trappen op naar de bovenste verdieping. Hij liet haar binnen in een piepklein appartementje waarvan de luiken dicht waren. Als je ze openduwde, wachtte je een adembenemend uitzicht over het dal. De zonnestralen vielen in een streeppatroon door de kieren op de koele tegels en het gekoer van de duiven in de dakgoot ging gepaard met een gedempt geroezemoes dat opsteeg vanaf de markt.

In de kamer stond een tafel met vier stoelen, er was een oersimpel keukentje met een oude stenen gootsteen en houten keukenkastjes met gordijntjes ervoor in plaats van deurtjes. De bloemengordijntjes voor de kastjes deden haar denken aan die in het pensione; Cara werd even verdrietig toen ze terugdacht aan de dagen dat ze samen met haar vader thuis de maaltijd bereidde.

Er was ook nog een keurig opgemaakt bed met een witte sprei erover en er lag een simpel matje op de vloer. Naar het raam gekeerd stonden twee oude leunstoelen.

Raf stond bij de deur alsof hij al luisterend checkte of niemand hen gevolgd was op de trap. '*Come stai?*' vroeg hij zacht.

Ze draaide zich van hem af. 'Prima. Niks aan de hand.'

'Bella mia?'

Ze schudde haar hoofd en leunde op de rug van een stoel. Het laatste waar ze behoefte aan had waren zijn vleiende woorden.

'Voel je je nog hetzelfde als de laatste keer dat we elkaar spraken?'

De woorden die zacht uit zijn mond rolden, gloeiden na, maar ze draaide zich met opgeheven kin weer naar hem. 'Als je bedoelt of ik iets wil dóén, dan is het antwoord volmondig já.'

Raf trok een diepe frons boven zijn ogen.

Ze zette een paar stappen naar hem toe en rook het luchtje dat hij op had en dat haar aan de citroenmelisse deed denken uit de villatuin die in het wild langs de stapelstenen muren groeide. Als ze per ongeluk op een van de melisseplanten trapte, steeg er een heerlijke geur op die haar altijd aan Raf deed denken. Zijn luchtje rook naar thuis.

Toen hij voor het eerst vertrok, had ze ernaar verlangd dat hij haar zou schrijven, voor haar zou vechten, voor wat zij dacht dat ze hadden.

Ze herinnerde zich iets wat ze met pijn en moeite verdrongen had. Nadat hij verteld had dat hij moest meevechten in de oorlog had hij haar meegenomen naar een restaurant in Cortona met uitzicht over de vallei. Alle eettafeltjes waren buiten op het terras gezet en de eigenaar had offerkaarsen geplaatst langs de muur die om de border liep en ook op de tafeltjes, zodat ze omringd leken door fonkelende sterren. Ze hadden daar samen gezeten en in de verte de zon achter de heuvels zien zakken; toen Raf zijn hand op die van haar had gelegd, had ze een nieuw soort vredigheid gevoeld én opwinding. Toen hij haar hand pakte, voelde ze alles tegelijkertijd. Maar hij had niet voor haar gevochten toen zijn moeder hem ermee confronteerde dat iemand hen samen had gezien. Hij had ook geen enkele keer contact gezocht met haar toen hij in het leger zat.

Toen papa haar verzekerd had dat ze op een dag vast en zeker voor een jongen uit het dorp zou vallen, had ze haar hoofd op zijn schouder gelegd. Ze had het hart niet gehad hem te zeggen dat ze niet wist welke jongens terug zouden keren van de rampzalige Italiaanse veldtochten en dat er echt maar één was naar wie ze verlangde.

Cara was midden in de oorlog opgegroeid en een van de meest diepgevoelde lessen die ze geleerd had was dat Raf zijn moeder nooit pijn zou doen door voor haar te kiezen. Zij was degene die niet in zijn familie paste, andersom gold dat niet.

'Ik wil het risico niet aangaan,' mompelde hij. Ze ontwaakte uit haar dagdroom.

'Zoals ik al zei, ik heb niets meer te verliezen…' Ze zweeg abrupt. '… behalve de vallei, ik wil nog vechten voor de toekomst van de vallei.'

Raf liep naar het raam. Hij ging niet in een stoel zitten, maar zette zijn handen op de leuning ervan en keek naar de vloer. 'We hebben een grote aanval vlakbij gepland. Vlak bij het dorp.'

Cara staarde onthutst naar zijn rug. De regelrechte slachtpartijen die in andere dorpen in Toscane hadden plaatsgevonden stonden nog vers in ieders geheugen. Ze zonk neer op een stoel bij de tafel. Ze had haar vader belóófd dat ze zich zou aanmelden…

Ze maakte zich geen zorgen over de partizanen, maar wel over de lieve oudere dorpsbewoners die zij en papa al hun leven lang kenden, de jonge moeders die wachtten op de terugkeer van hun geliefde echtgenoten en broers aan het front… Over de kinderen die nog steeds rondrenden op de markt. Kinderen die opgroeiden met strenge waarschuwingen dat ze geen snoepjes of speelgoed mochten oprapen van de grond omdat die misschien met gif waren bewerkt: het gerucht ging immers dat de geallieerden die overvlogen giftige snoepjes vanuit de lucht dropten. Voor hén wilde ze vechten, voor die lieve onschuldige mensen.

'Ik heb het over de wapenopslag aan de rand van Cortona, dicht bij het dorp,' vervolgde Ralf.

Cara werd bleek. 'Jij moet het bericht verspreiden onder de dorpsbewoners. Ze moeten gewaarschuwd worden.'

Raf draaide zich om en kwam naast haar staan bij de tafel. Hij sprak met zachte stem. 'We weten niet wie er nog te vertrouwen is, mia bella.'

Natuurlijk. Hoe konden ze erop vertrouwen dat mensen als Luigi Santino de plannen van de partizanen *niet* zouden doorspelen?

Ze keek Raf scherp aan. Hoe zat het met zijn moeder? Die er met haar nazivriend duidelijk van overtuigd was dat de bendes lokale rebellen uiteindelijk allemaal opgeblazen zouden worden? Fascisten, communisten, liberalen, monarchisten… de gravin zei dat mensen hun politieke idealen niet opgeven alleen omdat ze de wapens hebben opgenomen. Wat zou ze ervan vinden als ze ontdekte dat haar zoon een partizaan is?

'Er zijn honderden partizanen in deze regio,' zei Raf. 'Ik zal ervoor zorgen dat het dorp omsingeld is en continu beschermd wordt.'

'Hoeveel precies?'

'Negenhonderd.'

Cara zonk weer terug op de stoel.

'Als we de wapenopslag niet opblazen, riskeren we een bloedbad zodra de geallieerden zijn aangekomen. Het is belangrijk dat we de weg voor hen vrijmaken zodat ze de stad zo snel en zo effectief mogelijk kunnen bevrijden. De mensen in Cortona lijden honger maar de nazi's maken er een luchtafweerbasis van en het gerucht gaat dat ze van plan zijn het complex te versterken zodat het een belangrijk bolwerk wordt. Het moet vernietigd worden.'

'Wat is jouw rol hierin, Raf?'

'Mijn rol, net als die van de andere goed getrainde soldaten, is ervoor te zorgen dat de mannen weten wat ze doen.'

'Je weet dat de dorpsbewoners je vertrouwen?' Ze droegen hem op handen. Zij hield van het dorp. Ze moest hem uitdagen, ervoor zorgen dat hij de gevolgen van zijn plan overzag.

Rafs mond vertrok. 'De partizanen gaan deze missie toch wel uitvoeren, met of zonder mij. En ik wil liever mét,' zei hij. Zijn blik ontmoette die van haar en hij keek haar lang aan. 'Ze hebben leiding nodig, bella. En ze vertrouwen mij.' In zijn stem klonk een hartverscheurende pijn door. 'We zijn een gemengde groep. We hebben mannen uit de streek erbij die het gebied door en door kennen, maar in militair opzicht ongetraind zijn. Cara...'

Cara duwde haar stoel abrupt naar achter en liep naar het aanrecht. Ze leunde erop en staarde naar de muur. De gravin en haar familie beschermden de dorpsbewoners, ze waren hun hoeders, hun vrienden. En toch sliep Rafs moeder vlak voor hun neus met een nazi en nam haar zoon een groot risico dat tot een tragedie kon leiden die het dorp nog generaties lang zou heugen. Represailles zoals de andere vergeldingsacties die de nazi's hadden genomen, konden heel veel levens grondig verwoesten.

'Ze gaan het tóch wel uitvoeren?' Ze draaide zich om.

Hij knikte. 'Si.'

'Het is gekkenwerk,' fluisterde ze. 'Hoe kunnen we het onszelf ooit vergeven als het volledig uit de hand loopt? Hoe kun je dan nog met jezelf leven?'

'Dat is het ja, gekkenwerk, maar zo is de hele situatie...' Rafs woorden bleven in de lucht hangen en hij zette een stap naar haar toe. 'Soms moet je een onmogelijke keuze maken,' fluisterde hij.

Cara leunde tegen het aanrecht en begon inwendig te beven. Ze staarden elkaar aan. Er was niets aan te doen. De oorlog dwong je tot keiharde beslissingen, tot onmogelijke keuzes. Net als Raf wilde ze liever een bijdrage leveren en proberen alles te doen wat in haar macht lag om de mensen uit de vallei te beschermen.

Het geluid van een kind dat om zijn moeder riep beneden op de markt drong tot hen door. Dat was precies wat ze op het spel zetten en tegelijkertijd wilden beschermen.

Ze wist dat haar donkere ogen opvlamden en dat het vuur en de opwinding van een vast besluit in haar oplaaiden. 'Zeg maar wat ik kan doen.'

'Bella,' fluisterde Raf. 'Wat ze willen van een vrouw is op dit moment de gevaarlijkste taak van allemaal.'

Hij keek haar smekend aan.

Ze hief vastberaden haar kin op. 'Ik ben er klaar voor.'

HOOFDSTUK 15

ANNIE

Annie kneep haar ogen half dicht en staarde Sandro aan. Stond hij op het punt te vertellen wie haar moeder was? En als hij familie van haar was, waarom had hij dan nooit contact met haar gezocht? En hoe kon een onbekende man al die tijd van haar bestaan hebben geweten als ze zelf geen idee had wie ze was? Ze sloeg haar armen over elkaar en schudde haar hoofd.

'Hoe kun jij weten wie ik ben? Je weet niets van mij. Helemaal niets.' Ondertussen kwam er iets donkers in haar hoofd opzetten dat haar niet beviel. Ze wist wat het was: onzekerheid. Ze werd onzeker omdat ze de kans misschien zou verspelen om haar intrek te nemen in de oude villa zodat ze er een band mee opbouwde en haar hart eraan kon verpanden. Ze was als een blok gevallen voor de terrastuinen die als het ware van de heuvel rolden, en voor de heerlijke producten in de vallei... voor de simpele manier van leven. Weg uit de stad! Ze was voor Italië gevallen en ze had haar collega's van het cateringbedrijfje gezegd dat ze hier een tijdje zou blijven.

'Ik heb gisteravond mijn vader in de Verenigde Staten gesproken,' zei Sandro.

Annie was er weer bij met haar hoofd. 'Je vader woont in de Verenigde Staten? En jij in Londen?'

Sandro knikte. 'Familie betekent álles voor mijn vader. We willen allemaal het contact met Italië weer herstellen.' Hij keek fronsend naar het tafelblad. 'Ik laat hem pas overkomen als Villa Rosa is gerenoveerd; het zal een uiterst emotionele dag worden voor ons allemaal als hij terugkeert in zijn oude huis. Zijn ware thuis. Hij is er kapot van dat opa Nicolas door de gravin verstoten is uit de familie. Het is nu de hoogste tijd om het onrecht van toen voorgoed te herstellen.'

Annie had haar ellebogen op het tafeltje geplant, steunde met haar kin op haar handen en keek hem aan. 'Wie ben ik dan, Sandro? Waar sta ik in de familiegeschiedenis van de Messina's?'

'Ik wil niet de boodschapper van het slechte nieuws zijn.'

Annie rolde met haar ogen. 'Dat stadium zijn we nu voorbij, Sandro.'

Sandro dempte zijn stem. 'Wil je het echt weten? Want ik kan het je afraden. Geloof mij nou maar, je kunt het beter niet weten en lekker naar huis gaan.'

'Kom op!'

Sandro boog zich naar haar toe en greep de randen van het tafeltje vast. 'Mijn overgrootmoeder Evelina Messina heeft niet alleen mijn arme grootvader Nicolas eruit gezet.' Hij zweeg even.

'Oké?'

'Annie, zet je schrap.'

'Ik ben er helemaal klaar voor, Sandro.'

'Ze had tijdens de oorlog een verhouding met een nazi, en daar is een telg uit geboren. Iets waar mijn familie mee worstelt. We schamen ons diep over deze relatie.'

'Een nazi?' vroeg Annie. Ze probeerde net zo honend te klinken als Sandro, maar ondertussen bonkte haar hart onregelmatig in haar keel.

Sandro klonk resoluut. 'Daarom heeft Villa Rosa zo lang leeggestaan en daarom wil ik er iets compleet nieuws van maken. Helaas rust er een dusdanige smet op jouw erfenis dat je maar het beste hard kunt weghollen en teruggaan naar huis. Laat de geschiedenis voor wat ze is, die zal je alleen maar veel verdriet doen.'

Een nazi? Annie klemde haar handen om de riem van haar handtas. Was dit haar erfenis?

Ze wist dat tot de dag van vandaag het onderwerp 'de oorlog' heel gevoelig lag in Italië. De Tweede Wereldoorlog was rampzalig geweest voor de Italianen, die in een situatie werden gedwongen die niemand wilde. Door het pact tussen Hitler en Mussolini werd de ene na de andere veldslag geleverd waarbij veel jonge Italiaanse mannen werden weggevaagd; daarna vielen er nog veel meer slachtoffers door de aanhoudende luchtaanvallen van de geallieerden. Vervolgens, na de Duitse invasie toen Italië niet langer partij koos voor de nazi's en vrede sloot met de geallieerden, gingen de Italianen in het noorden gebukt onder de Duitse bezetting terwijl er een invasie van de geallieerden vanuit het zuiden plaatsvond. Na de oorlog trokken veel Italianen weg en evenzovele families werden uiteengerukt. Maar dit alles was het resultaat van overheidsbeslissingen, niet van persoonlijke keuzes. En nu kreeg ze dit te horen over Evelina Messina? Die mogelijk haar grootmoeder was? Annie staarde sprakeloos naar Sandro terwijl haar ingewanden opspeelden; met moeite probeerde ze rustig te ademen.

'Evelina Messina's verhouding met een nazi veroorzaakte nog tientallen jaren na de oorlog schuld en schaamte in onze familie en om die reden wilden anderen niets meer met de Messina's of met de villa te maken hebben. Pas nu, decennia later, hebben de echte Messina's het gevoel dat ze weer terug kunnen keren naar Italië.'

'Wát beweer je over mij?' Annie leunde naar achteren op haar stoel, met een vurige blos op haar wangen en haar ogen prikkend van boze tranen. Hoe durfde hij? Hoe durfde hij haar ervan te beschuldigen dat ze het product was van een of andere verwerpelijke affaire? Was hij daarmee bezig? Ze kon niet meer helder denken. Wat wist hij van haar afstamming?

'Ik denk dat we dat allebei wel begrijpen.'

'Maar wie was dan mijn moeder?'

'De telg die geboren werd uit de nazi.'

Annie stootte een lach uit. 'En wie was zij dan? Waar is ze? Waarom was dit haar schuld?' Voordat ze Sandro de kans gaf te antwoorden, ging ze door. 'En vertel mij maar eens waarom jouw tak van de familie de villa in de steek heeft gelaten en totaal heeft verwaarloosd? Waarom is dat als je er zogenaamd zoveel om geeft?'

Sandro zuchtte en staarde over het marktplein.

'Blijkbaar heeft jouw familie Villa Rosa laten wegkwijnen,' vervolgde Annie. 'In verval laten raken. En daar moet verandering in komen. Iemand moet het initiatief nemen en de renovatie op zich nemen. Met serieuze zorg en aandacht. En er dus geen zielloos conferentieoord van maken waar mensen in en uit kunnen lopen. De tuin heeft iemand nodig die er liefdevolle aandacht in stopt, de keuken moet weer gaan geuren naar het authentieke Toscaanse koken en de tuindeuren moeten opengegooid worden naar de binnenplaats, waar weer kruiden en groenten moeten worden gekweekt voor de familie.' Ze keek naar hem. 'Wat jij van plan bent, de stevige draagmuren slopen, betekent dat straks het hele gebouw de helling af rolt.' Ze hoorde papa haar toejuichen vanbinnen. Ze was niet voor niets de dochter van een architect. 'Als jij niet zelf in Villa Rosa wil wonen, waarom kan het je dan in godsnaam iets schelen? Waarom ben je hier?' Ze hield zich even in en besefte dat ze boos was, maar hij had haar vanuit een hinderlaag aangevallen met het verhaal over een nazi, zonder enig bewijs te leveren.

Sandro zette zijn Wayfarer weer in zijn schouderlange golvende haar. 'Jouw... voorouder is degene die de reputatie van de hele familie verwoest heeft. Sorry, mevrouw Reynolds, maar wat heb jij met mijn familiehuis te maken? Jij bent het gevolg van de smet die op mijn familie ligt en mijn familie ertoe gedwongen heeft de villa te verlaten waardoor die helaas in verwaarloosde staat is geraakt. We proberen uiteindelijk allemaal de draad weer op te pakken. Annie, we hoopten allemaal dat jij hier nooit naartoe zou komen.'

Annie duwde haar lege glas een eindje van zich af. 'Maar waarom heeft mijn vader mij dan verteld dat ik eigenaar ben van de villa? Daar kun je niet zomaar aan voorbijgaan, Sandro.' *Met je belachelijke haar.* Ze slikte die laatste woorden in en vermeed een glimlach.

'En waarom heeft hij de waarheid rond jouw geboorte verzwegen? Hij schaamde zich ervoor lijkt me.'

De woorden bleven in de lucht hangen en zetten zich vast in Annies hart. Waarom had papa haar de waarheid rondom haar afstamming pas na zijn dood verteld? Had hij zich voor haar geschaamd? Voor zichzelf? Was hij haar vader wel?

'Waarom heeft hij je pas na zijn dood alleen een brief nagelaten waarin staat dat je onder de Toscaanse zon bent geboren? Kom op, Annie, we weten allebei dat hij de waarheid voor je verborgen heeft gehouden. De lastige feiten rondom jouw geboorte waar hij niet voor uit durfde te komen. Je vader heeft zijn eigen reputatie beschermd, tot aan zijn dood. Niemand wil van de nazi afstammen die jou via je moeder op de wereld heeft gezet. Het is een smet op jouw verleden.'

Ze sloot haar ogen.

Sandro ging gewoon door. 'Jij wil de harde feiten niet onder ogen zien rondom je afkomst. Ik weet wie ik ben. Ik ben van goede komaf. Mijn familie kan bogen op eeuwenlange banden en eigenaarschap van Villa Rosa.'

Annie duwde haar stoel naar achteren en stond op. 'Voordat we verdergaan wil ik eerst bewijs zien dat jij de eigenaar van de villa zou zijn.'

Sandro leunde fronsend naar achteren. 'Maar dat heb je niet, hè, een eigendomsbewijs.'

Annie wierp haar hoofd in haar nek, en wenste heel even dat ze haar haren los had gedaan vandaag. Met haar haren in een paardenstaart bereikte ze niet hetzelfde effect. 'Ik geef je geen toestemming om ook maar iets aan de villa te doen; je blijft ervan af, ook van de inboedel. En de tuin moet in dezelfde staat blijven zoals hij nu is. Jouw werknemer...'

'Luca.'

'Luca mag doorgaan met het zoeken naar de waterbron als dat de tuin ten goede komt, want die is ernstig verwaarloosd door jouw familie. Maar zolang wij een geschil hebben, kom je nergens aan tot we het eens worden.' Ze hief haar kin op en keek op hem neer. 'Ben ik duidelijk, meneer Messina?'

'Je hart zal breken, Annie. Laat dat niet gebeuren, laat het gaan.'

Annie pakte haar tas en stapte op.

HOOFDSTUK 16

CARA

Raf liep het simpele keukentje van het appartement in en haalde een oude kaart van de regio tevoorschijn. 'Hier is het munitiedepot van de nazi's, aan de rand van Cortona in een oude schuur.' Hij wees naar een afgelegen terrein buiten de stad. 'Hier vlakbij is volgens de ons toegespeelde informatie de bouw gepland van luchtafweergeschut en worden er zwaar versterkte bunkers geplaatst en bewapend met tanks om de geallieerden tegen te houden als ze Cortona binnenvallen. Als die er eenmaal staan, wordt het de geallieerden heel moeilijk gemaakt om onze vallei te bevrijden. Er zullen nog veel meer soldaten en dorpsgenoten sneuvelen. Het is van levensbelang dat we de nazi's tegenhouden.'

De schuur was maar tien minuten van het dorp vandaan. Cara keek fronsend naar de plattegrond.

'Natuurlijk wordt de bouwplaats zwaarbewaakt, maar om de drie uur is er wisseling van de wacht.'

'Nauwelijks genoeg om de aandacht af te leiden.'

'Het zal toch moeten.'

Cara stond op. Ze ijsbeerde door de kamer en stopte bij het raam waarvan de luiken dicht waren. Ze keek hem aan. 'En wat wil je dat ik doe?' Ze articuleerde heel duidelijk, maar zelfs bij het uitspreken van deze woorden kwamen ze haar onwerkelijk voor.

'Bella, heb je weleens van de *staffette* gehoord?'

Cara hield zijn blik vast. De staffette opereerden als koeriers voor het verzet, ze bezorgden documenten en belangrijke berichten voor de partizanen. Maar soms, op de gevaarlijkste missies, droegen ze ook wapens. Het werd haar duidelijk wat Raf bedoelde. Hij vroeg haar niet om brieven, landkaarten of documenten te bezorgen. En omdat het depot zo dichtbij was, zou hij haar vast niet vragen om in de relatieve anonimiteit van een trein te gaan zitten.

'Je wil dat ik munitie vervoer. Explosieven. En je wil dat ik dat op de fiets of te voet ga doen. Toch?'

'Dat is wat we van een *staffetta* vragen. Want een vrouw verdenken ze niet zo gauw.'

Cara dempte haar stem. 'Ik werk voor je moeder. Ze is een goede fascist. Ze zullen mij nóóit verdenken.'

'Als het aan mij ligt, blijf je veilig bij haar in de villa.'

'De villa is niet veilig,' fluisterde Cara. 'Raf, als je moeder doorgaat waar ze mee bezig is, dan vallen de partizanen Villa Rosa aan. En jij zult ze niet tegen kunnen houden. We weten allebei dat ze leden van de betere kringen als doelwit kiezen, de welgestelden die trouw blijven aan de fascisten. En je moeder slaapt met een nazi.'

Raf hoorde haar tandenknarsend aan. 'Bruno Klein. Hij werkt voor de commandant van Camp Florence.'

'Ja. God beware haar,' fluisterde Cara.

Raf begroef zijn gezicht in zijn handen.

'Het spijt me.' Cara liep naar hem toe, pakte zijn hand en kneep erin. Een elektrisch schokje ging door haar heen van pure aantrekkingskracht, ook al keek hij niet op. Hij was zijn vader verloren. Zijn moeders gedrag was verwerpelijk en ze maakte keuzes die de familie nog jarenlang zouden heugen. Zijn broer Nicolas was het huis uit gevlucht. Straks had hij misschien geen familie meer over. Net als zij.

'Ik heb geen zeggenschap over wat mijn moeder doet.' Raf trok zijn hand weg. 'Ik ben er niet verantwoordelijk voor.'

'Natuurlijk niet,' fluisterde Cara.

'Maar ik maak me wel zorgen dat ze jou erin betrekt,' zei hij. Hij hief zijn hoofd weer op en zijn ogen zochten die van haar. 'Ik ben bang dat dat al is gebeurd.'

Ze bleef stokstijf staan. *Natuurlijk was dat al gebeurd en dat zal altijd tussen ons in staan. Tussen wat had kunnen zijn...*

Cara herpakte zich en sloeg haar armen over elkaar. 'Wat wil je dat ik doe?'

Een half uur later had Cara alles begrepen. Ze zat met Raf over de kaart gebogen. 'Dus de explosieven liggen ergens in een gebouw in Cortona opgeslagen. Ik rijd er volgende week zaterdag in de ochtend op de fiets naartoe. Ik neem de doos dynamiet in ontvangst, zet die in mijn mandje met een kleedje eroverheen en breng die hierheen.'

Raf keek haar aan. 'Niet hierheen, dat is te riskant. Als de explosieven onderschept worden, moorden de nazi's ons hele dorp uit.' Zijn blik werd heel even onzeker. 'Ik wil dat je de explosieven in het zomerhuis van de villa verstopt voordat ze naar het terrein worden vervoerd,' zei hij. 'En nee, ik wil niet dat je op je eigen fiets gaat. Je moet mijn moeders fiets nemen.'

'Huh?'

Maar Raf stak zijn hand op. 'Als iemand je staande houdt, dan zeg je dat je een presentje voor de gravin gaat ophalen in Cortona, haar lievelings-*cocci.* Dat is dan afkomstig van mij, en in het pakketje zit ook een liefdevolle brief aan haar, waarin ik vertel dat het goed met me gaat en dat ik veilig ben.'

'Natuurlijk,' zei ze. 'En jij geeft me het adres in Cortona waar ik het moet ophalen?'

'Je leert het uit je hoofd en vernietigt het papiertje,' zei hij. 'Zeg deze week nog tegen mijn moeder dat je me tegenkwam op de markt in Cortona tijdens je verlof en dat ik haar zal schrijven. Met een presentje erbij. Je kunt zeggen dat ik in Cortona werk voor de overheid. En dat je niet weet waar ik woon in de stad als ze ernaar vraagt... dat je niet verwacht van haar zoon dat hij vertelt waar hij precies woont.'

De secretaresse. Het meisje dat totaal misplaatst zou zijn in de positie van schoondochter in Villa Rosa... De woorden die de gravin zo veel jaren geleden had uitgesproken na hun eerste afspraakje waarbij de vonk was ingeslagen, waren blijven hangen.

Cara stond op. Raf ook en hij legde teder zijn wijsvinger onder haar kin. Ze keken diep in elkaars ogen.

'Ik ben wel bang voor de eventuele gevolgen voor onze vrienden in het dorp.'

Hij had haar meerdere malen verzekerd dat de partizanen hier gestationeerd zouden worden met de instructie om elke nazi neer te schieten die ervan verdacht werd een dorpeling wat aan te doen. Het kon haar nauwelijks geruststellen.

'Liefste Cara,' fluisterde hij. 'Ik weet hoeveel je om de mensen geeft hier in de vallei. In Toscane. En om de toekomst. Daarom wil ik...' Zijn gezicht was nu zo dicht bij het hare, maar ze duwde hem van zich af.

De gravin was een meedogenloze, machtige vrouw. Als Cara één misstap deed, dan zou de gravin Cara's goede naam met één telefoontje om zeep kunnen helpen en ook haar veiligheid. Ze vertrouwde haar werkgeefster niet. Ze vertrouwde Rafs moeder niet.

'Ik zal de munitie ophalen,' zei ze. Ze draaide zich om en liep naar de deur.

HOOFDSTUK 17

ANNIE

Annie zat in het kantoor van Villa Rosa op de vloer met allerlei papieren rondom haar. Luca had haar achter Sandro's rug om toegang verschaft tot het statige oude huis, en ze was begonnen aan, wat ze hoopte, een vruchtbaar onderzoek. Tot nu toe had ze alles, maar eigenlijk ook niets gevonden. Er waren alleen maar documenten over de boerenbedrijven en zakelijke papieren die zorgvuldig waren opgeborgen. Wat opviel was dat ze de periode van 1947 tot 1990 betroffen, Annies geboortejaar, tevens het sterfjaar van de oude gravin.

De administratie was zorgvuldig bewaard gebleven en uiterst nauwkeurig bijgehouden. Elke brief, elk document was van een handtekening of paraaf van de gravin voorzien. Een saillant detail was dat Sandro's grootvader Nicolas Messina nergens werd genoemd. Het was duidelijk dat zijn geruzie over zijn eerstgeboorterecht als onoprecht was weggezet.

Het enige wat vaststond was dat de gravin haar oudste zoon Nicolas nooit betrokken had in de zakelijke aangelegenheden van de villa.

Dat klopte met wat Sandro erover gezegd had, maar het onthulde niets over Annies relatie met de villa. Was ze echt een kleindochter van de gravin? Ze probeerde Sandro's beschuldiging dat ze van een nazi afstamde uit haar hoofd te zetten; er stond niets over in de papieren die ze hier had aangetroffen.

Rond lunchtijd kwam Luca het kantoor binnen. Annie had de tuindeuren opengegooid en met de geluiden van Luca die in de tuin aan de slag was op de achtergrond was het gezellig werken. Hij was net als zij met een onderzoek bezig: op zoek naar de waterput die ervoor moest zorgen dat het water via de fonteinen weer door de lieflijke tuinen zou vloeien.

'Nog iets gevonden?' Luca stond voor de openslaande deuren en keek naar binnen. Het Toscaanse licht omgaf zijn blonde hoofd met een gouden stralenkrans.

Annie keek naar hem op en moest bijna een hand boven haar ogen houden tegen de felle zon.

'Gravin Evelina hield haar administratie nauwgezet bij, maar het wordt allemaal heel vaag als het gaat om waar ik naar op zoek ben.'

'Wil je er meer over kwijt?' vroeg Luca vriendelijk.

Annie ademde diep in en merkte dat ze beefde. 'Sandro zegt dat gravin Evelina een verhouding had met een hooggeplaatste nazi tijdens de oorlog. En dat ik via mijn moeder uit die liaison geboren ben.' De papieren op de vloer begonnen voor haar ogen te zwemmen.

'Daar heeft hij helemaal geen bewijs voor!' Luca's stem klonk hol door de stille ruimte. 'Ik sta perplex.'

Annie schudde haar hoofd. 'Dat snap ik.'

Luca hurkte naast haar neer, pakte voorzichtig een keurig stapeltje papier op van de vloer. 'Gaat het?'

Annie haalde haar schouders op. 'Jawel, ik geloof hem niet. Toch is er op dat punt eigenlijk geen andere uitleg.' Ze draaide zich met grote ogen naar hem toe. 'Alle puzzelstukken vallen helaas op hun plek. Zoals Sandro al opmerkte verklaart dat waarom mijn vader het nooit tegen me heeft durven vertellen. En ook dat de villa verlaten is door haar bewoners en dat niemand ermee geassocieerd wilde worden nadat de gravin was overleden en haar schaamtevolle verleden mee het graf in had genomen. Het klinkt allemaal heel plausibel.' Annie begroef haar gezicht in haar handen. 'Wat een afschuwelijke erfenis.'

Ze voelde Luca's hand zacht op haar rug liggen. 'Misschien is het helemaal niet waar,' zei hij.

‘Ik wil ook dat het niet waar is. Ik wil eigenlijk alleen maar naar huis.’

‘Dat snap ik, maar laten we het nog even niet opgeven. Alle documenten van tijdens de oorlog ontbreken?’

Annie knikte. ‘En in de bergruimte aan het einde van deze vleugel die volgens Sandro ooit een stal is geweest, ligt geen enkele ordner meer. Iemand heeft dat berghok leeggehaald. Ik kreeg er een beetje de kriebels van, eerlijk gezegd.’

Luca streek met een hand over zijn kin. ‘Het is inderdaad vreemd dat alles sinds 1947 bewaard is, maar alles van daarvoor niet. Iemand moet toch iets te verbergen hebben gehad.’

‘Daar maak ik me dus zorgen over.’ Annie stond op en kromde haar rug die stijf was geworden van het urenlang voorovergebogen op de vloer zitten. Ze had aan het bureau moeten gaan zitten, maar het voelde opdringerig om zomaar de stoel te nemen van de vrouw die jarenlang de teugels in handen had gehad van de Messina’s. *Van de landverraadster die misschien wel mijn grootmoeder is.*

Het voelde ook nog steeds alsof de gravin hier ronddoolde, al waren alle bewijsstukken uit de oorlogsjaren verdonkeremaand. Annie was teruggegaan naar boven om de oude zwart-witfoto van de vrouw met het prachtig gestylede blonde haar in de strapless avondjurk nog eens goed te bekijken. Ze glimlachte inderdaad, maar er school ook iets kils in haar blik. Annie had impulsief haar telefoon gepakt en een foto gemaakt van het zwart-witportret.

‘Je hebt even pauze verdiend. Heb je zin om te lunchen?’ Luca’s stem rukte haar los uit haar gedachten.

‘Ik wilde beneden in het dorp een panini halen en een espresso,’ zei ze. Ze glimlachte naar hem. ‘Je hebt nog wat van me tegoed omdat je me binnen hebt gelaten in de villa. Loop je met me mee?’ Sandro had niet expliciet gezegd dat de villa verboden terrein was voor haar, maar hij zou het zeker niet op prijs stellen dat ze hier was…

Luca staarde haar met zijn blauwe ogen aan. ‘Je vader heeft jou een sleutel nagelaten, niet mij.’

‘Klopt,’ grinnikte ze.

'Ik ben slechts de tuinman,' zei Luca. Hij spreidde zijn armen en op zijn gezicht verscheen een mooie brede glimlach.

'Zo is het,' lachte Annie. 'We moeten alleen niet samen gaan lunchen in het dorp. Stel dat Sandro ergens op de loer ligt. Hij was niet echt blij met het gesprek laatst, geloof ik.'

'Mijn huisje is er ook nog,' opperde Luca. 'Als je bereid bent die uitdaging aan te gaan.'

'Staat dat ook al tientallen jaren leeg? En ligt het ook vol met nauwkeurig bijgehouden administratie waar je geen cent wijzer van wordt?'

Luca gniffelde. 'Niet dat ik weet. Ik heb er in ieder geval niet in zitten rondsnuffelen.'

Annie lachte naar hem en beet op haar onderlip.

'Sandro heeft het voor me gerenoveerd. De muren laten witten, de keuken en badkamer laten schoonpoetsen en hij heeft er een moderne koelkast en oven in gezet. Ik heb zelfs een afwasmachine!'

Annie hield haar hoofd scheef.

'Kom,' zei hij. 'Laat mij een lunchhapje voor je maken.'

Precies op dat moment kwam een piepklein vogeltje het kantoor binnenvliegen door de open tuindeuren. Het landde op het bureau van de gravin, keek hen om de beurt aan met zijn kraaloogjes, zijn kopje draaiend van de een naar de ander.

Annie durfde zich niet te bewegen, durfde nauwelijks te ademen.

'De villa moet weer tot leven worden gewekt. We moeten haar deuren weer wijd openzetten,' fluisterde Luca.

Alsof het vogeltje ermee instemde, staarde het hem even aan en vloog toen weer naar buiten, de blauwe Toscaanse lucht in.

HOOFDSTUK 18

CARA

Cara en Alphonso namen elke dag de krant door. Ze hoopten vurig dat de Duitsers zich haastig naar het noorden zouden terugtrekken en dat de vallei hun ergste woede bespaard zou blijven als de geallieerden oprukten. Er was helaas geen garantie voor en in het hele dal hing een beladen sfeer. Elke ochtend verzamelde zich weer een andere groep wanhopige vluchtelingen bij de achterdeur van Villa Rosa. Cara meldde zich al voor zonsopgang bij de keuken om Bettina te helpen met broodjes bakken.

Cara stond met Bettina buiten bij de keukendeur verse broodjes uit te delen aan de nette rij vluchtelingen die zich vanochtend bij de villa had verzameld. Veel kinderen waren te zwak om op hun hartverscheurend dunne beentjes te staan, hun buikjes opgezwollen van de honger en hun gezichten groezelig van het vuil en stof. Cara had een tobbe warm water neergezet op de binnenplaats van Villa Rosa zodat ze zich konden wassen. Elke ochtend plukte ze zo veel mogelijk fruit uit de boomgaard en sneed het in plakjes die ze op borden legde, diep geraakt bij het zien van de geduldige, ingetogen manier waarop de vluchtelingen het voedsel in ontvangst namen. Ze smeekten nooit om een bed, in tegenstelling tot de nazi's, de tweede groep bezoekers die zich continu meldde op het terrein van de villa. Deze week had Cara een verzoek afgewezen van de lokale commandant in het dorp om de hele villa als ziekenhuis te bestemmen voor gewonde Duitse soldaten die vanuit het zuiden werden aangevoerd. Omdat de gravin met Bruno Klein in Florence zat en Raf er niet was, had Cara gezegd dat ze niet bevoegd was om daar toestemming voor te geven. Waarop de commandant tot haar verbazing had gerespecteerd dat iemand de bevoegdheid moest hebben voor die beslissing en was afgedropen, weliswaar boos en chagrijnig, maar hij had instemmend geknikt. Die middag stond er toch ineens een Duitse truck van het Rode Kruis rechts bij de voordeur van de villa geparkeerd, als een soort waarschuwing aan de partizanen aan welke kant Villa Rosa stond. Tot dusver hadden de Duitsers getolereerd dat de vluchtelingen voedsel kregen van de villa.

Cara stak haar hand uit naar een kleine jongen en legde die onder zijn knokige kin. Ze pakte een dik stuk perzik van het bord en stopte dat in zijn mond.

'*Grazie*,' fluisterde zijn moeder. Ze had holle, diepliggende ogen en haar wangen waren bleek en uitgemergeld.

'God zegen u,' fluisterde Cara.

De vrouw draaide zich met gebogen hoofd om en nam haar kind mee naar een rustig plekje waar hij brood kon eten.

Niet alleen de vluchtelingen, maar ook de partizanen kwamen voedsel halen. 's Avonds kwam altijd een betrouwbare tiener langs, Giuseppe, die de dienstplicht ontdook omdat hij niet gedwongen wilde worden om voor de Duitsers te vechten. Het was een schimmig figuur die zich bij de bijgebouwen achter de villa verschool. Cara zocht hem op met een mandje eten voor de groep mannen waarvan ze wist dat die in de open lucht en in een grot leefden hoger op de heuvel. De afgelopen dagen was ze Giuseppe gaan vertrouwen, maar het gerucht ging dat er steeds meer ss'ers rondzwierven, gehuld in het zwerverskloffie van de partizanen. Cara was er nog steeds niet zeker van of de vreemde, plotselinge bezoeker laatst in de tuin, die tachtigduizend lire eiste voor munitie om daarna via de wijngaard te verdwijnen, een ss'er was geweest of een partizaan.

Tragisch genoeg had een vriendelijke boer in de vallei ermee ingestemd om twee bedelende partizanen te helpen, om er even later achter te komen dat hij in de val was gelokt door een stel ss'ers. Cara was bleek geworden van schrik toen ze hoorde dat ze hem hadden meegesleurd, tegen een boom hadden gezet op zijn eigen terrein en zonder pardon hadden neergeschoten vanwege verraad. Zijn zevenjarige zoontje had het lichaam gevonden en was dagenlang in de war geweest, bevend op bed in de foetushouding. Het had haar gebroken hart over haar eigen verlies, van haar vader, alleen maar verergerd. Het zevenjarige jochie was te jong om iets te doen, maar zij niet.

Cara was het kantoor van de commandant in de villa binnengegaan nadat ze het vreselijke nieuws had gehoord. Hij had haar te verstaan gegeven dat de nazi's bereid waren om redelijk te blijven, maar ja, als mensen niet van zins waren om hen met hetzelfde respect te behandelen en verraad pleegden, dan werd dat niet getolereerd.

Ook het geluid van Duitse bommenwerpers die ten zuiden van de vallei bruggen opbliezen was een dagelijks terugkerend ritueel, en door het gedreun van bommen die op de heuvels in de verte werden gegooid renden Cara en Alphonso steeds weer naar de bovenste verdieping van de villa, waar ze de rookpluimen boven de bruggen konden zien.

Af en toe zag Cara een vliegtuig van de geallieerden neerstorten als gevolg van het kruisvuur van luchtafweergeschut. Ze was zelfs gewend geraakt aan het beeld van zilverkleurige parachutes die naar beneden kwamen. Met geen mogelijkheid kon ze bevatten hoe Italië deze ramp ooit zou overleven.

Er was maar één neergehaalde geallieerde piloot voor wat voedsel bij de villa langsgekomen. Bettina had hem meegenomen naar de keuken en hem een bord eten gegeven, maar hem ook gewaarschuwd dat hij niet kon blijven.

Cara moest zich voorbereiden op de gevaarlijke missie die ze de volgende dag zou ondernemen zoals ze Raf had beloofd, maar sinds het weekend waren de partizanen in opperste staat van paraatheid, lagen ze op de loer langs de hoofdwegen die vanaf Florence naar het zuiden liepen en deden ze hier en daar een aanval op passerende auto's, omdat die altijd van fascisten of nazi's waren. Niemand anders kon zich in deze tijd een auto permitteren of benzine betalen.

De auto van de gravin stond in de garage. Ze had de trein naar Florence genomen met haar minnaar. Zijn glimmende Duitse wagen stond niet meer op de oprit geparkeerd; hij had een van zijn ondergeschikten opdracht gegeven de auto weg te zetten, duidelijk niet bang of bezorgd dat ze hun leven waagden.

Cara zag er erg tegen op dat het stel straks weer terugkwam in Villa Rosa.

Die avond begaf Cara zich naar het tuinhuisje van Alphonso. Er kwam haar een heerlijke geur tegemoet van bruschetta's die hij voor zijn avondmaal aan het roosteren was met geroosterde paprika's uit de oven, die ook heerlijk geurden; als nagerecht had hij de perziken in zoete siroop die Bettina vorige zomer had ingemaakt en op smaak had gebracht met honing van inheemse bijen.

Ze aarzelde even, met haar hand op de deurknop. 'Alphonso?' riep ze.

Alphonso deed de groene houten deur wijd open. '*Buonasera*, signorina.'

Cara voelde meteen weer de geborgenheid van Alphonso's huisje als ze binnenkwam. De glanzende plavuizen waren keurig aangeveegd en aan de witte muren hing een simpel kruisbeeld boven een eenpersoonsbed. Zijn slippers stonden keurig naast elkaar op de vloer.

'Ik ben net bezig met de maaltijd,' zei Alphonso. 'Eet je mee?'

Cara schudde haar hoofd, geraakt door zijn vriendelijkheid. 'Nee, dank je, Alphonso. Ik neem wat tomaten en brood mee naar beneden straks. Ik heb meer dan genoeg.' Ze legde een hand op zijn arm. 'Ga jij lekker eten, alsjeblieft.'

Alphonso liep naar de tafel en schoof uitnodigend een stoel voor haar naar achteren. Cara ging dankbaar zitten; het was een lange dag geweest. Toen hij de fles wijn uit de streek omhooghield, van de druiven die Alphonso op de helling teelde, knikte ze. De jonge wijnbouwer die voor de oorlog de wijnranken van de villa had verzorgd, was omgekomen bij de Noord-Afrikaanse veldtocht en sindsdien had Alphonso zichzelf het vak geleerd en wist hij inmiddels hoe hij de druiven optimaal moest verzorgen en de wijngaard moest onderhouden.

Een lokale wijnboer stuurde in oogsttijd nog steeds druivenplukkers de wijngaard in en het was tot nu toe gelukt de wijn die het resultaat was van de Villa Rosa-druivenpluk netjes af te leveren bij de gravin, al hadden de nazi's in het afgelopen jaar al heel veel flessen gestolen van de wijnboeren.

'Ik kan wel een hartversterkertje gebruiken – een piepklein slokje maar.' Ze lachte en hij schonk het glas dat voor haar op tafel stond halfvol. 'Alphonso, ik wil je iets vragen.'

De bruschetta die hij naar zijn mond bracht bleef halverwege in de lucht hangen.

'Ik heb morgenochtend de fiets van de gravin nodig…'

HOOFDSTUK 19

ANNIE

Annie liep met Luca de heuvel af naar het tuinhuisje. Het lag half verscholen achter de villa bij de binnenplaats en de met onkruid overwoekerde moestuin. Ze kwamen langs een paardenstal met twee verdiepingen, met boxen voor wel twaalf paarden. Annie tuurde naar binnen.

'Iemand hier moet een enthousiast ruiter zijn geweest,' zei ze. Ze trok haar neus op. 'Ik vind het doodeng om op een paard te zitten, zo hoog boven de grond en dan die oren die zo nerveus naar voren of achteren gaan, én je weet niet wat zo'n beest het volgende moment gaat doen.'

Luca draaide zich naar haar toe. 'Ga een keer met me mee. Er is niets zo mooi als de Toscaanse valleien te paard verkennen. Ik weet zeker dat je helemaal enthousiast bent na zo'n rit.'

Annie lachte. 'Je maakt een grapje zeker!' Ze grinnikte naar hem en schudde haar hoofd. 'Ik vertrouw je net mijn diepste angsten toe en dan zeg jij dat ik me daar maar even overheen moet zetten?'

'Sorry,' zei Luca. Hij tuurde naar de grond, zijn handen diep weggestopt in zijn zakken. 'Als je verzot bent op iets, dan deel je dat graag met een ander. Ik ben met paarden opgegroeid en ik ben net zo gek op paardrijden als op plantjes in de grond stoppen en ze laten groeien.'

'Dat snap ik. Het is je passie, zoals koken mijn passie is.'

Ze passeerden een stenen garage met een vale houten deur. Daarna kwamen ze bij het huisje dat achter een tuinhek stond. Luca hield het witgeschilderde hek voor haar open en Annie stapte de tuin vol nieuwe aanplant in, waarvan de groene uitlopers er goedverzorgd en vitaal uitzagen in de onlangs geschoffelde aarde. Er waren nieuwe rozen geplant in elk van de vier perken en ook lavendel, waar de bijen nu al op afkwamen. In het midden van elk perk stonden salie en stokrozen en langs het pad naar de deur prijkten keurige buxushagen. Dit bevreemdde haar opnieuw. Waarom stak hij zo veel zorg en moeite in de tuin rond dit huisje als zijn verblijf maar tijdelijk was?

'Het ziet er geweldig uit, mooi, hoor,' zei Annie.

Luca gaf met een hoofdknikje aan dat ze naar binnen gingen. 'Kom verder,' zei hij. Hij ging haar voor naar een groene voordeur met een ronde koperen deurklopper die glanzend gepoetst was. Het trapje naar de voordeur was geveegd en er stonden twee potten met madeliefjes aan weerszijden van de pas geschilderde deur.

Eenmaal binnen keek Annie bewonderend rond. Het contrast tussen dit huisje met de geboende plavuizen, de witte muren, het eenpersoonsbed in een hoek van de kamer met de ouderwetse witte sprei en de haveloze, vergane glorie van de villa raakte haar. Er was iets knus en bekoorlijks aan deze simpele stek, een sfeer die Sandro zeker niet voor ogen had voor de villa.

Luca liep naar de keuken en haalde prosciutto uit de koelkast, nam een platbrood uit de streek uit een kastje, en husselde in een kom olijfolie met rucola, pecannoten en stukjes peer.

'Kan ik iets doen?' vroeg Annie.

Luca schudde zijn hoofd.

Hij dekte de tafel bij het raam met uitzicht op de pas aangelegde tuin en zette een fles wijn uit de streek en twee glazen neer. Hij gooide de luiken wijd open.

'Heerlijk,' zei Annie. Ze strekte haar armen uit en leunde tegen de rug van haar stoel terwijl Luca haar een glas aanbood. 'Het ziet er allemaal verrukkelijk uit,' zei ze.

'Goed zo.' Hij bood haar een bordje prosciutto aan met salade en een stuk platbrood.

Ze zaten een tijdje zwijgend te eten tot Luca plots zijn glas wijn neerzette. De uitdrukking op zijn gezicht was moeilijk te peilen. 'Als ik iets kan doen om je te helpen, dan zeg je het wel, hè?' zei hij.

Annie keek naar de tuin en zag alleen maar mogelijkheden voor zich – heel veel mogelijkheden voor de villa en de bijbehorende tuin als ze weer aandacht en liefde kregen. 'Het is een groot mysterie dat papa me die brief heeft nagelaten,' zei ze zacht. 'Ik heb geen enkel aanknopingspunt.'

Nadat ze Sandro's nieuws had aangehoord over de affaire van Evelina Messina met een nazi, had Annie 's nachts liggen woelen en draaien. Ze had last gehad van een onverklaarbaar schaamtegevoel. Voor de daden van de vorige generaties was de huidige generatie in geen enkel opzicht verantwoordelijk, maar het genoegen dat Sandro schiep in zijn blijkbaar smetteloze afstamming, maakte haar schuldgevoel alleen maar groter.

Monica en Paul hadden contact met haar gezocht. Ze stuurden haar allebei regelmatig berichtjes en met Paul had ze kort de mogelijke verkoop van papa's huis in Carmel-by-the-Sea besproken. Monica en hij wilden allebei niet in het houten huis wonen dat papa had ontworpen en laten bouwen en omdat Annie de villa in Toscane had geërfd, had papa het huis in Californië aan zijn oudste twee kinderen geschonken. Dat klonk allemaal heel redelijk en was niet iets waarover Annie zo ver van huis wilde redetwisten, maar naarmate haar eigen verleden met de minuut vager werd, had ze het gevoel haar grip kwijt te raken op alles wat de moeite waard was om voor te vechten.

Annie ademde diep in. 'Sandro vertelde me dat Evelina Messina's relatie met een nazi tijdens de oorlog zo'n schandvlek op de familie was dat ze als paria's werden behandeld in de regio; om die reden vermeed zijn tak van de familie Toscane in het algemeen en Villa Rosa in het bijzonder. Hij was keihard over mijn aanspraak op de villa. Mijn aanspraak was niet rechtmatig zei hij, die was zelfs verwerpelijk.'

Luca strekte zijn hand over de tafel naar haar uit. 'Wat vervelend.'

'Sandro's grootvader Nicolas was de oudste zoon van de gravin, maar hij heeft de villa blijkbaar de rug toegekeerd toen de oorlog uitbrak,' vervolgde Annie. 'Maar er was ook een jongere zoon, Rafaeli. Ik weet niet wat er met hem is gebeurd... misschien dat Evelina Messina eenzaam achterbleef zonder haar zoons en met een baby.' Annie fronste. 'Dat klinkt mij nogal triest in de oren, maar als je naar de staat kijkt waarin de villa verkeert, is die versie ook best aannemelijk. En dan ben ik er ook nog.'

'Iemand hier in de streek moet het verhaal toch kennen, zou je denken,' zei Luca. Maar zijn stem klonk onvast en hij tikte nerveus op tafel. 'De archieven napluizen? De bibliotheek in?'

Annie schudde haar hoofd. 'De enige manier om meer te weten te komen over Italiaanse voorouders is de lokale parochies aanschrijven, of de burgerlijke stand en dan heb je nog niet de garantie dat je antwoord krijgt. En zij gaan alleen over familieleden die in Italië zijn geboren.'

'Er zijn zo veel Italianen geëmigreerd na de oorlog,' zei Luca zacht. 'Wat hier gebeurd is, was afschuwelijk. Ondraaglijk.'

Annie knikte. 'Ik heb er wat over gelezen op internet, over de geschiedenis van dit land tijdens de oorlog. Ik wist er bar weinig van.' Ze staarde naar buiten de serene tuin weer in.

'We kennen allemaal de geschiedenis van D-day, de invasie van de geallieerden in Normandië, 6 juni 1944, en de bezetting van Frankrijk door de nazi's, maar ook hier werd bruut geweld gebruikt. De nazi's bezetten Toscane... ik weet er het fijne niet van, maar ik wil er ook meer over te weten komen, Annie.'

'Ik moet erachter komen of Sandro de waarheid spreekt. Vanmiddag ga ik de slaapkamer van de gravin doorzoeken. Ik kan alleen maar hopen dat er correspondentie in een la van haar bureau is weggemoffeld.' Annie sloot even haar ogen. Geheime lades in bureaus wilde ze eigenlijk helemaal nooit meer doorzoeken.

Luca liet een beverige zucht ontsnappen.

'Wat is er?'

Hij stond op, ruimde de tafel af en stopte de lege borden in de vaatwasser, draaide zich om en keek haar aan. 'Koffie?' vroeg hij.

Annie knikte afwezig. 'Graag.' Ze keek naar hem terwijl hij een pot koffiebonen pakte en zich met de voorbereidingen van het koffie malen bezighield.

Toen hij weer bij Annie aan tafel kwam zitten met een pot verse koffie, twee piepkleine espressokopjes en het aromatische brouwsel inschonk, leunde Annie naar voren en sloeg haar armen over elkaar. 'Je kijkt alsof je iets te vertellen hebt.' Annie keek dapper naar de shotjes koffie. Wat zou ze graag een caffè latte hebben... maar 's lands wijs, 's lands eer. Ze wachtte.

Luca schudde zijn hoofd en fronste. 'Ik wil je niet verontrusten,' zei hij.

Annie bleef afwachtend zwijgen.

'Maar het geval wil,' vervolgde hij, terwijl hij opkeek en haar blik ontmoette, 'dat mijn moeder me binnenkort komt opzoeken. Ik denk dat het goed zou zijn haar te ontmoeten, als je dat wil, natuurlijk.'

'O?' Annie leunde opgelucht weer tegen de rugleuning van haar stoel. Ze had bijna de neiging om hard te gaan lachen. 'Nou, ik denk niet dat we haar zullen shockeren,' grapte ze. 'We hebben ons niet halsoverkop in een relatie gestort, toch?'

De zon wierp een brede bundel zonlicht naar binnen, precies op zijn handen. Hij zette zijn ellebogen op tafel en liet even zijn hoofd in zijn handen rusten. 'Nee, dat klopt,' zei hij zacht.

Annie speelde met haar koffiekopje.

'Het is namelijk zo dat mijn opa hier tijdens de oorlog heeft gewerkt. Hij heette Alphonso en hij was de tuinman van Villa Rosa. Jammer genoeg heeft ook hij verteld dat de gravin een verhouding had met een nazikopstuk... tegen mijn moeder. Net als Sandro het jou verteld heeft. Sorry, Annie.'

Annie was sprakeloos. Toen ze na een tijdje zwijgen weer een woord kon uitbrengen, klonk ze fluisterend. 'Jouw opa woonde in dít huisje hier op het landgoed?' Dat klonk logisch. Het verklaarde een beetje meer... waarom Luca hier was. Was hij in z'n eentje op bedevaart gegaan, om de geschiedenis van zijn eigen familie uit te pluizen?

Luca knikte. Hij leunde naar voren met zijn armen op tafel. 'Mijn opa is lang geleden gestorven. Ik was nog klein. Ik kan me hem nauwelijks herinneren. Mijn oma was veel jonger dan hij. We weten alleen dat hij Villa Rosa vaarwel heeft gezegd na de oorlog, en ik weet niet waarom. Ik vraag me af of dat vanwege die affaire was. Mijn oma begon altijd te smiespelen als het erover ging en ze schudde dan misprijzend haar hoofd en zei dat het een treurige zaak was, heel treurig. Mijn opa heeft er nooit met mij over gesproken. Toch kon ik het niet uit mijn hoofd zetten om hierheen te komen en bij Villa Rosa te gaan werken. Op een of andere manier voelt het voor mij ook alsof hij in mijn bloed zit.' Hij zweeg even. 'Ik wist niet of ik het je moest vertellen, ik wil de boel niet ingewikkelder maken. Ik ben ook bang dat je er niet veel aan hebt, aan mijn nieuws.'

Luca staarde naar haar hand en even leek het alsof hij zijn hand op die van haar ging leggen. Maar dat deed hij niet. Ze had Sandro's verhaal over de link van haar erfenis met de nazi's in twijfel getrokken, maar nu ze het bevestigd had gekregen van Luca voelde het als een stomp in haar maag.

HOOFDSTUK 20

CARA

Cara sliep de nacht voordat ze naar Cortona zou gaan in de villa. Alphonso had de banden van de fiets van de gravin opgepompt, die veilig in de garage achter de stallen stond, waar altijd het gehinnik van paarden had geklonken totdat ze tijdens de mobilisatie gevorderd werden.

De mensen waren banger dan ooit. Duitse vliegtuigen dropten nog meer pamfletten met waarschuwingen aan de inwoners van Toscane erop: zou iemand betrapt worden op hulp aan het verzet, dan zou diegene dat met zijn leven moeten bekopen.

Tegelijkertijd vlogen de geallieerden door het luchtruim en ook zij dropten pamfletten waarop de Toscanen juist aangemoedigd werden de partizanen te steunen, nazibolwerken op te blazen, verzet te plegen en vol te houden, want het zou niet lang meer duren of de geallieerden vielen de regio binnen. De lokale nazi's waren in paniek omdat hun macht tanende was en deinsden er niet voor terug om als vergelding onmenselijke wreedheden te begaan.

Bettina had een dienstbode gevraagd in een logeerkamer op de eerste verdieping een bed voor Cara op te maken. Er hing een sombere sfeer in de villa en het was er vreemd stil. Een bundel maanlicht bescheen de vloerplanken. Cara leunde tegen het raamkozijn en keek uit over de stille binnenplaats aan de achterkant van de villa. Ze wist dat Alphonso op een bepaald moment tijdens de lange nacht zijn huisje uit kwam om te controleren of zijn moestuin niet werd leeggeroofd, maar nu was hij nergens te bekennen.

Slapen was onmogelijk en ze snakte naar wat buitenlucht. De door de maan beschenen bomen en bloemen maakten haar minder eenzaam dan binnen op bed liggen in de stille villa.

Cara opende de voordeur, stapte op het grind van de oprit en glipte de trap af van het bovenste terras. Ze bleef staan bij de oude zilvergroene olijfbomen en leunde tegen een stam, sloot haar ogen en snoof de zwoele, geurige buitenlucht op. Straks, als ze weer boven was en op bed ging liggen, hoopte ze de slaap snel te vatten.

Er kwamen echter te veel herinneringen naar boven. Ze had deze tuin betreden op de allereerste dag dat ze voor de gravin kwam werken, met bonzend hart en haar voeten in ongemakkelijke pumps met hoge hakken. Onder haar arm hield ze een zware agenda met lederen omslag geklemd en ze droeg een stapel lesboeken over boekhouden die papa voor haar had gekocht zodat ze haar werk zo goed mogelijk kon doen.

Raf was met Alphonso bezig bij een van de fonteinen die door de zoetwaterbron onder de tuinen van water werd voorzien en die verstopt zat. Hij had met een hand boven zijn ogen tegen de zon in naar haar opgekeken. Hij droeg die dag een lichte broek en een witte blouse met bretels om zijn brede schouders. Hij zag de vracht boeken die ze meezeulde en had de spade die hij vasthad opzij gegooid en was naar haar toe gesneld om haar te helpen. Raf had haar van de zware lesboeken verlost en zij had gelachen om haar hoge hakken. Hij was geduldig met haar meegelopen naar de groene voordeur en had haar binnengelaten. Ze was op slag verliefd op de oude villa, maar de villa intimideerde haar ook.

Op een avond toen haar werkdag erop zat, waren ze samen heuvelafwaarts naar het dorp gelopen. Het was herfst en aan het einde van een frisse dag met een strakblauwe lucht en een kleurenpracht van karmijnrode en roze bladeren, begon het af te koelen. Hij had haar zijn jasje geleend, had het zorgzaam om haar schouders gehangen. Het begon al donker te worden en hij wilde haar per se tot aan de voordeur van het pensione brengen. Er ontstond een ongemakkelijke stilte. Ze stond met een hand op de deurknop van de voordeur. Rafs familie was de eigenaar ervan en Cara's vader runde het al meer dan twintig jaar. Het leek of Raf op het punt stond iets te zeggen, maar hij had alleen even zijn hoofd geschud, had haar een fijne avond gewenst, zich omgedraaid en was teruggelopen. Papa had hen door de ramen aan de voorkant van het pensione gespot en had haar geplaagd dat hij wel kon zien dat Raf gek op haar was.

Cara had wel begrepen dat het standsverschil tussen hen in stond en elke keer als ze hem zag, elke keer als ze contact hadden, elke keer als ze aan hem dacht en zich verzette tegen de magnetische aantrekkingskracht die ze voelde en die alleen maar heviger werd, hing de barrière van het standsverschil als een obstakel tussen hen in.

Maar toen nodigde Raf haar op een avond na haar werk uit om mee te gaan naar een terras waar een groepje vrienden van hem zat. Het was het groepje dat naar kostschool in Engeland was gestuurd terwijl Cara en haar vrienden in het dorp naar school waren gegaan om daarna op een van de pachtboerderijen van de gravin te gaan werken of ergens in het dorp.

De knappe, charmante, goed opgeleide vrienden van Raf klokten de lokale wijn naar binnen en lachten om een of andere grap. Raf had een stoel voor haar naar achteren geschoven en wilde heel graag dat ze erbij kwam zitten. Na een paar minuten voelde ze zich wat minder ongemakkelijk en verlegen. Zij had immers een goede baan, ze was een professional en droeg de bijbehorende outfit. Ze kon iedereen zijn en Raf had het er niet over dat ze de dochter was van de herbergier in het dorp aan de voet van de heuvel.

Eerst had ze naar hun ideeën geluisterd, die progressief en opwindend klonken en duidelijk voortkwamen uit hun dure universitaire studie, al leek het indertijd vreemd dat deze rijkeluiskinderen eerst naar de universiteit hadden gemoeten om erachter te komen dat de kleine boeren in Italië en de dorpen dezelfde hartslag hadden als zij, en dat zij dezelfde dromen koesterden.

Daarna was de oorlog verhevigd en had Raf steeds vaker aangeboden haar 's avonds thuis te brengen en bleef hij steeds langer talmen voordat hij de heuvel weer beklom. Het voelde alsof ze de hele nacht door konden blijven praten samen. Al snel kwam ze erachter dat hij niet de wereldvreemdheid van zijn vrienden deelde. Hij was een man die om zijn familie gaf en om de dorpsbewoners. Al snel bekende hij dat hij gevoelens voor haar had. En op een avond had hij verteld dat hij was opgeroepen voor militaire dienst, en dat zijn vertrek onvermijdelijk was. Hij vroeg haar mee uit eten voordat hij vertrok en ze gingen naar het betoverendste restaurant van Cortona op de heuvelhelling, met uitzicht op het dal. Cara kwam er altijd alleen maar langs als ze in de stad was om naar de markt te gaan en had nooit durven dromen er ooit bij maanlicht op het terras te zitten, terwijl de kaarsen op de tafeltjes flakkerden en obers af en aan liepen met de heerlijkste hapjes. Ondanks zichzelf had ze zijn uitnodiging geaccepteerd.

Na het etentje had hij haar teder gekust bij de hekken van het dorp. Ze waren voor elkaar bestemd, zo had het gevoeld. Cara had naar hem opgekeken, terwijl hij het kruisje aan het kettinkje om haar hals tussen duim en wijsvinger nam en haar vertelde dat hij meteen voor haar gevallen was, vanaf het moment dat ze onzeker op haar hoge hakken door de tuin van de villa liep met die zware stapel boeken onder haar arm.

Het had allemaal zo magisch geleken, zo geweldig, tot het moment dat ze had meegeluisterd met het gesprek tussen moeder en zoon, waarin de gravin Raf had uitgefoeterd omdat hij Cara wijs had gemaakt dat er ooit iets serieus kon bestaan tussen hen. De gravin wist dat haar zoon Cara op een avond begeleid had naar huis, maar ze zou ontsteld zijn geweest als ze had geweten dat haar zoon haar tot een echt afspraakje had verleid. Raf had kalm geantwoord dat hij haar niet wilde kwetsen, en dat hij bang was dat dit wel gebeurde als hij Cara zou blijven zien.

Op de dag van Rafs vertrek was de gravin ook uiterst kil geweest tegen Cara.

Raf was naar beneden gekomen in zijn militaire uniform, terwijl Cara als bevroren achter het bureau zat van zijn moeder, niet wetende wat te doen – of ze het recht had afscheid van hem te nemen, nu haar pijnlijk duidelijk was geworden welke positie ze innam in de ogen van zijn moeder. Hij bleef bij de deur van het kantoor aarzelen met zijn plunjezak en zijn uniformjasje dichtgeknoopt tot aan zijn kin.

Zijn moeder kwam uit de woonkamer en had zijn gezicht in haar handen genomen, voordat ze hem voor een intieme omhelzing naar zich toe had getrokken.

Cara concentreerde zich zogenaamd op haar typewerk, haar ogen neergeslagen en ze had geen kans gehad om afscheid van Raf te nemen. In de loop der jaren had ze zich erbij neergelegd.

Het uitzicht vanaf de villa baadde in het maanlicht, de villa straalde veiligheid uit en voelde stabiel. Morgenochtend zou ze zich volledig concentreren op haar taak. Ze zou papa niet teleurstellen.

HOOFDSTUK 21

ANNIE

Annie stond in de deuropening van Evelina Messina's slaapkamer. Het hemelbed met zijden draperieën en bijpassende beddensprei stond er vreemd en vaal bij in het zonlicht. Op de glanzende kaptafel had zich een laag stof verzameld en de oude glazen parfumflessen waren bedekt met een poederachtig laagje.

Annie bleef even in de lichtbundel staan die binnenviel door de geopende luiken. Het leek wel alsof de kamer niet meer gewend was om aan het daglicht te worden blootgesteld; de kledingkast en de bescheiden nachtkastjes leken veel groter dan toen de kamer vanochtend nog in duister gehuld was. Alsof ze haar berispten omdat ze de rust had verstoord.

De gravin leek nog steeds aanwezig. Annie voelde zich een indringer terwijl ze aan een inspectie van de bovenste la van de kaptafel begon en dat was ze eigenlijk ook, omdat ze achter Sandro's rug om het familiehuis doorzocht. Helaas lagen er alleen een paar zilveren haarborstels en wat oude parfumflesjes: Coco Chanel, Christian Dior. De gravin had duidelijk een voortreffelijke smaak. Annie keek onder de roosjesstof van de binnenbekleding van de la, maar er lag niets. Geen verborgen documenten. Daarna opende ze de kledingkast, die haar vanaf de eerste dag dat ze deze kamer had betreden had gelokt. De prachtigste avondjurken hingen afgedekt met witte uitwaaierende beschermhoezen als spoken op een rij. Annie zocht in zakken van négligés en een eindeloze reeks zijden pyjama's. Bontmantels, gloednieuwe mantelpakjes... de gravin was een buitengewoon goedgeklede dame geweest. En ze was discreet.

Na een tijdje sloot ze de kastdeuren, pakte de vervaagde zwart-witfoto op en wreef met een meegebrachte stofdoek voorzichtig het stof eraf. Zo kwam het prachtige gezicht dat haar aankeek beter tot zijn recht. Annie nam het portret mee naar het raam zodat ze haar gelaatstrekken beter kon zien en ze een poging kon doen die te doorgronden: wie was deze vrouw en was er enige gelijkenis met haarzelf? Maar de vrouw die haar aankeek was een mysterie. Haar blik had iets kils en Annie vermoedde dat maar weinig mensen daar iets van begrepen.

Annie kwam met lege handen uit de slaapkamer en liep de trap af naar beneden. Ze bond haar haren bijeen tot een slordige knot en veegde haar handen af aan haar bestofte jeans. Luca was nog aan het werk en Annie kwam vlak boven hem staan terwijl zijn onthulling van wie zijn opa was geweest haar weer te binnen schoot.

'En? Iets gevonden?' vroeg Luca. Hij hurkte naar achteren en keek naar haar op.

'In haar slaapkamer is niks te vinden. Geen kruimeltje informatie over iets onbetamelijks tijdens de oorlog.'

Luca fronste. 'Ik heb mijn moeder gemaild, maar ze heeft nog niet geantwoord. Ik weet niet of ze er meer van weet, van de affaire van de gravin.'

Annie tuurde naar de wirwar van klimop tegen de muur die Luca los probeerde te trekken en liep een niveau naar beneden de ruwe stenen traptreden af.

'Moet je zien,' zei hij. Ze staarden naar wat een stenen glijbaan leek in een kinderspeeltuintje van weleer. Maar het liep door naar beneden een diep donker gat in.

Annie keek op naar het terras erboven. Daar zat precies zo'n wildgroei van klimop tegen de muur. 'Luca, dat is de fontein,' fluisterde ze. 'Een watertuin die de heuvel af stroomt met op elk niveau een nieuwe fontein. Stel je voor dat het ons lukt om de boel weer aan de praat te krijgen.'

Er kwamen rimpeltjes om Luca's ogen; zijn blik had een warme gloed.

'Dit is zo spannend!' zei Annie.

'Dat is het, maar ondertussen ben jij nog niets wijzer geworden.'

'Ik weiger Sandro's verhaal te geloven. Ik ga alles op alles zetten om te bewijzen dat hij het mis heeft. Ik ga mijn voorgeschiedenis van alle blaam zuiveren.'

'Precies. Dat moet je doen. Maar ik wilde je iets vragen. Ik hoop dat je het niet erg vindt.'

Annie wachtte af.

'Heb je zin om mee uit eten te gaan?'

'Vraag je me mee uit? De kleindochter van een slecht mens?'

'Ja,' zei Luca zacht.

Annie hield een tijdje zijn blik vast en lachte hem toe. 'Oké. Dat zou ik leuk vinden.'

Luca keek haar peinzend aan en pakte toen iets uit de achterzak van zijn short. Hij fronste naar het stuk papier dat hij in zijn hand hield. 'Ik wist niet zeker of ik je dit moest geven,' zei hij. 'Maar gisteravond heb ik wat gegeten in het dorp en wat gedronken in de plaatselijke kroeg.'

'En?'

'Ik heb eens rondgevraagd wie er iets meer zou kunnen weten over de lokale geschiedenis. Het lijkt erop dat heel veel dorpsbewoners er liever het zwijgen toe doen als het gaat om wat zich hier heeft afgespeeld tijdens de oorlog,' zei hij. 'Over de partizanen zijn ze natuurlijk heel open.' Hij zuchtte. 'Ik hoorde een vreselijk verhaal over een veertienjarige die is neergeschoten op de weg vanaf Villa Rosa.'

Annie frummelde bedachtzaam aan haar halsketting. Vochten de partizanen tegen haar grootvader?

Luca gaf haar het stuk papier. 'In Cortona is een boekhandel, en de vrouw die daar werkt weet veel over de lokale geschiedenis.'

'Katarina Ricci.' Annie las de naam op het papier. Ze had een antiquariaat en verkocht oude boeken.

'Er is een weggetje door de heuvels dat er direct naartoe leidt, vanaf het dorp naar Cortona,' zei Luca. 'In de oude garage achter de stallen staan fietsen. Daar kun je er een van pakken.' Hij hield zijn hoofd scheef en keek naar haar. 'Als je het gezellig vindt, kunnen we ook samen gaan. Een stukje fietsen kan misschien een leuk opstapje zijn naar een paard. Misschien krijg ik je ooit zover?'

Annie grinnikte. 'Dus je stelt voor dat we naar Cortona rijden, signorina Katarina opzoeken en dan...'

'Daar een hapje eten?' zei Luca. 'En terugfietsen bij zonsondergang?'

Annie viel even stil. Het laatste wat ze gepland had toen ze naar Italië kwam was gevoelens voor iemand gaan koesteren. Haar rouw om het overlijden van papa en haar verwarring waren nog te groot. Maar dit was vast onschuldig. Luca leek een lieve man en ze zou hem nooit meer zien als ze terug naar huis ging, naar Californië. Als ze terugging. Want eerlijk gezegd was die gedachte steeds verder van haar af gaan staan sinds Sandro haar had uitgedaagd. Haar cateringbedrijfje liep prima, ook tijdens haar afwezigheid en ze had totaal geen heimwee, zoals ze had verwacht... was het misschien dan toch tijd voor een echte verandering?

'Dat lijkt me heel leuk,' fluisterde ze.

Luca glimlachte en richtte zijn aandacht weer op het diepe, donkere gat in de aarde.

HOOFDSTUK 22

CARA

Cara liep met de fiets van de gravin aan de hand de oprit van de villa af, het elegante hek aan de voorzijde door en fietste de verlaten weg af die door de heuvels kronkelde. Toen ze de wijngaarden eenmaal gepasseerd was, kwam ze langs het buurhuis, waarvan de hekken veilig afgesloten waren met een stevig hangslot. De eigenaren, een ouder Brits echtpaar, waren uit Toscane weggegaan toen Mussolini aan de zijde van Hitler aan de oorlog ging deelnemen. De buurvilla keek uit over het diepe groene dal en de heuvels in de verte, als in afwachting van het moment dat het gewone leven weer zou beginnen. De gravin had het Britse echtpaar beloofd hun huis te beschermen en niet toe te staan dat het opgeëist zou worden door de Duitsers voor oorlogsinspanningen. Daar was ze in geslaagd.

Een vleugje twijfel rees bij Cara bij de gedachte aan het enorme risico dat ze vandaag ging nemen: ze zou de explosieven gaan ophalen en mee terugnemen naar het landgoed van Evelina Messina om ze daar te verbergen.

Haar ogen schoten speurend heen en weer over het smalle weggetje dat zich langs de steile helling slingerde. Er stonden braamstruiken en verwilderd struikgewas langs de helling aan haar linkerzijde, terwijl op de helling rechts van haar die naar het dorp voerde, iedereen zich kon schuilhouden. Het gevoel dat er ogen naar haar loerden was intens en ze ademde diep in terwijl haar voeten zwaar op de trappers stonden om meer vaart te maken. Ze hoopte dat alleen Rafs partizanen zich in deze contreien diep in het kreupelhout verstopten, maar zelfs als dat zo was, kon ze nog niemand vertrouwen als ze gedwongen werd te stoppen.

De weg slingerde zich naar boven, bleef de heuvelhelling volgen tot ze een gehucht naderde dat er schitterend mooi bij lag, alsof de tijd had stilgestaan, maar het was er ook naargeestig stil en er was geen teken van leven. Ze sloeg af naar Cortona, passeerde een oud, middeleeuws kerkje waarvan de klokken al meer dan een jaar niet geluid hadden.

Haar hart bonkte in haar keel toen de weg afboog en ze het verlaten gehucht achter zich liet. De smalle weg raakte nu ook meer afgezonderd. Deze andere zijde van de heuvel keek uit over een dorre, rotsachtige vallei. Een bleekblauwe hemel schemerde over de karige groepjes olijfbomen en de bleke dagzomende rotsen lagen er spookachtig bij.

Cara hield haar ogen op de weg gericht. Ze was nog geen levend wezen tegengekomen. Ze passeerde een paar mysterieuze gesloten hekken aan linkerzijde terwijl rechts van haar de vallei er angstaanjagend en roerloos bij lag. Cara fronste en trapte verwoed door.

Toen ze uiteindelijk bij de oude Etruskische muur aankwam die naar de middeleeuwse poorten van Cortona leidde, slikte ze even. Tot nu toe ging het goed. Niemand had haar staande gehouden.

Twee nazi's hielden de wacht bij de oude stadspoorten van Cortona. De middeleeuwse hekken van het stadje boven op de heuvel waren dicht. Cara pakte haar persoonsbewijs en liep met de fiets aan de hand naar de twee jonge Duitse officieren toe. Ze had een groene jurk met stippen aan en ze droeg haar donkere golvende haar los. Ze had geen make-up op en ze hoopte eruit te zien als een meisje van zestien.

'Buongiorno,' zei ze en ze probeerde naar de twee jongemannen te glimlachen. Ze had verhalen gehoord over vrouwen in Frankrijk die aanpapten met jonge Duitse officieren en hen wilden laten geloven dat ze aan hun kant stonden.

Maar een van de nazi's strekte simpel zijn hand uit naar haar persoonsbewijs, dat ze hem zo nonchalant mogelijk aanreikte.

'Wat is het doel van uw bezoek aan Cortona?' vroeg de Duitser terwijl hij haar persoonsbewijs teruggaf.

'Ik ga op bezoek bij een vriendin,' loog Cara zonder blikken of blozen. 'En ik wil even naar de markt.'

'We hopen dat uw bezoek aan Cortona u bevalt, zoals altijd. De Führer heet u welkom.' De nazi strekte zijn rechterarm als eerbetoon aan Hitler en Cara moest moeite doen om haar afkeuring niet te laten blijken.

'Grazie,' zei ze en ze fietste de smalle straatjes in van het oude stadje.

Oude mannetjes zaten zoals altijd in de deuropening van hun huis direct aan de keienstraten. De kerken in het stadje koesterden zich in de ochtendzon zoals ze al eeuwen deden en in de kleine heiligdommen met hun perfecte halve cirkelbogen stonden nog steeds verse veldbloemen. Sommige typisch Italiaanse dingen waren niet kapot te krijgen, dat lukte zelfs de nazi's niet.

Cara fietste naar het plein waar de markt gedeeltelijk was opgebouwd onder het toeziend oog van nog meer nazibewakers. Ze stapte af en duwde haar fiets door het labyrint van nauwe straatjes die naar het adres leidden dat Raf haar had opgegeven. Ze wist goed de weg in de Via Santa Margarita. Hier had de patroonheilige van de vals beschuldigden gewoond tussen de broeders van Cortona. Ze had zich ingespannen voor de armen en behoeftigen en ze had liefdadigheidswerk gedaan, na de plotselinge dood van haar minnaar. Haar stiefmoeder en vader hadden haar de toegang tot het ouderlijk huis ontzegd.

Cara passeerde het heiligdom voor Santa Margarita en stopte buiten bij een oude kerk waarvan de vaalblauwe deur was gesloten. Voor het eenvoudige rechthoekige raam waren roestige tralies aangebracht. Ze klopte op de deur en wachtte.

HOOFDSTUK 23

ANNIE

Luca haalde twee ouderwetse, degelijke fietsen uit de stoffige garage.

'Het zou me niet verbazen als jij ze zelf hebt opgeknapt,' zei Annie.

'Ik hoefde er nauwelijks wat aan te doen. Ik heb de kettingen een beetje gesmeerd, ik heb ze een poetsbeurt gegeven en nieuwe banden erom gedaan. Ze stonden niet eens weg te roesten hier, ongelooflijk.'

'Ik geloof je onmiddellijk en ze rijden vast lekker,' zei Annie lachend. Ze legde aarzelend haar handen op het stuur van een van de fietsen. 'Ik heb sinds ik een kind was niet meer gefietst; we crosten altijd rond in de straten van Carmel-by-the-Sea,' zei ze. 'Dat lijkt wel een eeuw geleden, een totaal ander leven.'

'Fietsen verleer je nooit,' zei Luca. 'Zei mijn vader altijd.'

'Heb je een goede band met je ouders?'

'Zeker,' zei Luca zacht. 'Maar ik zou wel meer willen weten over mijn opa Alphonso.'

Annie fietste de steile oprit af naar het weggetje dat zich langs de heuvel naar beneden, naar Cortona slingerde. Ze zei niet veel en was zich uiterst bewust van de knappe man die naast haar reed.

Toen ze over het smalle weggetje reden vanaf Villa Rosa met aan hun rechterhand de steile afdaling naar het dal, keek Annie strak naar de weg. Aan hun linkerhand stonden de oude, verwaarloosde en overwoekerde wijngaarden die bij Villa Rosa hoorden tegen de heuvel en al snel kwamen ze bij een paar fijn afgewerkte, oude ijzeren hekken. Annie wierp er een snelle blik op, maar Luca's stem verbrak de serene zomerse stilte.

'Dit landgoed is van een Britse familie,' zei hij. 'Ze hebben het al tientallen jaren. Ik heb het echtpaar ontmoet. Ze willen heel graag dat Villa Rosa wordt gerestaureerd en dat ze weer nieuwe buren krijgen die er permanent wonen.'

Annie voelde dat hij zijdelings naar haar keek, maar ze bleef strak voor zich kijken naar de weg.

'Woonde dat Britse gezin hier in de oorlog?' vroeg ze. Ze was heel trots op zichzelf dat haar brein nog steeds probeerde het mysterie op te lossen, terwijl haar lichaam alleen maar bezig was om niet van haar fiets te vallen en de afgrond in te storten.

'Het echtpaar zegt dat hun grootouders terug naar Groot-Brittannië zijn gegaan en zijn weggebleven tot de oorlog afgelopen was. Ze hebben hier na de oorlog de zomers doorgebracht, maar zeiden alleen dat hun teruggetrokken buur, de gravin, altijd heel erg op zichzelf was.' Hij zuchtte en de bomen ruisten als in een fluistering van medeleven. 'Ze hebben niets gezegd over een kind.'

De zon stond nu hoog aan de bleekblauwe hemel en de potloodachtige schaduwen die de cipressen op het weggetje wierpen konden haar gezicht niet tegen de ochtendwarmte beschermen. Annie durfde haar hand niet van het stuur te halen om het zweet van haar voorhoofd te vegen.

'Ik kreeg vanochtend een bericht van Sandro,' zei Luca. 'Ik vertel je er straks meer over.'

Annie bleef zwijgen en concentreerde zich op de weg. Als een auto hun tegemoet zou komen, zou ze plotseling dicht langs de kant moeten gaan fietsen, vlak bij de afgrond. De bochten die het weggetje maakte waren verraderlijk en ze spitste haar oren voor het geluid van eventueel naderend verkeer.

De weg helde nu naar beneden en ze kwamen bij een gehucht in een bocht van de heuvel. Er stonden een oude kerk en een paar huisjes. Hier volgde Luca een scherpe bocht naar links. Het landschap aan haar rechterzijde was minder dicht begroeid en zag er meer uit als dorre grond, al groeide er wel gras. Toch was het nog steeds heel mooi en er liep een rilling over haar rug.

'Het Italiaanse landschap geeft me het gevoel dat het heden en het verleden samenvallen,' zei Annie. 'Ik vind het altijd vreemd dat de mensen die leefden voordat wij er waren alleen maar "weg" zouden zijn. Het voelt meer alsof ze nooit zijn weggegaan.'

Annie voelde weer dat Luca haar zijdelings aankeek. Ze fietsten langs een middeleeuws uitziende muur, tien keer zo hoog als de stapelstenen muren in de tuin van Villa Rosa en deze verkeerde ook in betere staat. Daarboven verrees het oude heuveltopstadje Cortona. Luca remde af toen ze een parkeerplaats naderden aan hun rechterhand en stapte af. Annie stapte ook af en zette haar voeten stevig op de grond. Zo, ze had het gered. Maar het zou Luca echt niet lukken om haar ooit op een paard te krijgen.

'We moeten onze fietsen hier neerzetten. Je mag alleen te voet door het oude stadscentrum.'

In de oude stadsmuur was een middeleeuws hek aangebracht. Annie volgde Luca Cortona in met zijn honingkleurige stenen gebouwen. Er liepen al meerdere toeristen rond die foto's maakten en oudere mannen zaten op stoeltjes in hun deuropening zoals ze al sinds de middeleeuwen deden, rokend en kletsend met hun buren. De was hing boven hen te drogen aan wasrekken uit de ramen van oude appartementen en overal tuimelden bougainville en rozen langs de muren omlaag in de zon. Annie wilde naar binnen kijken bij elke trattoria waar ze langskwamen. Ze hadden hun menu verleidelijk voor het raam uitgestald of op de entree geplakt. Ze was gaan beseffen dat de Toscaanse keuken op variaties van hetzelfde thema voortborduurde: simpel gegrild vlees, pasta's met rijkgevulde ragú en bijgerechten van knapperige frietjes, spinazie gekookt in olijfolie en citroensap en verse perziken en kersen in rode wijn uit de streek.

Luca keek op een plattegrond op zijn telefoon en ging haar voor door de bochtige straatjes tot ze bij een plein kwamen, omringd door prachtige oude gebouwen.

'Vind je het leuk om eerst een beetje rond te kijken?' vroeg Luca. 'We hoeven niet meteen bij Katarina Ricci langs. We kunnen eerst nog wat anders doen.'

Maar Annie schudde haar hoofd. 'Ik vind het heel aantrekkelijk, maar ik kan me niet ontspannen tot we haar gesproken hebben.' Al was het nog lang niet zeker of Katarina Ricci hun iets meer kon vertellen.

Luca ging haar voor terwijl hij een straatje van stenen trappen insloeg vanaf het plein. Er waren appartementen met bakken geraniums in de vensterbanken en vanuit de huisjes hoorde Annie vrolijke stemmen en snoof ze heerlijke etensgeuren op – knoflook, tomaten en basilicum, geroosterd lamsvlees voor de lunch en cakes die in olijfolie in eeuwenoude houtovens werden gebakken.

Bovenaan de smalle steeg stopte Luca bij een naambordje dat klapperde in de wind. ANTIQUARISCHE BOEKEN. EIGENAAR K. RICCI. 'Ben je er klaar voor?'

Annie knikte. Ze ademde diep in en liep achter Luca aan naar binnen.

HOOFDSTUK 24

CARA

De kartonnen doos met de explosieven stond op de bodem van een picknickmand en er lag een rood-wit geblokt kleedje overheen. De broeder van de kerk in Cortona had ook een versgebakken brood, een stopfles met diepgroene olijfolie en de beschilderde kom die als presentje voor Evelina Messina was bedoeld in de mand gelegd.

'Een behouden reis, wees voorzichtig, signorina,' zei de priester.

Cara kon nauwelijks een woord uitbrengen door de beminnelijke goedheid en edelmoedigheid van deze oudere man en toen hij haar beide handen in de zijne nam en zijn knokige vingers om de hare legde, kon ze hem alleen maar bedanken. Ze verliet het stille mannenklooster naast de oude kerk. De priester deed haar aan haar vader denken.

Er was iets aan de manier waarop hij heel kalm de picknickmand vulde, zonder veel ophef of gedoe, maar met de wijze overtuiging van een man die onderscheid weet te maken tussen goed en kwaad. En dat moest ze zelf ook in gedachten houden. Ook al bonsde haar hart in haar keel bij de gedachte dat ze weer veilig terug moest zien te komen bij de villa, ze moest zich erop concentreren dat ze juist handelde: wat ze deed was voor de goede zaak.

Ze zette de rieten mand voor op het rek van de fiets van de gravin. Zou ze de pech hebben te worden aangehouden en ondervraagd, dan moest ze niets loslaten. Ze had verhalen gehoord over vrouwen die dapperder en jonger waren dan zij die werden opgepakt door de nazi's en werden ondervraagd. Ze hadden niets losgelaten uit loyaliteit aan de partizanen en hadden de vreselijkste martelingen ondergaan zonder toe te geven: hun nagels waren eruit getrokken, hun ogen waren uitgestoken, hun ledematen gebroken, hun haren uitgerukt... De staffette waren heldinnen, beroemd en geprezen om hun standvastigheid. Ze moest net zo dapper zijn als zij.

Ze zette haar rechtervoet op de trapper, ging op het zadel zitten en fietste de keienstraat door. Ze reed naar het middeleeuwse hek om het stadje weer uit te komen en had zich liever omgedraaid om in de anonimiteit van de markt op te gaan, om een normaal meisje op een normale zaterdagochtend te kunnen zijn.

De twee nazi's die op wacht stonden bij de oude stadspoort waren vervangen door twee onberispelijke collega's die niet ouder leken dan zeventien. Cara sloeg haar ogen neer toen ze hen naderde en kon zichzelf wel wat doen omdat ze de stippenjurk die haar zo goed stond had aangetrokken. Ze had zich slordig moeten kleden, haar rondingen moeten verhullen onder een slonzig shirt en een oude wijde broek, ze had haar haren in een paardenstaart moeten binden. Nu voelde ze zich dom en onnozel dat ze aan de nazibewakers probeerde te ontkomen terwijl ze er jong, fris en onschuldig uitzag... als een makkelijke prooi zou ze hun aandacht trekken.

Ze probeerde haar blik naar de grond gericht te houden en zag alleen haar rieten mand vol dynamiet.

Ze stapte af en drentelde heen en weer in een schaduwrijk deel van het steegje, terwijl een oude inwoonster haar vanachter het raam van haar appartement aan de overkant van de straat brutaal aanstaarde. De stevige armen van de vrouw lagen op de vensterbank van het open raam en ze bleef Cara aankijken zonder te knipperen; ze maalde er blijkbaar niet om dat het misschien onbeleefd overkwam.

Cara keek langzaam op en ontmoette de blik van de vrouw. De vrouw gebaarde met haar handen dat ze moest omkeren: *niet via de poort. Ga terug naar Via Margarita, ga via de vallei en vermijd de nazi's die op wacht staan.*

Cara staarde de vrouw aan. Kon ze haar vertrouwen?

HOOFDSTUK 25

ANNIE

Overal in het antiquariaat van Katarina Ricci stonden tafellampen en op de glanzende plavuizen lagen Perzische tapijten. Er stonden rijen boeken op houten planken en binnen was het doodstil; er heerste een bijna eerbiedige sfeer alsof het een heel speciale, zeldzame plek was. Een handjevol klanten zat in comfortabele Chesterfields in leer gebonden boeken met gebarsten ruggen te bladeren, dundruk, goud op snee en titels in verguld reliëf.

In de achterste hoek zat een vrouw aan een imposant bureau bij geel lamplicht. Haar grijze kapsel was over een groot boek gebogen. Ze moest ergens in de zeventig zijn. Op de punt van haar neus prijkte een brilletje met een gouden kettinkje eraan en ze droeg een kaftan in magnolia roze, met zilver afgezet rond de diepe v-hals.

Annie bleef bij het bureau staan. 'Signora Ricci?' vroeg ze zacht. Het leek niet gepast om jezelf hier met luide stem te introduceren.

De vrouw keek op en nam traag het brilletje van haar neus. 'Dat ben ik, Katarina Ricci. Kan ik je helpen?' vroeg ze in het Engels.

Annie werd plotseling zenuwachtig en tuurde de zaak rond op zoek naar Luca, maar hij had zich bij een boekenplank verschanst en er een kostbare dikke pil met leren omslag uit tevoorschijn gehaald. Waarschijnlijk een boek over oude tuinen of fietsen opknappen, of hoopvol graven naar een waterput...

Ze draaide zich weer naar Signora Ricci. 'Signora,' begon ze, 'ik vroeg me af of u informatie kunt geven over de geschiedenis van deze streek, ik werk aan een onderzoek.'

Signora Ricci trok een wenkbrauw op. 'Maar natuurlijk. We hebben veel boeken over Cortona en omstreken,' zei ze. 'Achter in de hoek vind je veel oude boeken over de stad en haar geschiedenis. Mijn assistent loopt hier ook ergens rond, met een naambordje op. Hij kan je helpen.' Signora Ricci richtte haar aandacht weer op het grote boek dat opengeslagen lag op haar bureau.

'Ik zoek eigenlijk heel specifieke informatie,' zei Annie.

De oude vrouw keek weer op.

Annie slikte. 'Over Villa Rosa,' zei ze en het leek of haar woorden in de stille ruimte bleven hangen.

De vrouw zette haar brilletje af, trok het koordje over haar hoofd en legde de bril voor zich op het bureau. 'Wat interesseert je in het bijzonder aan Villa Rosa?'

'Ik werk aan een promotieonderzoek over de Italiaanse adel tijdens de Tweede Wereldoorlog, met name gericht op de oude villa's in Toscane.' Annie bleef de oude vrouw aankijken terwijl de leugens als vanzelf uit haar mond rolden. Ze was immers met leugens opgegroeid. 'Ik begrijp dat vooral deze villa een interessante geschiedenis heeft en ik zou me in mijn proefschrift graag op gravin Evelina Messina concentreren. Mij is verteld dat ze een spilfunctie had hier tijdens de oorlog.'

'Helaas weet ik niets over de villa tijdens de oorlog. Dat is al zo lang geleden.'

Annie beet op haar lip.

'Ken je Villa Rosa?' vroeg de signora.

Annie knikte langzaam. 'Ja,' zei ze zacht. 'Een prachtig landgoed.'

De signora kwam uit haar stoel en even vroeg Annie zich af of ze van haar af wilde, maar tot haar verbazing kwam ze vanachter het bureau vandaan en ging naast haar staan.

Annie zag Luca vragend naar haar kijken vanuit een hoek van de winkel. Ze haalde haar schouders op naar hem.

‘Is dat je vriend?’ vroeg de signora terwijl ze naar Luca knikte.

Annie knikte bevestigend.

‘Wat is je naam, signorina?’ vroeg ze met gedempte stem.

‘Annie Reynolds. Ik kom uit Californië.’

‘Annie, willen jij en je vriend even met me meelopen? Er is iets wat misschien hulp kan bieden.’

Annie keek hoopvol naar Luca.

De signora riep naar haar assistent, die met een klant bezig was, dat ze even naar achteren ging en vervolgens ging ze Annie, met Luca vlak achter haar aan, voor naar een donkere houten deur. Daarachter was een ruimte met nog veel meer boeken. De planken puilden uit met oude dikke pillen en ze lagen ook opgestapeld op de vloer. Daarachter was nog een ruimte, waar ook een vreemde stilte heerste. In deze ruimte stond het vol dozen en er hing een muffe lucht. De dozen reikten tot aan het plafond en Annie schatte snel in dat het er minstens vijftig waren.

‘Jeetje,’ verzuchtte ze.

‘Elke doos hier is gevuld met boeken uit Villa Rosa, aan ons gedoneerd toen de laatste bewoonster, de gravin die u noemde, overleden was.’ Signora Ricci sloeg haar armen over elkaar en stopte haar handen in de zijden kaftan.

Annie was het liefst midden in de ruimte op de vloer neergezegen, maar zocht in plaats daarvan Luca’s blik en schudde vol ongeloof haar hoofd. ‘Allemaal uit Villa Rosa?’

Signora Ricci knikte. ‘Neem er alstublieft de tijd voor, Annie,’ zei ze en ze maakte een zwierig, uitnodigend gebaar door de ruimte. Daarna draaide de eigenaresse van het antiquariaat zich om en liet hen alleen.

‘Waar moeten we in godsnaam beginnen?’ fluisterde Annie.

Luca keek haar aan en hield zijn hoofd schuin. In de schemerige, muffe ruimte volgestouwd met boeken, grijnsde hij. ‘Bij het begin, Annie,’ fluisterde hij.

HOOFDSTUK 26

CARA

Cara nam de gebaren van de oude vrouw in het raamkozijn serieus en besloot de twee jonge nazibewakers bij de stadspoort te vermijden. Ze had niet gepland om via de andere kant van de heuvel Cortona te verlaten; dat was immers een omweg die ook nog eens door de hoofdstraten van drie dorpen voerde en langs drukkere wegen, terwijl zij met een mand vol dynamiet fietste. Maar ondanks haar onbehaaglijke voorgevoel, was er nergens een auto te bekennen. Door de toenemende aanvallen van de partizanen op passerende voertuigen de laatste tijd lieten de nazi's en fascisten zich minder vaak op de weg zien.

Toen ze Cortona eenmaal verlaten had, zoefde Cara zonder te trappen de weg af die zich door de achterste vallei slingerde. Ze wilde zo snel mogelijk terug naar de villa. Ze had maar een paar uur geslapen vannacht waardoor haar hoofd gonsde en haar ogen prikten in de warme wind. Ze besefte dat ze te hard reed, maar de gedachte aan het zomerhuis, waar ze in de stille villatuin kon gaan zitten, deed haar voortsnellen. Als een lichtsignaal vloog ze over de weg.

Aan de voet van de heuvel was een kruispunt waar ze links afsloeg naar het eerste dorpje. De weg was angstaanjagend stil en verlaten en ze kon de omtrekken al zien van het oude stenen kerkje in het centrum. Woekerende struiken en bomen omzoomden de weg, maar daarachter strekten zich wijngaarden uit, zo groen en fris als gras. Cara keek af en toe om zich heen of er niemand op de loer lag.

Ze nam een bocht en kwam op de doorgangsweg van het dorp. Ze zat in een windtunnel en trapte harder, verhief zich van het zadel en stond met haar hele gewicht op de trappers. Zonder dat er iets gebeurd was liet ze het dorpje achter zich, maar haar hart ging als een bezetene tekeer toen ze bij het tweede dorpje aankwam. Een truck van de SS stond slordig geparkeerd bij de bar in de hoofdstraat en er leek opschudding te zijn op de stoep. Een groep oude mannen, een stuk of vijf, zes, stond buiten met de handen in de zij terwijl ze schofterig werden toegesproken door twee nazi's.

Cara haalde bevend adem. Ze had het gevoel dat haar hart het zou begeven en haar benen voelden slap, maar ze dwong zichzelf door te fietsen, alsmaar rechtdoor. Ze ging weer op het zadel zitten terwijl ze doortrapte en negeerde de groep buiten voor de bar.

De nazi's keken niet eens naar haar toen ze langskwam. Ze hadden het te druk met het uitschelden van de oude mannen, die met hun handen in de lucht gebaarden.

Cara trapte voort en al snel maakten de wijngaarden plaats voor de smalle straatjes van haar eigen dorp aan de voet van de heuvel. Het was nu niet ver meer.

Ze vermeed de markt, stapte af en liep met de fiets aan de hand door de stille straatjes. Ze kwam langs haar pensione, wilde dolgraag naar binnen, op bed gaan liggen en zich schuilhouden. Terwijl ze met de fiets haar eigen achterstraatje door liep, voelde ze ogen in haar rug prikken. Cara wist zeker dat ze in de gaten werd gehouden.

Het naargeestige gevoel ging niet weg toen ze de karamelkleurige huisjes op de helling passeerde die plaatsmaakten voor de steile weg naar boven naar Villa Rosa, waar de vallei aan haar rechterhand plotseling pittoresk aan haar voeten lag.

Ze wist zeker dat ze een geluid had gehoord vanuit het kreupelhout langs de weg, maar ze sprak zichzelf streng toe. Het was vast een vos of een das. Niks aan de hand.

Maar terwijl ze de fiets van de gravin omhoogduwde de steile weg op die naar Villa Rosa leidde, hoorde ze voetstappen achter zich. Een mannenstem riep dat ze halt moest houden.

HOOFDSTUK 27

ANNIE

Luca werkte systematisch door. Hij had alle dozen waarvan hij de inhoud had doorgekeken naar één kant geschoven en had zelfs een markeerstift gevonden waarmee hij een kruis op de dozen had gezet om aan te geven dat er niets interessants in zat.

Annie veegde met een hand haar voorhoofd af. Het was snikheet in de kleine ruimte achter de boekwinkel en het rook er muf naar karton. Elke keer als ze een doos openmaakte, snoof ze ongewild de lucht van bedompt papier op.

De meeste boeken die afkomstig waren uit Villa Rosa waren in vaalrood en groen gebonden met titels in verguld reliëf en terwijl ze in stille verbazing de eerste paar dozen had geopend en met Luca had gebabbeld over wat ze allemaal aantrof, raakte Annie er al gauw door overspoeld en zette ze er net als Luca vaart achter. Ze wierp een blik op de boeken, schudde er een beetje mee met de pagina's open, legde ze weg en stopte ze daarna terug in de doos. Ze had geen idee wat ze nu eigenlijk zochten. Signora Ricci liet het hen zelf uitzoeken.

'Iemand in de villa moet een enthousiast lezer zijn geweest,' zei ze. 'Maar was die persoon maar minder precies geweest met het verwijderen van elk briefje erin, zelfs een boodschappenlijstje in zo'n oude pil zou geholpen hebben of een bonnetje van een autoreparatie of een schoenlapper… ik denk nu al met heimwee terug aan de administratieve rompslomp over de pachters in de villa.'

Luca zat met gekruiste benen op de grond met een hoge, af en toe wiebelende toren van dozen naast zich. 'Wil je even pauze, een hapje lunch? Hoe leuk ik het ook vind waar we mee bezig zijn, ik denk toch dat even een break niet verkeerd is.'

Annie pakte haar telefoon en keek hoe laat het was. Het was al middag en de zon stond hoog aan de Toscaanse hemel. 'Lijkt me heerlijk,' zei ze.

Precies om twee uur kwamen ze terug van de lunch en stonden ze weer in de achterkamer. Ze hadden een authentiek uitziende trattoria gevonden in een van de smalle achterafstraatjes van Cortona, zodat ze de toeristenmenu's hadden weten te vermijden. Annie waardeerde het van Luca dat hij net als zij zijn intuïtie volgde en dat ze er hetzelfde over dachten; ze hadden de tijd genomen om op zoek te gaan naar een restaurant waar alleen de lokale bevolking aan tafel zat en niet het pingende geluid klonk van magnetrons of een geur hing van opgewarmde minestrone en lasagne.

Ze deelden een salade van roodlof met walnoten, witte kazen uit de streek, olijven, olijfolie, prosciutto, gemarineerde paprika's en knapperig brood van de bakker. Ze namen beiden een glas van de meest exquise witte wijn die Annie ooit geproefd had. De eigenaar van het restaurant had hun trots verteld dat de wijn van zijn broer afkomstig was, die een wijngaard had in het dal en terwijl hij dat vertelde, legde hij zijn handen op hun schouders met de vraag of ze snel weer eens terugkwamen. Hij vond het heerlijk om buitenlanders te mogen verwelkomen die zijn gerechten op waarde wisten te schatten. Hij voegde er nog aan toe dat ze een heel charmant stel waren samen.

Annie gluurde even opzij naar Luca's knappe profiel terwijl hij dozen opensneed met een stanleymes dat hij in Cortona had gekocht. In een ander leven zou Luca een geschenk zijn geweest. Maar hoe kon ze zelfs maar een relatie overwegen als ze niet eens wist wie ze zelf was?

Het enige geluid in de achterkamer was het zachte neerploffen van boeken en het geritsel van pagina's, terwijl ze beiden door handboeken over het boerenbedrijf bladerden, op zoek naar losse enveloppen erin of brieven die iets zouden prijsgeven.

Maar de gravin was nauwgezet geweest. Ze vonden niet één stukje papier, geen enkel verdwaald item. Niets.

'Je kunt je maar moeilijk voorstellen hoe het geweest moet zijn om bijna honderd jaar geleden in de villa te wonen,' zei Annie. Ze liet haar vingers langs de versierde titel van een oud kinderboek glijden en sloeg het open om de plaatjes te bekijken. De illustraties waren zo rijk en verfijnd; ze vroeg zich af of het boek van Sandro's opa was geweest, de mysterieuze Nicolas Messina, of van zijn nog ongrijpbaardere broer Rafaeli. 'Moet je zien,' zei ze tegen Luca. 'Ik vind eigenlijk dat ik een paar van deze oude boeken voor hem moet kopen, het is tenslotte zijn erfenis. Misschien als hij op een dag kinderen heeft, dat hij dan deze verhalen aan ze wil voorlezen. Ik weet niet wat signora Ricci ermee wil, maar het zou toch jammer zijn als deze kostbare exemplaren worden doorverkocht.'

'Ze zijn waarschijnlijk totaal ongeschikt voor de kinderen van nu,' zei Luca. 'Vooral als ze onder het fascisme zijn gepubliceerd. Maar misschien wil Sandro ze... al zie ik hem er niet voor aan om ergens rustig te gaan zitten om een boek te lezen.' Ze zag pretlichtjes in zijn ogen.

'Je weet het niet,' zei Annie terwijl ze een hand langs haar lange blonde paardenstaart haalde. Ze had haar haren bijeengebonden om haar nek koel te houden.

'Annie.'

Annie rukte zich met moeite los van de betoverende illustraties op de zijdeachtige pagina's van weer een ander kinderboek. 'Ja?' mompelde ze.

Luca keek fronsend in een groot, in leer gebonden boek. Hij sloeg de pagina's langzaam om, keek op naar haar.

'Ik heb iets gevonden... een agenda,' fluisterde hij.

Annie voelde vlinders in haar buik, maar ze fronste toen ze over Luca's schouder keek naar de pagina's. Haar hand streek per ongeluk even over de zijne, ze was zo dicht bij hem dat ze elke ademhaling kon horen.

Zijn hand lag stil, hij sloeg geen pagina's meer om.

Er was iets helemaal niet in orde.

HOOFDSTUK 28

CARA

Cara stopte niet en remde ook niet af, ondanks de stem achter haar die haar riep. Intuïtief versnelde ze haar tempo terwijl ze de fiets van de gravin zo snel ze kon de heuvel op duwde over het weggetje naar Villa Rosa. De weg was te steil om weer op de fiets te klimmen en na de volgende bocht zou ze bij de hekken van de villa zijn. Ze hoefde alleen maar binnen de hekken zien te komen, dan was ze veilig. Het probleem was alleen dat ze de hekken van hieraf niet kon zien en zelfs als Alphonso in de voortuin van de villa aan het werk was, wat niet zeker was, dan nog was het geen garantie dat hij haar kon zien. Vanuit het kreupelhout onderaan de weg hoorde ze geritsel.

Als iemand haar bespied had in het bos aan de heuvelzijde, dan stond ze er alleen voor. Haar adem stokte terwijl ze struikelend doorliep. Toen plotseling een figuur vanuit het kreupelhout tevoorschijn kwam die de struiken opzijduwde en haar de weg versperde, onderdrukte ze een schreeuw van angst. Haar achtervolger had zich blijkbaar door de bosjes omhooggewerkt en sneed haar de pas af. De man die haar de weg versperde, zijn mond in een wrede grimas, zijn blik fel, was geen nazi maar niemand minder dan Cara's buurman, de alom bekende fascist Luigi Santino. Ze had altijd al walging gevoeld als ze hem tegenkwam, maar de uitdrukking op zijn gezicht was nu ronduit angstaanjagend.

Hij liep recht op haar af, met opgeheven arm en gebalde vuist en rode wangen van opwinding. Met een verwilderde blik greep hij haar stuur vast. Cara stopte terwijl haar hart als een bezetene tekeerging, de smaak van angst brandde in haar mond.

'Wat doet u ineens hier?' vroeg ze streng met een stem waaruit veel meer zelfvertrouwen klonk dan ze had. Ze keek de man van middelbare leeftijd recht in zijn donkere kraalogen. Op zijn brede voorhoofd stonden zweetparels en zijn meestal rode neus, doorschoten met paarse aderen, zag er stomp uit terwijl hij brieste als een paard. Zijn borstkas ging op en neer. Eén blik op zijn rood aangelopen kop was genoeg: ze moest er zo snel mogelijk vandoor.

Ze gaf een ruk aan het stuur om zich van zijn ferme greep te ontdoen, maar hij duwde de fiets hardhandig terug in haar richting, gooide de fiets bijna om, en het enige wat ze kon doen was zorgen dat de inhoud van de fietsmand niet op de grond terecht zou komen.

In de seconde dat ze de mand in veiligheid wilde brengen, sloeg hij toe. Hij was naast haar, achter haar, overal doemde hij plotseling dreigend op. Hij was een stevig gebouwde, sterke man en toen hij haar bij de schouders pakte, kostte het Cara veel moeite om met haar vrije hand de fiets overeind te houden.

'Blijf van me af,' snauwde ze. Ze probeerde zich los te rukken, maar hij drukte zijn handen keihard in haar smalle schouders, zodat ze ineenkromp van pijn.

'Ik heb mijn kans afgewacht om jou klein te krijgen, bella signorina,' gromde hij. 'En dit is perfect. Er is niemand te bekennen.'

Cara hief haar kin. 'Ga naar huis naar je vrouw, *signor* Santino. Ze zal zich kapot schamen als ze erachter komt dat je me op zo'n manier lastigvalt.'

'Ik zou het nooit goedvinden dat mijn vrouw hier in haar eentje rondloopt. Ze is thuis voor me aan het koken, zoals het hoort.' Hij kneep zijn ogen tot glazige spleetjes. Langzaam haalde hij het puntje van zijn tong over zijn lippen.

Iets donkers en naars kroop omhoog door Cara's buik.

Signor Santino deed een stap dichterbij. Zijn gezicht was nu dicht bij het hare en ze rook een stinkende adem van alcohol en tabak. Ze hield ondertussen de fiets stevig vast en beschermde die met haar lichaam, hield een hand op het zadel en een aan het stuur zodat de fiets niet op de grond zou vallen. De verrotte adem uit Luigi Santino's mond was zo sterk dat ze achteruitdeinsde. Hoe vaak had ze zijn geschreeuw niet aangehoord tegen zijn vrouw in het appartement naast dat van hen en had ze servies op de grond kapot horen smijten. Nu was zij zijn doelwit.

Meerdere keren had ze papa gezegd dat ze er iets aan moesten doen. Maar papa had zijn hoofd geschud. Hij had geen zin om Luigi Santino te confronteren omdat hij voor de plaatselijke slager werkte. Die leverde al voordat de nazi's kwamen vlees van de zwarte markt voor hem en Cara. Papa had Cara aangekeken en gezegd dat ze voorzichtig moesten zijn en hun prioriteiten moesten stellen. Ze had nu geen keuze.

Zou ze om kunnen draaien en keihard terugfietsen naar de vallei?

Voordat ze de fiets kon keren, gebeurde het. Luigi was plotseling achter haar. De fiets was plat op de weg gevallen en hij had zijn arm om haar rug geslagen. Zijn andere arm lag om haar nek en hij draaide haar arm om totdat die strak tegen haar lichaam lag; de spieren in haar elleboog schreeuwden van pijn.

De fiets lag op de grond, onbeschermd, de mand hachelijk op zijn kant balancerend, de fles olijfolie kapot, het brood op de grond. Het presentje voor de gravin lag er nog in, evenals het dynamiet. Als er nu een auto aan kwam en eroverheen zou rijden, dan zou de hele boel ontploffen. Ze wilde schreeuwen maar hij wist razendsnel een hand voor haar mond te houden. Hij dreef haar voort als een gevangene; hulpeloos in zijn greep strompelde ze naar de dichte bosjes aan de kant van de weg, zijn adem stootte in haar oor, terwijl hij smerige taal uitsloeg. Ze probeerde vergeefs tegen zijn schenen te schoppen en hem een kopstoot te geven, maar hij was zoveel sterker dan zij; haar pogingen waren vergeefs. Het enige wat ze hoorde was zijn weerzinwekkende stem terwijl haar hoofd tegen zijn imponerende borst stootte. De stank die hij uitstootte was verschrikkelijk. Toen ze probeerde in zijn hand te bijten, moest ze bijna kotsen van afkeer.

‘Ik zal je laten zien wat er met meiden gebeurt die zich niet aan de regels houden.’

Cara probeerde nog steeds wild met haar armen te zwaaien die gekneveld waren en te schoppen, maar al snel had hij haar tegen een boom gezet. Ze gooide haar hoofd naar achteren, probeerde hem opnieuw een kopstoot te geven, maar hij lachte haar uit en pakte de bovenkant van haar jurk vast. Ze liet een hartverscheurende snik horen, zijn handen waren haar borsten al aan het kneden.

‘Stop,’ wist ze nog uit te brengen.

Ze kon niet voorkomen dat hij haar jurk omhoogdeed. Zijn vlezige handen waren overal op haar lichaam, hij sloeg haar hard op het hoofd en daarna werd alles zwart voor haar ogen.

HOOFDSTUK 29

ANNIE

Luca hield de agenda omhoog die hij had gevonden. 'Jaartal: 1944.'

Annie keek mee over zijn schouder naar de inhoud van het oude, in leer gebonden boek. De moed zonk haar in de schoenen toen ze zag dat iemand veel moeite had gedaan om er hele stukken uit te knippen. Op sommige plekken waren er zelfs hele pagina's uit gescheurd en was er alleen een strook papier langs de rug van het boek over.

'Helaas zijn alleen nog delen van het grootboek overgebleven en rapporten met bedrijfsgegevens van de pachters, data voor vergaderingen met pachters en aantekeningen om de gravin bepaalde informatie door te geven van banken en andere zakenrelaties.' Luca sloeg de pagina's en wat ervan over was om.

'Het ziet eruit als de kantooragenda van een secretaresse,' zei Annie.

Luca bladerde de pagina's van de agenda voorzichtig terug tot aan het begin en daar stond het. In sepiakleurige inkt in een net, rond meisjeshandschrift: *Cara Cartazzo. Villa Rosa, mei 1944.*

'Cara Cartazzo,' fluisterde Annie. 'Een welluidende naam, toch?' Ze knielde dicht bij Luca neer en streek met haar vinger over de naam. 'Ik ben benieuwd wie zij was...'

Op dat moment trilde Luca's telefoon. 'Sandro,' zei hij.

Annie zuchtte en wachtte af tot hij het bericht had gelezen. Ze keek nog eens goed naar de naam van de jonge vrouw die deze agenda zo nauwgezet had bijgehouden, maar er om een of andere reden hele pagina's uit had gescheurd. Annie hoopte dat het niet vanwege haar was.

Stel dat Cara Cartazzo of haar nakomelingen nog leefden? Annie stond op en googelde snel op Carla Cartazzo, Toscane, 1944. Geen hits. Daarna probeerde ze de Italiaanse genealogische site.

Het duurde een paar seconden voordat de site geladen was. Annie liep naar het gesloten raam dat uitkeek op een steegje. Alsof het zou helpen om bij de enige lichtbron in de kamer te gaan staan.

'Annie?'

Annie draaide zich naar Luca. Zijn mond stond strak en hij keek fronsend naar zijn telefoon.

'We moeten helaas ons plan laten varen om vanavond in Cortona te eten.' Hij haalde een hand door zijn haar en schudde zijn hoofd. 'Sandro wil eind van de middag met me afspreken in de villa.' Hij zweeg even, alsof hij aarzelde haar nog meer te vertellen.

'En?' zei Annie.

'Hij komt met een zakenrelatie van hem. Een projectontwikkelaar met als specialisme congres- en feestzalen voor bedrijven. Sandro wil een nieuwe bestemming voor Villa Rosa met hem doorspreken en heeft hem speciaal daarvoor over laten komen.'

Annie zweeg. Ze besefte wel dat hun tijd om het verleden van Villa Rosa uit te pluizen beperkt was, maar dat Sandro zo snel een afspraak zou afdwingen had ze niet verwacht. Ze keek weer naar buiten en staarde naar de muur van het gebouw aan de overzijde. 'Dan ga ik met je mee,' zei ze verrassend kalm. 'Want hij kan dit niet zomaar doen als er een geschil is over het eigenaarschap van het pand.'

'Maak je geen zorgen,' voegde ze eraan toe toen ze zag hoe bedrukt hij keek. 'Mijn oudere broer is advocaat en mijn oudere zus is toevállig makelaar in onroerend goed. We hoeven hem alleen maar vriendelijk te verzoeken zijn bezoek uit te stellen en hem eraan te herinneren dat hij het recht niet heeft om plannen te maken. Niet nu al. Ik denk dus dat we hem moeten afzeggen en hem vertellen dat de afspraak geen doorgang kan vinden.'

'Ik ben onder de indruk van je... gewiekstheid,' zei Luca zacht.

Ze lachte hem een beetje spottend toe. 'Gewiekstheid? Uit welk tijdperk stamt dát woord?'

'Ik associeer het woord met Audrey Hepburn, 1953, en met… jou.'

Op dat moment was de pagina op haar telefoon geladen. Haar zoekopdracht had eindelijk resultaat opgeleverd. 'O, Luca,' fluisterde ze. Ze hield het scherm voor zijn gezicht. 'Moet je dit zien.'

HOOFDSTUK 30

CARA

Cara opende haar ogen. Het eerste wat ze zag was de lucht door de toppen van de bomen langs de weg naar Villa Rosa. Haar schouders voelden beurs en haar borsten deden pijn waar Luigi's handen ze gemolesteerd hadden. Cara probeerde zich steunend op haar ellebogen op te richten, maar een hevige pijnscheut in haar achterhoofd maakte dat ze weer terugzakte en plat op de grond bleef liggen.

Tranen stroomden over haar wangen. Langzaam bracht ze haar handen naar de knoopjes van haar jurk om ze aan de voorkant dicht te doen. Ze zou haar kleding fatsoeneren, opstaan en redden wat er te redden viel, maar ze kon niet nadenken, het was één grote warboel en ze was er niet zeker van wat er gebeurd was en ook niet, besefte ze vol afschuw, hoe ver Luigi Santino was gegaan bij zijn aanranding.

Na een tijdje hoorde ze geritsel vlakbij. 'Alstublieft, niet híj,' prevelde ze. 'Santa Maria, laat hem weggaan…' Cara onderdrukte een snik. Ze had zo haar best gedaan, zo hard geprobeerd haar verdriet om papa te verwerken en ze had zo graag iets willen doen voor degenen die hun leven riskeerden voor de vallei.

Toch was de machtsstrijd in de wereld waarin ze leefden zo angstaanjagend dat het hopeloos leek om iets te willen doen voor anderen die eronder leden. Niemand maakte het nog iets uit of je kwetsbaar was of niet in staat was om terug te vechten tegen degenen die je wilden martelen.

Ze bracht haar hand naar haar mond en voelde een straaltje bloed langs haar vingers sijpelen. Hij had haar lip kapotgemaakt. Of ze had zich aan iets scherps verwond toen ze op de grond viel. Ze had geen idee.

Toen een gestalte zich over haar heen boog sloot ze haar ogen, niet in staat om nog eens de confrontatie met Luigi Santino aan te gaan.

'*Cara mia?* Santa Maria!' Raf knielde geschokt naast haar neer, nam haar in zijn armen en tilde haar op. Intuïtief sloeg ze haar armen om zijn nek, legde haar pijnlijk bonzende achterhoofd tegen zijn borst en sloot haar ogen, terwijl de tranen over haar wangen liepen.

'Sorry voor de explosieven...' Dat was alles wat ze kon uitbrengen.

'Ga je alsjeblíéft niet verontschuldigen,' mompelde Raf.

Bij elke stap die hij zette voelde ze pijn in haar lichaam; ze moest het bonzen in haar hoofd verdragen terwijl hij haar terugbracht naar de weg.

Ze ademde hortend in bij het zwakke geluid van haar eigen stem en sloot haar ogen weer.

'Niet gaan slapen, liefste,' mompelde hij. 'Wakker blijven. Ik breng je naar Bettina. Blijf bij me schat.'

Er sijpelde nog steeds bloed uit haar lip en haar hele gezicht deed pijn doordat haar belager haar tegen een boom had gekwakt. 'Het was signor Santino,' stamelde ze. 'Mijn buurman.'

'Ik weet het. Ik heb hem aangepakt.'

Er kwam een plotselinge golf van misselijkheid opzetten en ze schoof haar hand op haar maag. 'Sorry,' zei ze, 'ik denk dat ik moet overgeven.'

Voorzichtig legde Raf haar neer en legde zijn handen onder haar beurse schouders. Hij veegde haar haren uit haar gezicht terwijl ze heftig begon over te geven in het gras.

'De explosieven?' Haar stem klonk nog heel zwak maar door het legen van haar maag voelde ze zich iets opgeluchter.

Raf bleef vlak bij haar en in een teder gebaar stopte hij een pluk haar achter haar oor. Hij gaf haar een zakdoek waarmee ze haar mond schoonveegde. Zijn initialen waren erop geborduurd.

'Die zijn veilig,' zei hij. 'Je hebt het fantastisch gedaan.'

Ze tilde voorzichtig haar hoofd op en keek naar de parelblauwe hemel. Achter haar rechteroog bonsde het pijnlijk zodat ze haar hoofd snel weer liet zakken.

'Cara mia, ik breng je naar een kamer waar het donker is. Je hebt rust nodig. Bettina gaat voor je zorgen. Het is niet meer veilig voor je om in je eentje beneden in het pensione te wonen na wat er gebeurd is.'

Een nieuwe golf van misselijkheid trok door haar ingewanden omhoog.

'Heeft hij me –'

'Nee.' Raf ging ferm rechtop staan. 'Als hij dat had gedaan, had ik hem vermoord. Ik kwam precies op het moment dat hij jou een klap op je hoofd gaf. Ik wachtte op je bij het zomerhuis, maar ik hoorde tumult en ben meteen hierheen gerend.' Raf keek om zich heen, trok haar voorzichtig op en sloeg zijn arm om haar heen; onmiddellijk voelde ze zich veilig.

HOOFDSTUK 31

Alphonso stond halverwege de oprijlaan. Zodra Cara hem zag, terwijl hij in zijn tuinmanskloffie op zijn oude hark leunde, wilde ze het liefst naar hem toe rennen. De aanblik van zijn lieve, vertrouwde gezicht werd haar bijna te veel na de aanval van Luigi Santino en het kostte haar moeite om niet onderaan de heuvel te bezwijken.

Maar Raf ondersteunde haar nog steeds, met de fiets aan zijn hand. Haar hoofd bonsde, maar niet meer zo hevig als daarnet toen ze het van de grond oprichtte. De woede die opkwam bij de gedachte aan Luigi zwol aan, en hoewel ze immens opgelucht was dat het Luigi niet gelukt was haar te verkrachten, moest ze er niet aan denken wat er gebeurd zou zijn als Raf haar niet had opgewacht.

'Signorina?' Alphonso kwam de oprijlaan aflopen en voegde zich bij hen, zijn gezicht een en al bezorgdheid.

'De signorina is aangevallen op weg hiernaartoe.' Rafs stem klonk schor.

'Raf heeft me thuisgebracht...' *Thuis.* Ze trok een grimas bij haar verspreking.

'Hoe gaat het met je, signorina?' vroeg Alphonso terwijl er paniek doorklonk in zijn stem.

'Het gaat,' zei Cara. 'Hij heeft me alleen nogal toegetakeld.'

Alphonso was zichtbaar opgelucht. De oude man keek vragend naar Raf.

'De signorina heeft een lelijke buil achter op haar hoofd,' zei Raf. 'Ik heb haar aanvaller een dreun tegen zijn hoofd gegeven. Hij stond achter haar en daarna vielen ze beiden achterover op de grond. Ik heb het wat te stevig aangepakt.'

'Waar is die vent nu?' Alphonso klonk laag en schor. 'Was het een nazi?'

'Hij ligt onder de boom waar hij de signorina aanrandde,' zei Raf vlak. 'En daar blijft hij voorlopig. Daar heb ik voor gezorgd. Hij kan geen kant op. Ik ben van plan om straks nog even bij hem langs te gaan... en nog een hartig woordje met hem te spreken.'

'Ik wil niets liever dan je vergezellen,' gromde Alphonso. 'Maar eerst brengen we de signorina naar binnen.'

'Ja,' zei Raf vastberaden, 'ze heeft rust nodig, het liefst in een donkere, koele kamer met de luiken dicht, waar ze zeker de komende vierentwintig uur moet blijven, totdat haar hoofdpijn gezakt is.' Hij richtte zich tot Cara. 'Je hebt zelfs overgegeven, al weet je het misschien niet meer.'

De oprijlaan draaide voor haar ogen en ze was blij dat hij zijn arm om haar heen had geslagen zodat ze niet onderuitging.

Alphonso keek op naar het huis. Cara zag het en volgde zijn blik.

Vlak bij de voordeur van de villa stond Bruno Kleins auto geparkeerd.

De gravin was terug van het reisje met haar fascistische minnaar. *Perfect.*

Cara gluurde zenuwachtig naar Alphonso. In de fietsmand lag een doos dynamiet, die vanavond in het zomerhuis van de gravin verborgen moest worden terwijl Evelina Messina in de villa in bed lag met een nazi. Er was maar één persoon die dat kon doen. Zijzelf.

'Maak je geen zorgen,' zei Alphonso. 'De gravin en haar... vriend zijn een eindje wandelen.'

Cara's knieën knikten. Ze was opgelucht.

Raf legde even zijn hand op haar arm en richtte zich toen tot Alphonso. 'Ik zie je straks tegenover het hek van de villa nadat je de signorina hebt binnengebracht. Dan gaan we nog even bij onze vriend langs.'

Alphonso knikte.

'Signor Messina?' zei Cara.

'Si?'

Cara sloot haar ogen en opnieuw ging er een golf van misselijkheid door haar lichaam. 'Dank je wel,' zei ze.

Raf knikte naar haar en keek nog eens omhoog naar de oprijlaan.

Kalm nam Alphonso de fiets over van Raf, die naar beneden liep naar de weg en uit het zicht verdween. 'We gaan naar Bettina. Die zal je wassen en je wonden verzorgen en je in een van de logeerkamers leggen.' Alphonso stuurde de fiets behendig de oprit op terwijl hij haar met zijn andere arm ondersteunde.

'Ik was naar de markt in Cortona,' zei ze terwijl ze Alphonso veelbetekenend aankeek. 'Maar er zit ook een verrassing in de fietsmand, een nogal kwetsbaar presentje en ik vroeg me af of je me wil helpen het mee naar binnen te nemen?' Als ze zich eenmaal beter zou voelen, zou ze zelf de doos naar het zomerhuis brengen; dat kon ze vanavond het beste doen, als het donker was.

Ze keek hem smekend aan en hoopte dat hij haar woorden had begrepen. De mand was zwaar en ze kreeg het niet voor elkaar die in haar eentje te dragen. Stel dat ze hem liet vallen... 'Niemand mag er iets van weten, van de verrassing.'

Alphonso keek bedenkelijk voor zich uit. Uiteindelijk knikte hij kort.

'Grazie, Alphonso,' fluisterde Cara en ze merkte dat haar opgekropte emoties een uitweg zochten. Godzijdank had ze vrienden en was er altijd weer een reddende engel, te midden van de verschrikkelijke wreedheden.

Cara bleef de hele middag op bed rusten. Er vielen kleine straaltjes licht door de gesloten luiken de logeerkamer in waar Bettina haar naartoe had gebracht. Ze was de hele dag niet in staat geweest iets te eten, maar had wel kleine slokjes water gedronken uit het glas naast de stenen kruik bij haar bed. Alphonso had haar heel schattig een enkele roze roos uit de tuin in een vaasje gebracht en had de zware mand in een van de grote kledingkasten gezet. Ze had hem gevraagd het presentje van Raf voor zijn moeder eruit te halen en dat aan haar te geven. Het zou de gravin hopelijk gunstig stemmen als ze er per ongeluk achter zou komen dat Raf bij de villa was geweest zonder zijn moeder te komen begroeten. Het had de gravin vast diep geraakt dat haar beide zoons haar verlaten leken te hebben. Raf was bijna uit het leven van zijn moeder verdwenen en de gravin had haar hart verpand aan een nazi, uitgerekend nu het tij zich leek te keren en de geallieerden aan een niet te stuiten opmars bezig waren.

Wat een puinhoop.

Cara had Alphonso en Bettina horen praten terwijl haar kamerdeur op een kier stond: de Duitsers hadden meerdere boerderijen in de buurt in brand gestoken als vergelding voor de 'toegenomen partizanenactiviteit' in de vallei, zoals ze het noemden. Cara had liggen luisteren en voelde zich nutteloos, terwijl zij bespraken of het wel veilig was om in de villa te blijven. Ze hadden het over zich verschuilen in een grot in het nabijgelegen bos of een bunker bouwen, nogal bizarre ideeën, maar hun stemmen stierven weg en Cara had geen idee voor welke onaangename verrassingen ze nog kwamen te staan.

Terwijl ze indommelde hoorde ze vliegtuigen overkomen boven de vallei en uiteindelijk viel ze in slaap.

Cara rolde op haar zij en probeerde zich op te richten. Haar hoofd deed nog pijn maar bonkte niet meer zo hevig en ze was Raf dankbaar dat hij had voorgesteld dat ze rust zou nemen. Het licht, het heldere Toscaanse licht zou haar immers verblind hebben en de duisternis in de kamer had haar hoofdpijn verminderd. Ze nam een slokje water en ging weer liggen.

Wanneer zou ze Raf weer zien? Ze had die vertrouwde magie weer gevoeld toen hij haar optilde en in zijn armen droeg. Wie zou morgen de aanval op de luchtafweer van de nazi's leiden, buiten bij Cortona? Ze hoopte met heel haar hart dat het Raf niet was.

Cara sloot haar ogen en wendde haar blik af van het licht dat door de gesloten luiken binnensijpelde de koele ruimte in.

Ze had nog een missie te volbrengen.

HOOFDSTUK 32

ANNIE

Annie en Luca brachten hun fietsen terug naar de oude garage achter de stallen van Villa Rosa. De Italiaanse auto van Sandro stond buiten geparkeerd en hij stond op hen te wachten, samen met een zakelijk geklede man van middelbare leeftijd. Annie had op het eerste gezicht al een hekel aan de man. Zijn kraaloogjes namen haar brutaal op en hij had een rode neus met paarse adertjes. Ze mocht hem natuurlijk niet op zijn uiterlijk beoordelen, dat zou al te cru zijn, maar toch kon ze het niet helpen. Het feit dat Sandro vastbesloten was zijn rechtmatige eigenaarschap te bewijzen, was begrijpelijk, maar hij leek ook bereid om vals te spelen of gemene streken te leveren, als hij zijn zin maar kreeg.

Ze zette de oude fiets tegen die van Luca en keek hem aan.

'Gaat het?' vroeg hij.

Annie knikte. Ze sloot een ogenblik haar ogen. 'Maar ik hoop zo dat er iets uit het verhaal naar boven komt dat alles oplost.' Het enige brokje informatie dat ze had gevonden toen ze Cara Cartazzo op de genealogische site had opgezocht, was hoe de ouders van de secretaresse heetten. Haar vader, Lino Cartazzo, was blijkbaar overleden in de zomer van 1944. Maar Annie had nergens kunnen vinden waar hij vandaan kwam, of hoe Cara's familie in elkaar stak. Alleen maar dat ze enig kind was en dat haar moeder Loretta jaren daarvoor was overleden. ‘Ik heb het gevoel dat de gravin die pagina’s uit de agenda heeft gescheurd, omdat ze elk bewijs dat ze een verhouding had met een nazi wilde verdoezelen… en dat ze een kind van hem had. Dat kind lijkt volledig van de aardbodem te zijn verdwenen. En dat is precies wat Sandro ook van mij wil.’

Luca stond dicht bij haar. ‘Hé,’ zei hij. ‘We zijn nog maar net begonnen.’

‘Zo gek, ik heb Cara Cartazzo nooit gekend, had ik de kans maar gehad. Die aantekeningen van haar waren zo precies, op het overdrevene af, en dat handschrift van haar… prachtig.’

Ze hadden de eigenaresse van het antiquariaat gesproken, maar die wist niet meer dan zij over de agenda. Ze had gezegd dat ze hem best mee mochten nemen en ze wilde er niets voor hebben.

‘We moeten volhouden,’ zei Luca. ‘We geven het niet op.’

Annie keek hem aan. ‘Weet je het zeker?’ vroeg ze. ‘Ik ben zo bang dat jouw werk voor Sandro ermee op het spel wordt gezet,’ zei ze, ‘hoe meer je betrokken raakt bij mijn zoektocht… voel je niet verplicht… Je hoeft er niet mee door te gaan. Maar ik wel, ik ga wel door.’

‘Mijn opa is er ook nog,’ zei Luca. ‘Iets heeft hem uit Italië verdreven.’ Hij sloeg zijn armen over elkaar en inspecteerde de oude stal. ‘En ik denk eerlijk gezegd niet dat Sandro het iets kan schelen wat zijn tuinman nog meer doet behalve tuinieren.’

‘Maar mij wel,’ zei Annie. Ze schrok van zichzelf en riep zichzelf tot de orde.

Luca ving haar blik, maar Sandro verscheen in de deuropening van de garage en Annie zette zich schrap. Ze had even niet op haar woorden gelet, maar met Sandro erbij zou ze beter uitkijken.

‘Ik wil jullie graag aan James voorstellen, zodat we kunnen babbelen,’ zei Sandro. Hij klonk uiterst vriendelijk en Annie reageerde verrast.

Ze liep met Luca naar buiten en even later koesterden ze zich in de heldere Toscaanse namiddagzon, die lange cipressenschaduwen op de kiezels en het onkruid van de oprijlaan wierp.

‘Annie en Luca,’ zei Sandro plechtig. ‘Mag ik jullie voorstellen: James Sheffield uit Londen.'

Luca deed een stap naar voren en schudde de man de hand. Annie twijfelde, voelde zich op raadselachtige wijze geïrriteerd en verontrust door zijn aanwezigheid.

'Hallo,' zei ze kortaf en ze stak haar hand niet uit.

'Ik had u hier niet verwacht,' zei James Sheffield. Hij snoof en liet zijn blik over de tuinen dwalen alsof hij de waarde ervan probeerde te schatten.

Annie sloeg haar armen over elkaar. Hij had iets onaangenaams en dat had ze vanaf het allereerste moment aangevoeld.

'U gaat weer terug naar het dorp?' vroeg James Sheffield terwijl hij Annie doordringend aankeek. 'Verblijft u in het pensione?' Het lukte hem zowaar om het laatste woord smerig te laten klinken.

'Nee, ik blijf hier. Aangezien de villa van mij is.'

Ze ontmoette Sandro's blik.

'Als je dat per se wilt, be my guest,' zei hij nog steeds uiterst vriendelijk.

'Mijn verblijf hier is niet afhankelijk van jouw gastvrijheid,' antwoordde ze.

'Een schitterend uitzicht,' zei James, terwijl hij zich tot Sandro richtte. 'Ik moet erbij opmerken dat we ons uiteraard alleen op het segment van high-end bedrijven richten en op welgestelde families, die zullen de exclusiviteit immers het meest waarderen. En niet te vergeten onze artiesten, de beste, internationaal bekende acteurs, popartiesten en dergelijke. Die vallen als een blok voor deze spot. Je mikt toch op het neusje van de zalm. En we willen alleen eersteklas bedrijven. Je moet je reputatie tenslotte hooghouden. Alleen *the right people on the right spot*. Op die manier ben je de enige aantrekkelijke optie voor hun goodwill.' James sprak een bericht voor zichzelf in op zijn telefoon.

Annie had het afgelopen half uur de vlotte babbel van James Sheffield moeten aanhoren en leunde nu naar voren met haar handen op het tafeltje dat Sandro op het terras had neergezet voor hun zakelijke bijeenkomst. Luca had zich terug willen trekken, maar Annie wilde dat hij bleef. En dat deed hij.

Ze keek Sandro aan terwijl er plotseling een idee in haar opkwam. 'Jouw grootvader is uit Italië vertrokken en naar Amerika gegaan toen de oorlog uitbrak, toch, Sandro?'

Hij leunde naar achteren, met zijn handen achter zijn hoofd en met zijn ellebogen wijd. Hij zei niets.

'Zou dat misschien het begin van alle ellende kunnen zijn geweest? Voor Villa Rosa?' vroeg ze. 'We moeten uitzoeken waarom de villa van jouw familie in handen is gekomen van de mijne. En ik zeg je dat ik een redelijk tijdsbestek verdien om de waarheid te achterhalen.'

'Lieve hemel zeg,' zei James Sheffield.

'Ik kan geen gentlemen's agreement sluiten met iemand die mij mijn erfenis probeert te ontfutselen,' antwoordde Sandro.

Annie keek op naar de gevel van de oude villa. Het perzik- en honingkleurige pleister op de muren was verbleekt door de zon. Destijds hadden jonge meisjes zich op dit tijdstip voorbereid op het diner voordat ze naar hun slaapkamers op de bovenste etage verdwenen, waar ze de balkondeuren opengooiden zodat de zwoele Toscaanse lucht naar binnen kwam. Was er ergens in de familiestamboom van haar voorouders zo'n meisje geweest? 'Geef me een maand, dan zoek ik het uit,' zei ze. Ze voelde Luca vlak naast haar naar adem happen. Ze had een deadline nodig, en als ze het met elkaar eens moesten worden, dan moest zowel zij als Sandro het eerlijk spelen. 'In de tussentijd kan Luca doorgaan met zijn belangrijke werk om de waterput te vinden en de fonteinen weer aan de praat te krijgen, maar verder zullen we alle toekomstplannen in de ijskast moeten zetten totdat duidelijk is wie van ons de rechtmatige eigenaar is.'

'Ik kan niet nog een maand wachten,' zei Sandro.

'Dat kun je wel.' Annie ging fier rechtop zitten op haar stoel. Dit voelde goed. Ze had het nooit voor het zeggen gehad bij haar thuis. Ze besefte nu dat ze Monica en Paul altijd de belangrijke beslissingen had laten nemen. Misschien moest er iets veranderen. Ze kon de situatie met de villa als een probleem zien of als een kans, en het laatste zou haar misschien de gelegenheid bieden om een nieuwe start te maken.

HOOFDSTUK 33

CARA

Later op de avond hoorde Cara voetstappen naderen in de gang. Ze verstrakte; ze was nog steeds alert en bang sinds de afschuwelijke aanranding.

'Cara?' De zangerige stem van de gravin onderbrak haar gedachtestroom. Ze kwam binnen en liep naar haar toe.

'Mevrouw,' fluisterde Cara. Ze probeerde rechtop te gaan zitten, maar de gravin stond al naast het bed en hielp haar verrassend teder weer terug in de kussens.

Cara sloot haar ogen terwijl de gravin zacht over haar voorhoofd streek. 'Mijn lieve,' fluisterde ze. 'Afschuwelijk wat er met je gebeurd is. Ik voel me verantwoordelijk. Dit had nooit mogen gebeuren, en dan zo vlak bij mijn huis. Ronduit stuitend.'

'Zo vreemd dat ik door mijn eigen buurman ben aangevallen.'

Evelina Messina dempte haar stem. 'Alphonso heeft met die afschuwelijke man afgerekend. Hij is bij de carabinieri afgeleverd en Alphonso heeft uitvoerig verslag gedaan van het incident.'

Het viel nog te bezien of de carabinieri er iets aan gingen doen.

'Alphonso vertelde me dat hij deels getuige was van de aanval en dat hij de man een klap tegen zijn kop heeft verkocht.'

Alphonso...? Cara opende haar ogen en schudde haar hoofd. Maar de gravin was naar het venster gelopen en steunde met haar handen op de vensterbank. Daarna schoof ze de gordijnen dicht, draaide zich om en sloeg haar armen over elkaar. Ze was er duidelijk niet van op de hoogte dat Raf hier was geweest.

'Cara, ik heb er geen vertrouwen in dat de carabinieri die ellendige signor Santino voor het gerecht zullen brengen. En het idee dat jij weer naar huis gaat, met hem als buurman, baart me zorgen; dat kan echt niet.' De gravin kwam weer naar het bed toe en klopte Cara ongemakkelijk op haar knie. 'Ik wil dat je voorlopig bij ons blijft tot de rust is wedergekeerd.' Het geluid van ronkende vliegtuigen die ergens in de verte over de vallei vlogen klonk als een zwerm agressieve wespen.

'U wilt dat ik in de villa kom wonen?'

'Het is te gevaarlijk voor je om weer naar huis te gaan,' zei de gravin. Ze veegde haar handen af aan haar rok. 'En dan kunnen we nu we de volgende fase van de oorlog ingaan, nauwer samenwerken en een oogje in het zeil houden.'

Dan kunnen we er een oogje op houden dat je secretaresse niet voor de partizanen werkt.

Cara opende haar mond om iets te zeggen, maar haar kapotte, en daardoor gezwollen lip deed te veel pijn.

'Goed,' zei de gravin. 'Ik zou het erg waarderen je voorlopig hier bij ons te hebben. Ik hoop dat je je een beetje op je gemak voelt in Villa Rosa?'

Cara zocht vergeefs naar woorden. Ze was gevloerd en ze vond het lastig te bepalen wat de gravin precies voor spelletje speelde. Of was ze misschien oprecht bezorgd over Cara's veiligheid? Het voelde hoe dan ook lomp en onbeleefd om haar aanbod te weigeren. En mocht de gravin haar ervan verdenken dat ze iets in het verzet deed, dan was dat maar zo. Het zou haar niet tegenhouden. Het móćht haar niet tegenhouden. Raf deinsde er misschien voor terug om zijn eigen moeder de waarheid te vertellen over de rol die hij in werkelijkheid speelde, maar zij had haar vader nooit voorgelogen en was altijd eerlijk tegen hem geweest. En ze had papa een belofte gedaan. Daar zou ze zich aan houden, wat er ook gebeurde.

'Ik stuur Bettina straks bij je langs om te horen of je al iets wilt eten.

Misschien wat minestrone met brood. Je moet weer op krachten komen. Welterusten, Cara. Neem je rust zolang het nodig is. Als je straks weer in staat bent te werken, pak je het rustig weer op.'

De gravin wist gelukkig niet wat dat werk inmiddels inhield.

HOOFDSTUK 34

ANNIE

Luca had voorgesteld een picknick te organiseren voor de dorpsbewoners in de tuinen van de villa, om het blootleggen van de fonteinen te vieren. Annie had Sandro overtuigd dat hij er maar beter mee in kon stemmen nu ze tijdelijk de strijdbijl hadden begraven. James was terug naar Engeland waardoor Annie zich minder slecht op haar gemak voelde in Sandro's gezelschap. Ze was ook trots op het feit dat ze voor zichzelf en voor de villa was opgekomen.

Een groep dorpsbewoners had zich verzameld rondom de lange schraagtafels op het gazon onder de olijfbomen. De tafels waren gedekt met porseleinen servies en mooie wijnglazen en er stonden veldbloemen in glazen vazen. Volwassenen van alle leeftijden – van bejaarden tot jongeren van begin twintig – stonden met een glas spumante in de hand te praten en te lachen en op het geruite tafelkleed stonden flessen wijn klaar voor bij de lunch. Kinderen speelden verstoppertje in de terrastuinen, renden rond en lachten vrolijk. Villa Rosa stond op de top van de heuvel en keek als een oude vriendin minzaam neer op het ongebruikelijke feestje in haar tuin.

Annie had de afgelopen dagen Luca meegeholpen om de verborgen fonteinen bloot te leggen die het water uit de ondergrondse bron weer zouden laten opspuiten. Het had haar afleiding bezorgd en ze had het heerlijk gevonden om veel buiten te zijn en in de tuin te werken. Het gevolg was dat ze zich steeds meer thuis was gaan voelen in Villa Rosa zonder dat ze meer te weten was gekomen over haar komaf. Nog maar een week te gaan, dan zou de deadline van een maand verstreken zijn en moest ze Sandro onder ogen komen. De dorpsbewoners hadden hun hoofd geschud en waren gauw op een ander onderwerp overgestapt als ze hun vroeg wat er hier tijdens de oorlog was gebeurd. Niemand wilde het over die donkere periode hebben en Annie begon zich af te vragen of ze zelf wel achter de waarheid wilde komen.

Ze had vanochtend in de keuken van een van de locals meegeholpen met de bereiding van enkele specialiteiten: salades van verse ingrediënten uit de moestuin, wittebonensoep, een hartige taart van aubergine met tomatensaus, eierpasta met courgette en pompoenbloesem, gebraden lamsbout en eendenborst in een saus van druivenmostazijn. Ze had het geweldig gevonden om mee te mogen koken en heel even voelde ze heimwee naar de samenwerking met Lucy en Lauren als ze een cateringklus voorbereidden, precies zoals deze Toscanen deden.

Ze stond naast Ernesto, de eigenaar van de dorpskroeg, terwijl de groep dorpelingen zich in de tuin had verzameld, die baadde in het zonlicht dat door de boomtoppen viel.

'Het is mij een groot genoegen om de fonteinen van Villa Rosa weer tot leven te mogen wekken.' Sandro sprak de groep genodigden toe. Hij had zich in dure designkleding gehuld en leek zo weggelopen uit een boetiek in Rome of Florence. Zijn verkreukte, crèmekleurige outfit met daaronder de glanzende leren schoenen paste perfect bij zijn Wayfarer-zonnebril en zijn perfect gestylede schouderlange lokken. 'Ik hoop alleen dat ik weldra een nog heuglijker mededeling aan jullie mag doen over de toekomst van mijn familiehuis.'

Annie streek de groene zomerjurk met stippen glad die ze voor deze gelegenheid had gekozen en had ineens de neiging het bovenste knoopje los te maken dat bij haar hals knelde. Ze had de jurk in Florence gekocht en zich er iets Italiaanser in gevoeld, maar nu Sandro hier zo onverwacht en zelfverzekerd stond te speechen leek het alsof ze geen schijn van kans maakte op de villa.

Sandro ging door: 'Mijn plannen voor Villa Rosa zijn ambitieus en opwindend, en ik zou graag een voorbeeld zijn voor de hele vallei. Ik zal u zo snel mogelijk deelgenoot maken van mijn plannen en u graag betrekken bij deze geweldige kans, zodat u er ook allemaal van kunt profiteren.'

Annie ging naast Sandro staan. 'De toekomst van Villa Rosa is nog niet beklonken,' zei ze. Ze was verbaasd over zichzelf, al was het maar omdat haar Italiaans nog niet zo best was. Ze keek op naar Luca, die op een terras boven hen stond.

Sandro, naast haar, kuchte afkeurend.

Maar Annie nam met opgeheven kin het woord. 'Toen mijn vader overleed, liet hij me een brief na waarin stond dat ik Villa Rosa heb geërfd. De plaatselijke notaris hier heeft dat bevestigd en ik ben van plan de villa in haar oorspronkelijke staat te herstellen en er weer het prachtige oude familiehuis van te maken dat het ooit was. Ik ben van beroep chef-kok en heb de passie en bezieling voor koken in me en voor goed voedsel, en heb mijn hart verpand aan de Italiaanse keuken. Ik ben ervan overtuigd dat mijn biologische familie afkomstig is uit deze vallei en mijn zoektocht heeft me hier gebracht, naar waar ik vandaan kom. Ik wil mij toeleggen op het in ere herstellen van de moestuinen, ik wil de wijngaarden nieuw leven inblazen en u, dorpelingen, uitnodigen om met mij hier op het terras een goed glas wijn te komen drinken. Ik weet het nog niet precies, maar ik denk erover om een kleinschalig kookschooltje in de villa te beginnen, waar ik als chef-kok kooklessen ga geven, iets wat ik altijd heb gewild.'

Ze pauzeerde even en keek naar de groep genodigden. Een paar mannen van middelbare leeftijd stond met de armen over elkaar sceptisch naar haar te kijken.

Annie schraapte haar keel. 'Ik ga van de villa in elk geval geen congrescentrum maken, dat is namelijk het andere plan dat nu op tafel ligt en dat hier in de vallei en op de heuvel overvolle wegen en bussen met toeristen als gevolg zal hebben. Ik hou van Villa Rosa en ik wil er mijn thuis van maken; ook wil ik graag dat de villa op een nieuwe manier deel gaat uitmaken van deze gemeenschap, waarbij de lokale tradities en dit erfgoed worden gerespecteerd.'

Er viel een lange stilte, waarna Sandro een mopperend, bijna dreigend geluid liet horen. Op dat moment nam Luca de lange stilte en verwarring onder de dorpelingen te baat en draaide de nieuwe kraan open die hij boven, vlak bij de oude bron, had geïnstalleerd, waarna het vreugdevolle geklater van water klonk dat op elk niveau van de tuin uit de monden van de waterspuwers spoot, van terras naar terras, en dat de oude villa weer tot leven leek te wekken.

Iedereen applaudisseerde en hief het glas. Annie voelde tot haar ergernis Sandro's hand op haar arm die blijkbaar wilde voorkomen dat ook zij haar glas hief. Ze had geen zin om op dit moment van triomf voor de villa, voor de hele dorpsgemeenschap, naar hem te luisteren. Ze trok haar arm terug, negeerde Sandro en liep naar de voet van de stenen trap. Luca kwam naar beneden totdat hij bij de olijfbomen aankwam en omringd werd door dorpsbewoners die hem op de rug klopten en feliciteerden.

Er werd wijn ingeschonken en mensen begonnen hun bord te vullen met de knapperige groene salades en lokale gerechten. Annie en Luca stonden genoeglijk te kletsen terwijl ze het water uit de fonteinen zagen dansen. Ze hield plotseling haar mond toen ze vanuit haar ooghoek een taxi aan zag komen die aan het begin van de oprijlaan stopte.

Het achterportier van de auto werd geopend en er stapte een vrouw uit, gekleed in een luchtige jurk van zwart linnen, met een parelketting om haar hals, die naar de achterbak van de taxi liep waar de chauffeur een duur uitziende designkoffer op wieltjes uit tilde. Haar volle kastanjebruine lokken vielen glanzend op haar schouders. Ze keek zoekend rond in het bonte gezelschap tot haar blauwe ogen Luca ontdekten.

'Daar is-ie,' zei ze tegen de chauffeur, die haar met haar bagage hielp.

'*Arrivederci*, signora,' zei de chauffeur en hij liep terug naar de taxi, stapte in en reed weg.

Luca liep regelrecht naar de chic geklede vrouw toe en omhelsde haar. Hij vergezelde haar naar de tuin en ze kletsten vrolijk met elkaar. De vrouw keek vol bewondering op naar hem.

Dat moest zijn moeder zijn. Annie slikte de pijn weg die ze voelde bij de herinnering aan haar eigen moeder. Al had ze op dit moment geen idee wie haar moeder was, en ook niet of die nog leefde. Maar Luca's moeder had een band met de villa. Zou zij haar kunnen helpen?

HOOFDSTUK 35

CARA

Cara lag op haar zij in het logeerbed in de gastenkamer, haar ogen gericht op de kledingkast waar Rafs explosieven in verstopt lagen. Ze voelde zich plotseling, na het bezoekje van de gravin, in diepe rouw gedompeld. Ze miste haar vader meer dan ooit. Papa zorgde altijd voor haar als ze ziek was. Cara was met een brok in haar keel wakker geworden en herinnerde zich hoe hij binnenkwam met een warme grog van citroen en honing als ze zich niet lekker voelde. Zijn aanwezigheid alleen al fleurde haar altijd op. Ook wist ze nog dat ze een keer iets te snel rechtop ging zitten bij het geluid van mannenvoetstappen in de gang, die op weg waren naar haar kamer en dat toen plotseling Alphonso in de deuropening stond, met zijn hoed in de hand, zijn donkere ogen vol medelijden en bezorgdheid. Een lieve, aardige man, maar ze voelde zich nog steeds zo verdrietig. De hele avond waren er gevechtsvliegtuigen van de geallieerden overgekomen op weg naar het noorden, waar ze nog steeds Duitse treinen en militaire pakhuizen bombardeerden. Ze hoopte dat de lokale partizanen zouden toelaten dat de professioneel opgeleide piloten van de geallieerden de wapenopslag iets buiten Cortona bombardeerden, hetzelfde wapendepot en tevens de potentiële bunker die Raf en zijn vrienden wilden opblazen, maar tegelijkertijd wilde ze dat ze er eigenhandig een granaat op kon gooien. Het afgelopen uur was ze een paar keer opgestaan en op haar tenen naar de kastdeur geslopen om de doos explosieven te pakken en naar het zomerhuis te brengen, maar de stem van Bruno Klein drong nog steeds door vanuit de woonkamer, afgewisseld met het klingelende stemgeluid van de gravin. Annie kreeg er buikpijn van.

Een groepje straaljagers schoot vlak boven de villa omhoog zodat Cara rechtop in haar bed zat, langzaam haar benen over de rand zwaaide en haar voeten op de grond zette. Als de gevechtsvliegtuigen van de geallieerden de hele nacht bleven aanvallen en hun mitrailleurs leegschoten op Duitse voertuigen op de weg en hun bommen dropten op nazitrucks, en als die aanvallen vlakbij in de vallei werden uitgevoerd, dan zou de gravin iedereen sommeren om naar de schuilkelders te gaan. Cara kon haar geheime missie niet langer uitstellen. Het lawaai van de overkomende vliegtuigen zou het geluid van haar voetstappen in elk geval overstemmen.

Ze trippelde door de kamer in haar onderjurk en wilde haar gescheurde katoenen jurk van de stoelleuning pakken, maar er lag een schone rode jurk voor haar klaar met een briefje erop.

Neem deze van mij aan. Ik vind het zo erg voor je wat er vandaag gebeurd is op mijn terrein. Ik ben er erg door in verlegenheid gebracht. Evelina.

Cara liep op haar tenen de kamer door met de jurk over haar arm. Ze ging heel even op bed liggen, haar hoofd bonsde, maar het geluid van exploderende bommen in de verte herinnerde haar eraan dat ze in beweging moest blijven.

In huis was het stil.

Cara trok de jurk aan, sloop naar de kledingkast en opende die zo zacht mogelijk. Ze pakte de fietsmand eruit met de staven dynamiet erin. Als ze iemand zou tegenkomen, zou ze gewoon zeggen dat ze op weg was naar huis, naar het pensione.

Maar toen ze met de fietsmand onder haar arm bij de keuken kwam, hield Cara haar pas in. Er stond iemand.

HOOFDSTUK 36

ANNIE

Annie stond in haar eentje naar het tuinfeest te kijken, terwijl Luca zijn moeder onder zijn hoede had genomen en zorgde dat ze een bordje eten opschepte. Toen Sandro naast haar kwam staan, keek ze verrast op.

'Annie, ik heb eens nagedacht. Al die nare gevoelens die tussen ons in staan, dat is niet gezond. Ik wil niet dat het zo blijft,' mopperde hij. 'Waarom zouden we vijanden zijn?'

'Villa Rosa is een huis, geen zakelijk pand,' zei Annie terwijl ze zo neutraal mogelijk probeerde te klinken. 'Het familiehuis verdient een beter lot dan wat jij hebt bedacht.'

'Denk je nou echt dat ik niets om de villa geef?' Hij knikte naar de dorpsbewoners die van de tuinen genoten. 'Kijk hoe ontzettend leuk ze het vinden, hoe ze genieten. Ze zouden hier niet zijn zonder mij. En ook niet zonder mijn familie.'

Annie keek naar de olijfboomgaard. Kleine meisjes in witte jurkjes renden rond en gierden het uit van pret. Dit was het vrolijkste tafereel dat ze had gezien rondom de villa sinds ze hier aankwam.

'Mijn familie kent een lange traditie van zorg voor de dorpsbewoners en de pachters. Mijn plannen met de villa hebben hetzelfde effect: er komt nieuwe economische bedrijvigheid in de vallei, er wordt werkgelegenheid gecreëerd. Jonge mensen kunnen in de villa komen werken.'

'Het gaat niet alleen om economische bedrijvigheid,' zei Annie. 'Als jij van de villa een bedrijf maakt, ruk je het hart en de ziel uit dit prachtige oude huis. Bovendien is de vallei al jaren in trek bij de toeristen. Er is veel veranderd sinds de periode van voor de oorlog en ik heb het idee dat de dorpsbewoners en de boeren het prima redden zonder jouw bemoeienis. Ze hebben inmiddels hun eigen bedrijfjes, ze produceren olijfolie, wijn, ze runnen voortreffelijke restaurants. Jouw familie speelt al heel lang geen rol meer daarin.'

Sandro's honingkleurige ogen lichtten op. 'Ik weet dat je verzot bent op koken. En dat je een succesvol cateringbedrijfje hebt in San Francisco. Kom voor me werken... of liever: werk met me samen.'

Annie deed een stapje achteruit.

'Jij knapt de moestuin op,' vervolgde Sandro. Hij klonk nu vleiend, gladjes. 'Vroeger werkten de tuinmannen en koks samen zodat de villa volledig werd voorzien van fruit en groenten uit de tuin. Elke dag waren er verse eieren van de kippen. Je mag precies doen waar je zin in hebt, zonder de druk van het eigenaarschap. Ik weet dat je voor Toscane bent gevallen. Dat is overduidelijk. Laat mij voor de financiële kant opdraaien, zodat jij je volledig kunt focussen op je creatieve ideeën. Je kunt een kookboek samenstellen. Als je voor mij komt werken, is niets te dol. Verzin het maar.'

'Jij hoeft je niet met mijn dromen bezig te houden, Sandro.'

'Nee, maar ik kan wel zorgen dat ze waargemaakt worden. Ik wil al zo veel jaren mijn thuis creëren in Italië,' zei hij. 'Het is niet mijn strijd, maar de strijd van mijn opa die mijn tak van de familie vervreemd heeft van Italië.'

Annie zuchtte. 'Ja, maar –'

'Ik ben opgegroeid in Londen en staarde naar de grijze lucht terwijl ik wist dat er hier groene heuvels waren, olijfbomen en wijngaarden. Ik snak al mijn hele leven naar deze omgeving en het land dat me in mijn bloed zit. De eerste keer dat ik hier terugkeerde, voelde ik me thuis,' zei hij.

'Net als ik.'

Misschien school er iets van waarheid in zijn gevoelens en betoog.

Mensen waren soms behoorlijk ingewikkeld en op dit moment, nu ze haar best deed Sandro te begrijpen, de gravin, deze familie, voelde het als iets onmogelijks om vat te krijgen op de geschiedenis van de villa. Maar het moest, ze moest de geschiedenis ontrafelen om achter de waarheid te komen.

Het voelde alsof ze stukje bij beetje een onmogelijk geschenk uitpakte.

'Ik besef dat James een beetje intimiderend kan overkomen,' zei Sandro. 'Maar we kunnen allemaal profiteren van zijn financieel inzicht en leiderschap. Als jij ermee instemt, wordt het allemaal een stuk makkelijker voor je.'

Annie drukte haar lippen stijf op elkaar. Heel even voelde ze de aanwezigheid van papa die vanuit de hemel op haar neerkeek. Haar vader had haar verteld dat zijn vader, Annies opa Bernard, hem altijd had aangemoedigd om architect te worden en huizen te bouwen voor mensen waar ze zich thuis konden voelen en met hun geliefden herinneringen konden maken. Wat was er belangrijker dan dat? Het was ook het enige wat zij hier tot stand wilde brengen. Ze was opgegroeid met het besef hoe belangrijk het was om een thuis te hebben en het voelde alsof Sandro haar toekomstige thuis probeerde af te nemen. Ergens diep vanbinnen voelde papa's boodschap aan haar dat zij eigenaresse was van de villa als een wild fladderend jong vogeltje dat het nest probeert te verlaten.

'Je staat er alleen voor hier,' vervolgde Sandro. 'Als vrouw in Toscane kunnen de plaatselijke aannemers het je behoorlijk moeilijk maken en je totaal uitbuiten.'

'Dat is echt de grootste on–'

'Met James en mij durven ze geen smerige trucs uit te halen. Wij hebben contacten in de bouwwereld en wij trommelen de beste vaklieden en ambachtslui op om de villa in haar oude glorie te herstellen. Ik wil mensen samenbrengen, niet uit elkaar drijven. Verdrijven is wat er met mijn familie is gebeurd tijdens de oorlog. Ik wil de dingen voor eens en voor altijd rechtzetten.'

Sandro was op dreef. Hij was een onweerstaanbare man met een overrompelende overtuigingskracht. Tegelijkertijd was hij de laatste man op aarde die ze ooit zou vertrouwen.

'Annie, jij wilt familie. Jij wilt uitzoeken waar je thuishoort.'

Ze concentreerde zich op de roségouden ring die aan de pink van zijn rechterhand glom.

'En ik geef je die familie. Ga met me mee naar Londen, dan kun je mijn vader ontmoeten. Geef hem de kans uit te leggen hoeveel de villa voor ons betekent. De villa kwijtraken behoort niet tot de mogelijkheden. Villa Rosa zit de familie Messina in het bloed.'

Precies op dat moment kwam Ernesto, de eigenaar van het café in het dorp, naar hen toe met een in traditioneel zwart geklede vrouw van ruim in de negentig aan zijn arm. Ernesto knikte Sandro eerbiedig toe. 'Neemt u mij niet kwalijk, signor Messina,' zei hij. 'Maar mijn moeder is helemaal uit Rome hiernaartoe gekomen omdat Villa Rosa veel voor haar betekent. Mijn moeder is hier in het dorp opgegroeid. En ze werkte in Villa Rosa tijdens de Tweede Wereldoorlog.'

Annie richtte haar blik op de oude vrouw aan de arm van Ernesto. Ze was tenger, klein, haar blauwe ogen stonden helder en haar haren waren opgestoken in een keurige knot. Haar hand beefde maar omknelde de arm van haar zoon stevig.

'Ik ben Bettina Passarella,' articuleerde de oude vrouw duidelijk en met heldere stem. 'Ik ben bekend met elk plekje van wat ooit de moestuin was. Ik weet precies waar je in de keuken van de villa het beste je deeg kunt laten rijzen en hoelang het gist precies nodig heeft. Ik bereid nog steeds elke Toscaanse specialiteit. En ik heb mooie herinneringen aan het schemeren op de achterplaats na het eten, als de gravin van haar koffie genoot. Ik kan me haar echtgenoot, Arturo, herinneren. Ik heb ook mijn herinneringen aan betere tijden.'

Annie gluurde even naar Sandro, maar de uitdrukking op zijn gezicht was moeilijk te peilen.

Bettina hief haar kin. Haar stem was onvast. 'Ik was de kokkin van Villa Rosa tijdens de oorlog.' Ze keek Annie aan. 'En ik ken de waarheid.'

HOOFDSTUK 37

CARA

Bettina stond in de deuropening van de keuken met een shawl om haar schouders geslagen. Ze sprak op plechtige toon. 'Bruno Klein zegt dat een eenheid van de Duitse luchtafweerartillerie in de villa wordt gestationeerd. Ze zijn op weg hierheen.' De kokkin gluurde bezorgd naar de mand in Cara's armen.

'Geen vragen,' fluisterde Cara tegen de jonge kokkin, die ze als een vriendin beschouwde. Ze hield de mand stevig tegen zich aan, haar borst voelde licht en haar hart ging tekeer.

Bettina sloot de deur naar de hal achter zich. 'Ik stel geen vragen, Cara, maar wáár je ook mee bezig bent… doe het snel. We worden overgenomen, ze eisen alle bedden van de villa op. Hun trucks staan zo meteen, nog voordat de zon opkomt, op de oprit geparkeerd. De gravin is al bezig met slaapplaatsen aan te wijzen voor iedereen.'

Cara staarde naar de dichte keukendeur.

'De gravin zegt dat we geen enkel risico mogen nemen en op geen enkele manier de partizanen mogen helpen. We moeten ons er na al die tijd bij neerleggen en simpelweg toelaten dat de nazi's dit huis in beslag nemen.' Ze keek weer naar Cara's mand.

Cara keek geschrokken naar Bettina, die naar de achterdeur liep en controleerde of die op slot zat. Zou Bettina haar de doorgang versperren?

'De gravin zegt dat ze gebruik willen gaan maken van de wasruimte en dat ze met naakte jonge nazi's in het badhuis te stellen zal krijgen, dat ze de hele villa confisqueren. De gravin en Alphonso hebben vanavond kuilen gegraven in de tuin om bepaalde kostbaarheden te verstoppen voor hen, want deze divisie staat erom bekend vingervlug te zijn. Ze zijn grof en ongemanierd, met name tegen jonge vrouwen. De gravin zegt dat ze pakken wat ze pakken kunnen... Cara. Je moet hier weg.'

'Ik ga weg, wat doe jij?' Ze zou de mand in het zomerhuis achterlaten. Eerlijk gezegd verschafte dit haar een welkom excuus om snel weg te wezen.

'Ik moet blijven.' Bettina hief haar hoofd op en haar blauwe ogen ontmoetten Cara's sombere blik. De kokkin trok een keukenla open en haalde er het enige bewijs uit dat Cara ooit in Villa Rosa had gewerkt. Het was de kantooragenda die ze bijhield met kleine aantekeningen en notities voor de gravin van rekeningen die ze had betaald en vergaderingen die ze had georganiseerd. 'Ik had deze vanmorgen naar je toe willen brengen. Neem hem mee en verstop hem. Je wilt naderhand niet dat iemand te weten komt dat je zo nauw hebt samengewerkt met de gravin.'

Cara pakte de agenda van haar aan. Hun handen raakten elkaar. 'Bettina –'

'Alphonso heeft gezegd dat hij me met zijn leven zal beschermen,' zei Bettina met opgeheven hoofd. 'De gravin staat erop dat ik blijf en kook, maar ondertussen gaan de twee meiden die er nog zijn er ook vandoor, vanavond nog.'

'Dit is het dan,' fluisterde Cara. Ze legde de mand en de agenda voor één kostbaar moment neer en omhelsde Bettina.

'Cara... waar ga je heen?'

Cara liep naar de achterdeur. 'Ik heb geen idee.'

Bettina bleef handenwringend achter in de keuken. 'Ik zal je nooit vergeten. Ik hoop dat we elkaar ooit weer zien.'

'Ik ook.' Cara slikte. Met brandende ogen keek ze Bettina aan, ze kon het gevoel niet van zich afschudden dat dit afscheid voor altijd was. Met nog een laatste glimlach naar Bettina draaide Cara de knop van de achterdeur om en verliet Villa Rosa.

Cara stond op het punt om de oprit naar het zomerhuis op te lopen, met de explosieven veilig in de mand, toen ze verblind werd door koplampen die haar recht in het gezicht schenen. Een rommelend geluid van trucks die langzaam de oprijlaan op kwamen joeg haar schrik aan. Onmiddellijk dook ze weg in de schaduw van de olijfbomen en zag wat ze al gevreesd had: een stoet donkere Duitse vrachtwagens kwam langzaam het pad oprijden, waarbij het grind onder de banden knerpte en wit stof opwaaide.

Cara hurkte achter een boom en hoorde zware laarzen op het grind stappen nadat de eerste truck bij de voordeur was gestopt.

Ze kromp ineen bij de aanblik van een man die op de grond spuugde. Er klonk een harde lach, een klap op een rug. Dit waren niet de verzorgde nazi's die ze tot nu toe had gezien. Van deze nazi's waren de uniformen verfomfaaid, hun haar was lang. Dit waren de mannen van Göring, voor wie ze doodsbang waren.

Ze keek even op naar de villa, die er doodstil bij stond in het maanlicht. De vallei zou een frontlinie worden, dat deel van Italië dat het wereldnieuws zou halen.

Er kwam nog een truck de oprijlaan op en er klonken luide, brutale Duitse stemmen.

Cara draaide zich om en maakte dat ze wegkwam.

HOOFDSTUK 38

ANNIE

Caféhouder Ernesto ging Annie voor naar de gedekte tafel onder de olijfbomen waar hij zijn oude moeder signora Bettina heen leidde, die met kaarsrechte rug en haar hand op zijn arm voortschreed. De zon scheen door de takken en de blauwgroene bladeren bewogen subtiel in het middagbriesje. Ernesto hielp zijn moeder in een witte plastic stoel voordat hij een stoel voor Annie naar achteren schoof en wilde per se dat ze naast zijn moeder plaatsnam. Sandro ging tegenover hen zitten en prutste aan de ring om zijn pink.

'Ik was veertien toen ik bij Villa Rosa ging werken,' zei Bettina.

Ernesto schonk witte wijn in kristallen glazen en bood iedereen een stukje *torta della nonna* aan, de traditionele 'oma's taart'. Annie wilde dolgraag een stukje en liet de citroencustard en het zoete taartdeeg op haar tong smelten.

'Ik dacht destijds dat ik oud en wijs genoeg was om die keuze bij mijn volle verstand te maken en ik geloof nog steeds dat ik dat ben.' Bettina hief haar kin en schuifelde stijfjes op haar stoel. Ze nam een taartpuntje aan van haar zoon en keek er kritisch naar, met een frons op haar voorhoofd. Annie glimlachte omdat ze de kennersblik van de collega-kokkin in de oude vrouw herkende die een traditioneel recept weet te appreciëren.

Ernesto legde een hand op haar arm. 'Daar twijfelt niemand aan, mama,' zei hij.

Bettina draaide zich naar hem toe en klakte afkeurend met haar tong. 'Jij, Ernesto, zei dat ik alleen iets moest zeggen als mijn antwoorden duidelijk zijn. En dat kan ik. Gravin Evelina Messina had een verhouding met een nazi tijdens de oorlog,' zei ze. 'Daar ben ik getuige van geweest. Ik was erbij. En ze was zwanger van hem.'

Annie legde haar vork op het witte porseleinen bord en keek even naar Sandro, die van zijn stoel was opgestaan en zwaar op de rugleuning ervan steunde.

'Rond mijn achttiende was ik de kokkin van de villa,' vervolgde de oude vrouw. 'Ik woonde een tijdlang in hetzelfde huis als gravin Evelina Messina en haar nazigeliefde. Een verschrikkelijke tijd. Ik denk er liever niet meer aan. Wat zich daar allemaal heeft afgespeeld is onvoorstelbaar. Het was een schande. Ik kon het niet aanzien. Dus ben ik weggegaan.' Bettina zat rechtop, kaarsrecht. Ze sloeg haar armen over elkaar.

Sandro staarde naar de grond. Zijn gezicht verried geen enkele emotie.

Annie concentreerde zich volledig op de oude vrouw die hier gewoond had tijdens de tumultueuze jaren en die misschien in staat was het verleden te ontrafelen. 'Het kind werd geboren?'

De uitdrukking op het gezicht van de oude dame werd complex. Ze bevochtigde haar droge lippen met het puntje van haar tong. 'Si.'

Sandro keek op en staarde intens naar Bettina. 'Ik vind het níét nodig dat dit wordt rondgebazuind,' zei hij. 'Het is tijd voor een positieve, nieuwe start, tijd om het verleden te laten rusten. Dit gevecht lever ik al zo lang.' Hij keek Annie smekend aan.

De oude vrouw richtte haar heldere blauwe ogen op Annie. 'En daar ben je dan.'

'Sandro,' zei Annie. 'Je wilt toch wel weten van wie ik afstam, zodat je me voor eens en altijd te schande kunt maken?'

Annie tuurde omhoog naar de eindeloos strakblauwe lucht. Te helder en strak voor een duister, onheilspellend verhaal zoals dit. Toch moest ze het weten. ‘Ik hoopte blijkbaar, signora Bettina, wat anders van u te horen.’

De oude vrouw keek stuurs. ‘Het was een schande. Ik kon het niet langer verdragen. Dus ben ik weggegaan.’

Annie tuurde de tuin in waar Luca en zijn moeder stonden te praten. ‘Weet u hoe het kind heette? De baby?’ vroeg ze.

‘De baby heette Loretta.’

Annie keek weer in de richting van Luca en zijn moeder, die met een groepje dorpsbewoners in gesprek waren.

Bettina ging nog fierder rechtop zitten. ‘Loretta Messina was haar naam.’

Was die Loretta haar moeder? Als dat zo was, dan had Loretta haar blijkbaar ook nooit gewild.

HOOFDSTUK 39

CARA

'Cara mia.'

Cara stond net buiten de poort van de villa en verstijfde.

Een konvooi bommenwerpers scheerde over en kort daarna, vlakbij, op de weg naar het dorp, ontplofte een granaat. Een van de nazigeneraals in de villa werd boos en begon bevelen te schreeuwen naar zijn mannen.

'Snel, Cara, alsjeblieft,' fluisterde Ralf. 'Kom mee.'

Cara aarzelde.

'Vertrouw je me?' vroeg hij.

Cara speurde om zich heen. 'Natuurlijk, Raf,' verzuchtte ze terwijl ze frustratie voelde opkomen. Haar hart brak bij de gedachte aan Alphonso en Bettina, die familie van haar waren geworden sinds papa was overleden. Die ging ze nu in de steek laten, maar ze had geen keus.

'Haast je, ik weet een veilige verstopplek.' Raf stak zijn hand naar haar uit en pakte met zijn andere hand de fietsmand van haar over. Samen liepen ze gebukt over de weg waar de bomen langs de kant het zicht op hen versperden. Hij nam haar mee het bos in. 'Er zijn ondergrondse tunnels die al sinds de middeleeuwen Villa Rosa met het dorp verbinden.' Hij keek over zijn schouder achterom naar de villa en opende een kelderluik aan zijn voeten dat onder een berg bladeren verstopt was. 'Er is een ladder, kijk uit waar je je voeten neerzet,' zei hij.

Cara tuurde het pikzwarte gat in. Ze aarzelde, maar Raf spoorde haar aan de ladder af te gaan. Ze probeerde rustig af te dalen naar de ondergrondse tunnel, maar haar hart klopte in haar keel. Toen Raf boven haar op de ladder ging staan en het kelderluik dichtklapte, was het aardedonker. Voorzichtig tastten haar voeten naar de sporten van de ladder en onderaan de ladder bleef ze stokstijf staan, terwijl haar zintuigen zich aanpasten aan de vochtige lucht. Ze hoorde Raf naar beneden komen, zijn ademhaling doorsneed de muffe stilte. Hij streek een lucifer af en stak een ouderwetse petroleumlamp aan, die hij vervolgens omhooghield zodat hun directe omgeving werd verlicht.

De tunnel was bijna twee meter hoog en één meter breed en Cara zag dat ze op een stenen vloer stond. In de muur waren initialen van iemand gekerfd. Cara keek verschrikt naar Raf. 'Is dit een gevangenis geweest?' zei ze terwijl ze huiverend over haar bovenarmen wreef.

Raf schudde zijn hoofd. 'Het was voor de villabewoners gewoon een makkelijke manier om in het dorp te komen en vice versa, in geval van geheime uitwisselingen. We speelden hier vroeger als kind.' Zijn gezicht vertrok. 'Nicolas en ik.'

Cara wilde graag iets zeggen over de broer die hij verloren had. Raf had nooit precies verteld hoe de band met zijn broer was en toch wist Cara zeker dat hij het verschrikkelijk vond dat zijn oudere broer hen had verlaten, dat Raf worstelde met het gemis. Soms vroeg ze zich af of Nicolas zijn jongere broer niet wat meer steun had kunnen geven wat hun moeder betreft.

Het gedrup van water ergens diep in de tunnel stelde haar niet gerust, maar het metselwerk van vloer, wanden en plafond was vakkundig.

Raf ging haar voor, liep verder de tunnel in en stopte waar de tunnel dieper afboog naar beneden, de heuvel af. Cara fronste toen ze een ruw stromatras zag liggen met een deken erop en een omgekeerde krat ernaast met een brood erop, een aarden kruik met water en een perzik uit de boomgaard.

Ze keek Raf aan, haar ogen vol vragen die zo voor de hand lagen dat ze die maar niet stelde.

'Alphonso heeft me geholpen om alles hier beneden te krijgen,' zei hij met een hoofdknik naar de matras. 'En Bettina zorgt voor eten.'

Cara keek verlangend naar de stromatras en geeuwde diep. Haar lijf voelde loodzwaar na de afgelopen twee dagen.

'Cara,' zei hij. Ze kwelde zichzelf met de gedachte dat hij haar niet langer Cara mia noemde. Waarom verontrustte dat haar? 'Je moet uitrusten. Slapen. Ik houd de wacht.'

Ze kon zich niet voorstellen wat er daarna zou gebeuren, na een paar uur slaap. Cara liet zich zo'n beetje op de stromatras vallen. Die voelde hemels zacht en voor het eerst sinds ze was aangevallen kon ze haar ogen sluiten en zich volkomen veilig voelen.

Uren later werd Cara wakker. De hoofdpijn die haar sinds gisteren had gekweld was gezakt. Het schemerduister van de tunnel werkte op een of andere manier kalmerend.

Raf zat bij het schijnsel van de petroleumlamp te lezen.

'Heeft Bettina ook de bibliotheek voor je geplunderd?' vroeg Cara, terwijl ze zich op een elleboog oprichtte.

Raf keek op. '*De Graaf van Monte-Cristo*,' zei hij.

Cara streek een hand door haar donkere, warrige haar. Ze wilde er maar al te graag een borstel doorheen halen, haar tanden poetsen. Zich wassen. Ze voelde zich een partizaan: wild, slordig en ongewassen. De mand met explosieven stond keurig naast Ralf. Hij had Cara's kantooragenda eruit gehaald en met een pen bij het bed gelegd.

Ze ging rechtop zitten op de stromatras, sloeg haar benen over elkaar en rekte zich uit met haar armen boven haar hoofd.

Raf liep naar de omgekeerde krat die hij als tafeltje gebruikte, brak een stuk van het brood af, schonk een glas water voor haar in en gaf haar de perzik. 'Kom, even wat eten en drinken,' zei hij. 'Je moet weer op krachten komen.'

'En jij dan?'

'Ik heb vanmorgen mijn feestmaal gehad,' zei hij en hij grinnikte.

'Pastasalade met ragù, gebraden lamsvlees en torta della nonna.'

'We kunnen een receptenboek maken,' zei ze. Ze pakte de pen en grijnsde naar hem. 'Wat denk je ervan? Cara en Rafs zomerrecepten voor verloren zielen?' Het laatste waar ze over wilde praten was de missie die Raf binnenkort moest volbrengen. Nog even niet. Ze pakte de agenda en begon te schrijven.

'Ik wist niet dat je van schrijven houdt.'

Cara brak een stuk brood af. Het smaakte heerlijk zoet. Ze begon aan een geweldig menu.

'Absoluut. Ik heb de receptuur heel precies uitgeschreven.'

'Heerlijk,' zei hij.

Cara glimlachte naar hem en at de helft van de perzik op, gaf de andere helft aan Raf. 'Voor jou,' fluisterde ze.

Hij pakte de halve perzik aan. 'Ga jij je geheimen eraan toevertrouwen?' vroeg hij, terwijl hij naar de agenda knikte.

Cara zweeg even. 'Ik denk dat het wel goed is om er meer persoonlijke dingen in te zetten. Misschien helpt het bij het verwerken van wat er allemaal gebeurd is... het was een lange tocht, Raf.'

Raf ademde diep in. 'Wat mij overeind heeft gehouden zijn mijn herinneringen. Aan de villa van mijn grootouders in Venetië bijvoorbeeld. Daar brachten we de zomers altijd door. Het was het familiehuis van moederskant.'

'Is het een speciale plek voor je?'

'Ik denk dat mijn vader, Arturo, zich op deze plek pas echt kon ontspannen.' Raf schudde zijn hoofd. 'Mag ik je iets laten zien?'

'Natuurlijk.'

'Moet je kijken,' Raf trok een stapeltje schilderslinnen vanonder de stromatras tevoorschijn. Ze schoof dichterbij. Het waren kleine doeken.

Raf liet het eerste zien, een abstract werkje, diepblauw en zonnig geel dat deed denken aan zacht wuivende korenvelden. Cara bestudeerde de schildering en wist zeker dat ze de omtrek van een eenzame staande figuur op het canvas kon onderscheiden.

'Ze zijn van mijn vader. Hij wilde kunstenaar worden en reizen, de wereld zien, maar hij had Villa Rosa geërfd plus alle boerenhoeven, grond en rompslomp die erbij hoorden. Hij was bevoorrecht, maar zijn blik bleef altijd iets dromerigs houden, een hunkering naar het onvervulde. Zijn ouders kwamen met mijn moeder op de proppen en stelden haar aan hem voor als geschikte huwelijkskandidaat. Ze kwam uit een welgestelde, adellijke familie uit Venetië. Hij had geen keus, Cara. Hij moest in de villa blijven en doen wat er van hem verwacht werd. Maar zolang ik hem gekend heb bleef hij dromen over schilderen. Mijn moeder nam de teugels in handen en zorgde dat ons familiehuis bleef voortbestaan. Ze baarde niet alleen twee Messina-stamhouders maar moedigde mijn vader ook aan om zijn nalatenschap te omarmen, de mensen en het dorp hier te leren kennen, en iets te maken van de rol die hem was toebedeeld. Ze stimuleerde hem daarin en langzaam maar zeker had hij genoeg zelfvertrouwen om het Messina-landgoed en de bijbehorende pachtboerderijen te runnen. Het was een logische stap voor haar om het na zijn overlijden weer over te nemen.'

Cara luisterde zwijgend.

'In de loop van de tijd leerde hij waardering op te brengen voor de rol die hij moest vervullen en kreeg hij respect en bewondering voor de pachters in de vallei en de noeste arbeid die ze verrichtten. Mijn moeder en hij vulden elkaar goed aan. Ze gunde hem de tijd om te schilderen...' Raf keek naar het stapeltje schilderijen. 'En hij ontwierp op zijn beurt hun voor altijd met elkaar verstrengelde initialen in het toegangshek van de villa en de balustrades van de trap in de hal. Zij tweeën vormden de fundering van dit huis en mijn familie.' Rafs gezicht betrok.

Cara voelde met hem mee. Wat had de oorlog aangericht in hun familie? En wat had de oorlog met zijn moeder gedaan?

Raf gaf Cara nog een schilderijtje, dat ze in zich opnam. Ze genoot van de simpele kleuren terwijl Raf zijn verhaal vervolgde. 'Toen mijn vader halverwege de veertig was, veranderde hij... nogal plotseling en ingrijpend. Hij had door hoe Europa veranderde en welke kant het op ging en kreeg steeds vaker ruzie met mijn moeder. Mijn vader kreeg vervolgens iets met een meisje uit het dorp, wat mijn moeder heel erg vond. De ochtend dat ze extreem heftige ruzie hadden gehad, liep hij naar buiten om een luchtje te scheppen, zakte vervolgens in elkaar en overleed.'

'Wat vreselijk voor je,' fluisterde Cara. Ze had geen idee wat er zich achter de schermen van de villa had afgespeeld, maar hoe kon ze dat ook weten?

'Mijn moeder kon de aanblik van zijn schilderijen in huis niet meer verdragen en borg ze op. Ik denk dat ze het gevoel had hem oprecht te hebben gesteund en hem had aangemoedigd zichzelf te zijn en nu had ze stank voor dank gekregen. Vervolgens keerde mijn broer zich ook nog eens tegen haar. Alles liep verkeerd in ons gezin. Cara... ik hoop dat je begrijpt dat ik me nog steeds rot voel...' Hij keek haar aan, zijn knappe gezicht vertrokken van verdriet. 'Stel je voor dat ik óók nog eens haar hart breek... dat kan ik niet.'

Dus breek je het mijne maar. De woorden klonken egoïstisch.

'Vanaf de dag dat hij plotseling overleed is mijn moeder zichzelf niet meer. En ik denk dat wat er nog van haar persoonlijkheid over was, kapotging toen Nicolas de deur achter zich dichttrok. Daar is ze nooit overheen gekomen. Ze is nooit meer de oude geworden, Cara. Dat ze een verhouding is aangegaan met Bruno Klein is echt niéts voor haar. En dan zou ik haar nog meer pijn gaan doen...'

Cara zweeg. Ze keek naar het schilderijtje van een door de maan beschenen tuin. 'Verdriet kan zo... verscheurend zijn.'

Voorzichtig pakte hij het schilderijtje van haar over en legde het terug op de stapel. Hij nam haar handen in de zijne en keek haar aan. 'Lief, ik wil je niet meesleuren in deze ellende.'

Cara veegde een traan weg. 'Maar wat wil jíj dan precies?' fluisterde ze. 'Los van al die anderen? Je broer, je moeder, de partizanen. Wat wil jíj? Zeg dat eens een keer.'

Hij glimlachte droevig en keek naar het schilderijtje van zijn vader. Een eenzaam figuurtje in het landschap, hoe betoverend mooi het ook was, in conflict met zichzelf.

Ze keek weg.

'Dat door mij niet nog meer mensen moeten lijden, Cara. Jou is ook al zo veel verdriet aangedaan,' zei hij zacht. 'Ik wil het niet erger voor je maken. En ik wil onze levens niet naar de verdoemenis laten gaan. Mijn familie is er slecht aan toe.'

Er viel een stilte. In de verte klonk de lager wordende fluittoon van vallende bommen. Eerst de fluittoon, dan de dreun.

Raf leunde tegen de muur.

'Had je een goede band met je vader, Raf?'

Raf stopte zijn handen tussen zijn knieën en staarde naar de grond. 'Ik had veel ontzag voor hem. Ik aanbad hem. Maar ik denk dat ik voor hem altijd de jongste zoon was. Mijn moeder, mijn vader en Nicholas waren zeer uiteenlopende persoonlijkheden en ze kampten ieder met hun problemen. Maar ik geef om hen. En ik maak me heel ongerust over mijn moeder.'

Cara ademde bibberend in. 'Ik weet wat het is, het verlangen dat iemand zoveel van je houdt dat je op de eerste plaats komt. En ik weet hoe het voelt om nog één dag samen te willen zijn met zo iemand.' Ze slikte de brok in haar keel weg.

'Cara. Ik...' Maar zijn stem stierf weg.

Boven hen was alleen het bos, en de oorlog... en hier beneden lagen de puinhopen van iets waarvan ze stiekem had gehoopt dat het wel weer goed zou komen, zelfs toen Raf plotseling het leger in moest, zelfs nadat ze geconfronteerd werd met de minachting van zijn moeder.

Rafs gezicht flakkerde in het schijnsel van de petroleumlamp, maar hij leek in gedachten verzonken. En al zat hij pal naast haar, het voelde meer dan ooit alsof ze hem kwijt was. Geheel in beslag genomen door de verwikkelingen in zijn familie, zijn oprechte trouw en loyaliteit. Hoe te overleven.

Cara pakte de agenda. Bij het ritmisch druppen van het water begon ze te schrijven. Alles schreef ze op.

Na een tijdje legde ze haar pen neer. Raf was zittend op de matras in slaap gevallen. Ze liep naar hem toe en legde de deken over zijn schouders.

Zou hij op een dag verliefd worden op iemand anders en zou die dan meer voor hem betekenen dan zij? Ze had nog nooit zo veel van iemand gehouden als van hem, maar ze wist dat hij zijn keuze had gemaakt.

Cara keek naar zijn slapende profiel. Ze liep terug naar haar kant van de matras en ging weer liggen. Een enkele traan rolde over haar wang.

HOOFDSTUK 40

ANNIE

Annie had zich verontschuldigd en was opgestaan van de tafel onder de olijfbomen. Haar gedachten vlogen alle kanten op en ze kon ze niet stoppen. Zij was dus het product van de schande die de gravin over zichzelf en haar familie had afgeroepen. Haar moeder was Loretta Messina geweest? Wie dat ook wezen mocht. Ze walgde van haar afstamming, van haar erfenis en de verschrikkelijke lading die die had.

De mensen op dit tuinfeest zouden hier niet vrij rondgelopen hebben als er niemand tegen haar grootouders had gevochten! Ze stelde zich voor hoe het geweest moest zijn voor het kind Loretta om hier op te groeien, hoe de mensen om haar heen haar gemeden hadden, uitgestoten. Niet zo raar dat ze niet traceerbaar was en geen behoefte had om een volgende generatie groot te brengen. Ze was achtervolgd en gekweld door een verleden dat ze nauwelijks had kunnen begrijpen. Annie veegde een traan weg. Ze zuchtte diep en voelde dat ze hier stap voor stap doorheen moest en dat ze haar logica en gezonde verstand moest blijven gebruiken, maar op dit moment voelde ze alleen paniek en wilde ze het liefst wegहollen.

Het heftige geheim dat papa voor haar had achtergehouden, had haar verdriet om zijn dood verlamd. Hij had dus altijd vermeden om het haar te vertellen omdat hij wist dat de waarheid ondraaglijk was.

Ze zou het zelf ook geheimhouden. Ze kon zich zelfs Sandro's schaamte voorstellen.

De oude lijn van het eerstgeboorterecht had nog steeds de overhand. Sandro maakte het meeste aanspraak op het eigenaarschap. Er was voor haar geen plaats hier, ze had geen recht om welke droom dan ook die ze koesterde op te eisen. Wat was haar volgende stap? Besluiten om hier te blijven en chef-kok te worden in dienst van Sandro?

Ze pakte haar telefoon en stuurde Monica een bericht. *Ik kom naar huis. Mijn thuis is San Francisco en wat mij betreft zijn jij en Paul mijn familie. xx*

Annie duwde de sombere gedachten die in haar opkwamen weg: Paul was getrouwd en had kinderen. Monica was getrouwd en wilde graag kinderen. Zij zou de enige, ongetrouwde tante zijn. Misschien was dat ook maar het beste. Ze hoefde geen kinderen. Het nageslacht van de gravin en haar nazigeliefde moest stoppen, bij haar.

Er verschenen drie puntjes op het schermpje waar Annie angstvallig naar bleef staren, terwijl haar ogen de bewegingen van de puntjes volgden alsof haar leven ervan afhing. Maar vervolgens stopte Monica met typen.

Annie fronste en typte een nieuw bericht. *Ik wil gewoon naar huis. Ik ontdek toch nooit meer dan ik nu weet. Het is te heftig. Ik mis San Francisco en ik mis jou en Paul. En ik wil Portia knuffelen!*

Ze scrolde door de favoriete foto's van haar kat. Dieren waren minder onbetrouwbaar dan mensen. Ze zou naar huis gaan en rustig het leven met haar kat Portia weer oppakken. Portia was alles waar ze behoefte aan had. Ze had niet nog een familie nodig, geen familie met een bezoedelde naam.

Annie duwde opnieuw haar malende gedachten weg. Het water van Villa Rosa mocht dan weer uit de fonteinen klateren, zij wilde alleen nog maar ver hier vandaan vliegen, over de uitgestrektheid van de Atlantische Oceaan en nooit meer terugkomen.

Twintig minuten later had ze afscheid genomen van Ernesto, Bettina, Sandro en Luca en zijn moeder Emilia, die hij aan haar had voorgesteld. Ze was haar spullen aan het pakken in het pensione. Annie zou zonder het iemand te vertellen Italië verlaten; de schaamte die ze voelde was immers overweldigend nu ze wist van wie ze afstamde en er geen twijfel meer over bestond. Ze had ook geen behoefte meer om Luca's moeder aan te horen over het verleden van Villa Rosa. Er viel niets meer te zeggen, het was klaar. Ze liep naar de kledingkast waar ze de zomerjurkjes had hangen die ze in Florence had gekocht. Als ze thuis was zou ze die aan de kringloopwinkel schenken.

Annie trok haar koffer vanonder het bed vandaan en legde die op de witte beddensprei, vouwde de jurken op en legde ze erin. Ze haalde haar spullen uit de lades, maakte de badkamer schoon, keek of er nog iets onder het bed lag of onder een kussen en speurde de vloer af. Ten slotte opende ze het kluisje en haalde haar paspoort en creditcards eruit. Ze stopte de sleutels van haar appartement in San Francisco in haar tas. Vervolgens pakte ze haar telefoon en zocht op welke vluchten naar L.A. er beschikbaar waren. Het had geen zin om haar vertrek nog uit te stellen. Ze zou haar leven weer oppakken zonder iemand iets over het walgelijke geheim te vertellen; ze zou het met zich meedragen tot in haar graf. Zij zou in elk geval geen brief hoeven achterlaten aan haar nabestaanden zoals haar vader.

Er ging die avond een vlucht om half 11 vanaf Florence; dat kwam goed uit. Ze zou een auto huren op het vliegveld van L.A. en langs de kust naar San Francisco rijden.

Annie stuurde een berichtje naar Lucy en Lauren om te laten weten dat ze weer naar huis kwam. Ze reageerden onmiddellijk en waren enthousiast. Ze hoopten dat ze lekker was uitgerust.

Annie keek het appartement in het pensione rond waar ze meteen voor gevallen was toen ze binnenkwam. Daarna viel haar blik op één ding dat achterbleef. Cara Cartazzo's agenda lag op tafel bij het open raam. Het versleten leren omslag vormde zo'n organisch geheel met het interieur dat Annie het hele ding over het hoofd had gezien, met de pagina's die eruit gescheurd waren, haar woorden voorgoed verdonkeremaand.

Annie moest voortmaken. Tijd om te vertrekken. De agenda zou achtergelaten moeten worden in Villa Rosa als aandenken voor Sandro, of moest misschien vernietigd worden.

Op het allerlaatste moment pakte Annie de agenda van tafel, stopte die in haar handtas, opende de voordeur en trok haar koffer mee naar buiten.

HOOFDSTUK 41

Bezoekers namen foto's bij de fontein midden op de piazza en jongeren uit het dorp hingen op de bankjes die om het plein heen stonden. Een violist was aan het spelen in de buurt van de tafeltjes die klaarstonden voor het diner die avond in Ernesto's café en een groepje Italianen babbelde met een kelner, die hun het etiket op een fles Toscaanse wijn toonde.

Annie zuchtte bij het zien van deze taferelen in de avondzon en wilde dat ze kon blijven. Ze had zich zo verbonden gevoeld met deze plek, maar nu was alles beladen. Ze moest Sandro's verlangen om het verleden te laten rusten accepteren en ook dat hij degene was die aanspraak maakte op de villa. Ze pakte het handvat van haar koffer stevig vast en ging op weg naar de bus voor de eerste etappe van de terugreis.

Iemand raakte haar arm aan en ze draaide zich om. Haar hand om het handvat van de koffer verstijfde. Ze stond oog in oog met Luca en zijn moeder Emilia.

'We willen je niet ophouden, Annie.' De vrouw keek naar Annies voeten en zag de koffer. Ze keek weer op en fronste. Er verscheen een subtiel rimpeltje tussen haar welgevormde wenkbrauwen, kastanjebruin zoals haar haren. 'Maar ik zou heel graag wat met je willen bespreken. Heb je heel even tijd om koffie met ons te drinken? Sandro heeft ons net verteld wat Bettina gezegd heeft aan tafel, en daarom wil ik je graag spreken.'

Emilia vroeg een kelner om een tafeltje zodat ze konden gaan zitten.

'Heb je wel tijd voor ons?' Luca sprak zacht en keek even naar haar koffer. 'Kom, ga zitten. Je bent in goed gezelschap, Annie, beschouw me als een vriend.'

Annie slikte. Italië speelde met haar emoties; ze wilde alleen maar hard wegrennen. 'Dat doe ik ook, Luca, maar er is blijkbaar niks meer aan te doen. Sandro neemt de leiding van de villa over en ik hoef niet meer te weten –'

Luca streek over haar arm. 'Luister je alsjeblieft heel even naar mijn moeder?'

Annie zuchtte en volgde Luca naar het gedekte tafeltje aan de andere kant van het café waaraan zijn moeder had plaatsgenomen.

Emilia liet haar handen op tafel rusten. 'Mijn zoon heeft me verteld hoeveel de villa voor je betekent, en wat een mooie plannen je had voor de toekomst ervan. Hij zegt dat het heel tragisch zou zijn als jij weggaat.' Ze glimlachte naar Luca.

'Ik heb besloten om het los te laten,' fluisterde Annie. 'Ik hoor hier niet thuis. Ik moet het uit mijn hoofd zetten.'

Emilia legde haar hand op Annies arm. 'Dus je gaat naar huis?'

Annie knikte. 'Ja,' zei ze zonder Luca aan te kijken.

'Mag ik je één ding vragen? Beloof me dat je eerlijk zult antwoorden.'

Annie wachtte af. Ze zuchtte bevend en beet op haar onderlip. Er werden drie espresso's neergezet. Luca speelde met zijn kopje. Ze was zich heel erg bewust van hem, maar het liefst zou ze opspringen en weglopen. Hier alleen al te zitten en te weten waar ze vandaan kwam, was hartverscheurend. De gedachte aan Portia, aan haar appartementje in San Francisco, haar planten en haar keuken vol geurige kruiden: naar huis gaan was het enige wat ze nu wilde.

'Het is vast heel moeilijk als je familiegeschiedenis wemelt van de verhalen die al dan niet waar zijn.'

We weten inmiddels dat ze waar zijn.

'En ik begrijp dat je het hier in Italië, omringd met gelukkige gezinnen, ook lastig vindt als je net iemand bent verloren die je zo dierbaar was.' Emilia dempte haar stem, haar blik was vol medeleven.

Annie draaide zich weg van de vrouw; ze had een brok in haar keel die ze niet wegkreeg.

'Maar kun je me één ding zeggen?' vervolgde Emilia. 'Kun je me zeggen wat jou precies aantrekt in Villa Rosa? Waarom je er zo hard voor geknokt hebt, ondanks het risico dat je de eigenaar niet bent?'

'Het voelde vanaf het moment dat ik de tuin in liep alsof ik thuiskwam, Emilia.'

Emilia leunde over het tafeltje en pakte Annies hand. 'Mijn vader heette Alphonso Bianchi,' zei Emilia. 'Ik heb altijd het gevoel gehad dat hij ook een heel sterke band had met de plek waar hij is opgegroeid en gewoond heeft, maar toch was het ook alsof hij Italië uit zijn geheugen heeft verbannen. Snap je?'

Annie knikte. Zij was ook bezig het Italiaanse verleden uit haar geheugen te bannen. Dat was maar goed ook, toch?

'Maar daardoor ontstond bij mij het verlangen om te weten te komen wat er nou eigenlijk gebeurd is in de villa – waarom heeft hij de plek die alles voor hem betekende, de rug toegekeerd? Wat is daar voorgevallen? Hij is hier opgegroeid, hij heeft zijn hele leven in de vallei gewoond. Weet je, Annie, je staat niet alleen. Hier ligt ook mijn familiegeschiedenis en ook ik weet er nauwelijks iets van. Ik was zo blij toen Luca de opdracht aannam voor de tuin van de villa. Voor mij was het geen dom toeval, maar móést het zo zijn. Mijn vader was tuinier, Luca is landschapsarchitect. En toen hij vertelde dat hij jou had ontmoet, en dat hij onmiddellijk een band met je voelde, en dat jij de villa had geërfd maar niet wist waarom, durfde ik te hopen dat de cirkel weer rond was. Ik kreeg hoop dat de reden waarom mijn vader de villa had verlaten die al generaties lang een thuis was voor zijn familie, eindelijk boven zou komen drijven. Door jou.'

Annie gluurde even naar Luca tegenover haar, maar hij keek naar zijn moeder.

Emilia liet Annies hand weer los. 'Je wilt er liever niet bij betrokken raken. Dat begrijp ik, Annie.'

Annie wilde het handvat van haar koffer vastpakken, maar haar hand beefde. 'Ik kan eerlijk gezegd niet blijven om voor iets te vechten wat mij absoluut niet toebehoort en ook niet mag toebehoren.'

'Ik wil je nogmaals zeggen dat je niet alleen staat, Annie. Ik zit in hetzelfde schuitje, ik weet niet wat hier gebeurd is en als er ook maar iets is wat ik kan doen om je te helpen, of met je samen kan ondernemen om dit te ontrafelen, dan wil ik dat heel graag doen.'

Annie zweeg. Was het maar waar, kon dat maar.

Emilia zuchtte. 'Het schijnt in deze contreien,' zei ze, 'een bloedbad te zijn geweest. Boerderijen zijn tot de grond toe afgebrand, de villa's werden gebombardeerd... bruggen vernield, overal lagen mijnenvelden. De nazi's sloegen aan het plunderen en staken alles in brand toen hun troepen moesten inrukken.'

'Ja. Ik weet het.' *En daarom ben ik hier ook niet op mijn plek.*

Een jonge kelner zette bordjes olijven, knapperige toast en prosciutto op het tafeltje naast hen. Op Annies gezicht verscheen een droevige glimlach. Van het verrukkelijke eten genieten, de liefde voor het leven vieren. Dit waren de herinneringen aan Toscane die ze mee naar huis zou nemen. Het tragische deel van haar verleden zou ze net als Emilia's vader Alphonso Bianchi de rug toekeren.

Annie keek weer naar Emilia, die vervolgde.

'Ik was dol op mijn vader Alphonso. Maar ik wil weten wie hij echt was. Wat heeft hij verborgen gehouden? Wat is er gebeurd dat hij zijn oude leven, zijn geliefde thuis achter zich heeft gelaten? Hij is nooit meer teruggekeerd om zijn bejaarde ouders op te zoeken, dus ik heb mijn grootouders nooit gekend. Ik weet niet wie zij, mijn neven en nichten of mijn ooms en tantes zijn. Ik ken ze niet. Nu wonen ze allemaal verspreid over de wereld en is het te laat.' Er gleed een traan over Emilia's wang maar ze herpakte zich. 'Een verloren zaak. Mijn hele familie...'

Annie keek weg.

'Het is nu of nooit, zo voel ik het,' ging Emilia verder. 'En het lijkt wel of jij en ik één kans krijgen om uit te zoeken wat er gebeurd is. Laten we samenwerken, Annie, en ontdekken wat mijn vader heeft verjaagd uit de vallei waar hij zijn leven lang aan verknocht was en wat jou in de positie heeft gebracht waar je nu in zit, niet wetend wie je eigenlijk bent. Als je het moeilijk vindt om dit voor jezelf te doen, doe het dan voor je toekomstige kinderen.'

Annies adem stokte. Ze had zich nooit een toekomst met kinderen voorgesteld. En terwijl Monica altijd beweerde dat dat kwam omdat ze nooit iemand zou tegenkomen die aan papa kon tippen, leek dat argument de afgelopen weken te zijn weggeëbd en was er een veel onheilspellender argument voor in de plaats gekomen.

Annie staarde naar het witte tafelkleed en haar lege espressokopje.

'Mijn vader had altijd die afwezige blik in zijn ogen en zijn leven lang begroef hij zich in zijn werk. Ik weet zeker dat hij het verschrikkelijk vond dat hij niet meer terug kon naar Italië, naar zijn thuis. Ik wil niet de rest van mijn leven spijt hebben dat ik er nooit achter ben gekomen wat er gebeurd is, begrijp je?' zei Emilia.

Annie zweeg. Zichzelf verstoppen voor dit verschrikkelijke verhaal en het uit de weg gaan, welke andere keus had ze? En wat voor goeds kon eruit komen als ze toch bleef?

'Denk je ook niet dat spijt een van de ergste dingen is om met je mee te dragen?' vroeg Luca zacht.

Annie draaide zich abrupt naar hem toe. 'Luca –'

'Stel dat we haar kunnen vinden? Stel dat ze weet wat er gebeurd is hier in de oorlog? Stel dat ze iets meer weet over mijn vader?' Emilia glimlachte door haar tranen heen.

Annie keek weg, als ze Luca en Emilia maar niet hoefde aan te kijken. *Spijt is een van de ergste dingen om met je mee te dragen.* Had papa ooit spijt gehad dat hij nooit open kaart met haar gespeeld had? Wat waren zijn gedachten geweest, al die maanden dat hij nauwelijks communiceerde, in zijn stoel voor het raam zat en naar de zee staarde? Ze zou het nooit weten.

'Als je echt wilt uitzoeken wat er allemaal gebeurd is, dan zullen Luca en ik dat ook doen, samen met jou.'

Annie zette haar handen onder haar kin.

'Blijf alsjeblieft proberen. Geef het niet op. Probeer erachter te komen waarom jouw vader je die brief heeft nagelaten.'

Annie stond op van haar stoel. De bus naar Florence kwam eraan, aan de overzijde van de piazza. Ze kon Luca niet aankijken. 'Het spijt me, maar ik geloof echt dat ik het allemaal moet loslaten. Ik heb geen recht op de villa. De gruweldaden in de oorlog... en het idee dat mijn grootouders een rol speelden in die afschuwelijke wreedheden... Ik kan het niet verdragen. Ik kom niet meer terug. Ik ben duidelijk de laatste persoon waar Villa Rosa en dit dorp op zitten te wachten.'

'Annie...' Luca's stem trof haar in haar ziel. 'Waarom zou je genoegen nemen met níét weten wie je bent? Waarom zou je niet knokken voor het leven waar je recht op hebt?' Zijn stem brak. 'Waarom niet vechten voor de liefde die je verdient en vechten voor jouw thuis hier in de vallei? Het is net zo'n groot deel van jouw erfgoed als van het mijne. Vecht, blijf knokken voor wat je wilt.'

Ze legde een paar euro neer voor de espresso, schudde haar hoofd en liep weg, naar de bus.

HOOFDSTUK 42

CARA

Elke keer als Cara inademde rook ze de muffe lucht in de tunnel en het enige geluid dat het gedrup van water onderbrak was het ontploffen van granaten boven hen. Cara zat tegen de muur geleund terwijl Raf sliep. Ze had steeds geteld hoeveel tijd er zat tussen de explosies, alsof ze de tijd tussen donder en bliksem timede. Op haar horloge zag ze de uren verstrijken en ze wist dat de villa op dit moment in pikdonker gehuld was voordat straks de ochtend aanbrak.

Raf sliep nog steeds, maar Cara vermeed het naar hem te kijken. Ze moest afstand nemen van de emoties die haar parten speelden als ze de komende dagen een goede partizaan wilde zijn. Als de oorlog iets met je deed, was het je dwingen om uit je hoofd te komen en te negeren wat er in je hart omgaat; ze moest zich focussen op de mensen in de vallei waar ze al haar hele leven woonde, ze moest hen helpen.

Ze was jong en gezond. Heel veel dorpsbewoners hadden die voordelen niet.

Toen Raf zijn ogen opende en zich uitstrekte, stond ze op en liep naar het omgekeerde kratje om een glas water voor hem in te schenken. Ook brak ze een stuk af van het verse brood dat Alphonso of Bettina moest hebben afgegeven terwijl zij sliepen.

'Dank je, Cara,' mompelde hij. 'Hoe gaat het?' Zijn stem klonk schor en ze keek weg van zijn blik waarin haar eigen pijn werd weerspiegeld.

Ze vouwde haar handen en staarde naar de mand met explosieven die Raf dieper de tunnel in had geschoven. 'Als we vandaag naar boven gaan, wil ik een nieuwe opdracht. Ik wil een behoorlijke bijdrage leveren. Laat me de partizanen bewijzen dat ik een missie kan volbrengen zonder te falen.'

'Voel je je schuldig omdat je werd aangevallen door die schurk?'

'Natuurlijk niet. Zoals ik al zei ben ik je maar al te dankbaar voor je vertrouwen in mij. Wanneer gaan we weer naar boven?' Ze keek naar het gesloten luik bovenaan de trap. De drang om iets te doen, om in actie te mogen komen was overweldigend. Bovendien snakte ze naar frisse lucht. Het begon claustrofobisch te voelen hier beneden. Met hem.

'Bella?' vroeg hij zacht.

Cara schudde haar hoofd bij het horen van de koosnaam waarmee hij haar jaren geleden ook had aangesproken. De verwarring die dat bij haar opriep verdroeg ze niet: soms was ze Bella, dan weer Cara. Ze zou altijd van hem blijven houden, maar ze moesten duidelijk zijn over hun relatie en accepteren dat ze niet samen konden zijn. 'Cara.' Ze draaide zich naar hem toe en voelde een pijnlijke steek in haar ingewanden. 'We moeten door,' fluisterde ze. 'En we moeten samenwerken. Alsjeblieft. Noem me Cara.'

Raf legde de homp brood op zijn been en trok zijn hoofd tussen zijn schouders. 'Liefste… Cara.' Hij keek weer op en slikte. En terwijl hij sprak, staarde hij naar het plafond van de vochtige tunnel. 'Het is op dit moment veel gevaarlijker dan een paar weken geleden. Er komen berichten door van de geallieerden die de bevolking waarschuwen niet in de bossen te gaan schuilen, maar een schuilkelder te zoeken.' Hij keek haar doordringend aan. Niemand weet van deze ondergrondse tunnels. Het is te gevaarlijk boven…'

'Ik ben niet met veiligheid bezig en ik vraag je niet om een schuilplaats,' fluisterde Cara.

'Ik wil dat je veilig bent, dat staat bij mij voorop…'

Cara stond op en liep naar de ladder. 'We moeten gaan, voordat dat stelletje zwijnen in de villa weer wakker wordt en uitzwermt in de omgeving en op de wegen.'

Raf ging weer achterover liggen op de matras en vouwde zijn handen achter zijn hoofd. Hij staarde naar het plafond van de tunnel met een ondoorgrondelijke uitdrukking op zijn gezicht.

Cara bleef stokstijf staan.

Na een tijdje ging hij rechtop zitten en pakte zijn ruige partizanenjasje van het voeteneinde van de matras. 'Ik haat dit. Je hebt geen idee hoe ik walg van de hele situatie.'

Cara staarde hem aan. Hij pakte de mand met explosieven op en gebaarde dat zij hem naar buiten moest volgen.

In de verte kwam de zon op achter de heuvels en hulde de hemel in een warme, roze gloed. Het beloofde een prachtige dag te worden. Een die uitnodigde te gaan picknicken in de tuinen van Villa Rosa, zoals voor de oorlog. Een dag om op een kleedje in het gras onder de bomen te liggen en naar de strakblauwe lucht te staren.

In de lommerrijke koelte was het doodstil, op het geritsel en gefluit van ontwakende vogels na. Het was duidelijk nog te vroeg voor het beruchte cohort van Göring om buiten bij de villa rond te hangen. Maar ze voelde de opdoemende dreiging bij elke ademtocht.

Raf zweeg terwijl ze door het bos aan de voet van de villa liepen waarbij ze zich zo klein mogelijk maakten. Hij keek voortdurend achterom om te checken of ze hem bijhield, terwijl ze hem volgde op zijn route, wegduikend achter een boom en gebukt weer naar de volgende bladerrijke schuilplaats rende. Het schemerde nog, het parelmoeren licht neigde naar roze.

Cara hield haar pas in en ging naast hem onder een oude lindeboom staan aan de rand van een open plek in het bos.

Heel even leek het alsof hij haar hand wilde pakken, maar hij veranderde van gedachten. 'We zijn bijna bij de grot.'

Ze waren op tijd vertrokken. Weldra zouden felle zonnestralen door het gebladerte dringen. Ze volgde hem langs de open plek tot bij de volgende rij dikke bomen. Hier was het begin van een steile helling omhoog. Raf stopte bij een zwerfkei. Aan de basis was een subtiele inham.

Hij keek zorgelijk naar haar.

Cara stemde in met een hoofdknik. Als ze niet samen kon zijn met de man van wie ze hield, dan zou ze alles doen wat in haar macht lag om iedereen te beschermen naar wie hun hart uitging. Hij had haar leven gered. De komende dagen wilde ze bij hem in de buurt zijn. Ze wilde deze laatste verdediging van de vallei met hem aan haar zijde aangaan.

Cara volgde Raf naar het begin van de grot. Op het moment dat ze de smalle opening naderden, verscheen een jongeman in partizanenoutfit bij de ingang. Zijn shirt hing half uit zijn broek, die onder de moddervlekken zat.

De jongeman, een dertiger, pakte de mand aan van Raf en gaapte Cara aan met een frons tussen zijn blauwe ogen. Hij keek afkeurend waarbij zijn mondhoeken neerwaarts in zijn rossige baard verdwenen.

Cara stond fier rechtop naast Raf.

'Pietro,' zei Raf. 'Dit is Cara. Ze is competent en blijft de komende dagen bij ons.'

Pietro haalde zijn schouders op en stapte opzij bij de ingang van de grot, maar hij wierp Raf een blik vol twijfel toe. 'Breng je echt een vrouw hier mee naartoe? Wel op jouw verantwoording dan.'

'Het is er een die ik zeer serieus neem,' zei Raf.

Binnen in de grot lagen twee mannen op de grond te slapen met hun rug naar de ingang toe; hun gedrongen lijven en grijze haar verraadden dat ze al wat ouder waren.

De jongere man die Raf Pietro noemde, sloop naar achteren, zette de mand met de explosieve lading in een hoek op de grond, ging in kleermakerszit ernaast zitten en bleef Raf met zijn ogen volgen, alsof hij elke beweging van hem in de gaten hield.

Cara aarzelde. Er lagen geen stromatrassen hier, er was niet eens een voedselvoorraad. Hoe gingen deze mensen het opnemen tegen de nazi's?

Ze draaide zich naar Raf en fluisterde: 'Hoe komen ze aan water en voedsel?'

'Van onze wederzijdse vrienden,' fluisterde Raf terug terwijl zijn blik in de richting van Pietro schoot.

Alphonso. Bettina. Al die tijd waren ze hiermee bezig geweest.

'We moeten ervoor zorgen dat die vrienden hoe dan ook gespaard blijven,' mompelde Cara.

'Ik heb er een paar mannen op gezet die de villa in de gaten houden,' zei Raf. 'Die hen bewaken...'

Cara's blik schoot ook naar Pietro. Bettina en Alphonso bevonden zich in een slangenkuil.

Raf ging naast Pietro op de grond zitten. Cara deed hetzelfde zodat ze een cirkel vormden en ze bedekte haar knieën met haar jurk. Raf sprak zacht terwijl hij even naar de twee oudere slapende mannen keek. 'We weten inmiddels dat de wapenopslag van de nazi's wordt uitgebreid tot een volledige barricade en dat hij de belangrijkste afweer wordt van de Duitsers tegen de bevrijding van Cortona door de geallieerden. Het is dus van vitaal belang dat we dat depot onmiddellijk vernietigen. We hebben dankzij Cara de explosieven in handen en we hebben geen tijd meer te verliezen.'

'Maar er zijn meer dan vijftig man gestationeerd bij het depot en elk moment ook rond de nieuwe basis. Bewapende voertuigen en tanks,' zei Pietro.

Raf vervolgde met zachte stem. 'We moeten hoe dan ook het depot verwoesten, maar de nazi's hebben langs alle wegen in het gebied landmijnen gelegd en de explosieven zijn te zwaar om over zo'n lange afstand te dragen. Ik ga dat niet riskeren. Niet met onze lokale *fellaga*. Mijn plan is een van de Duitse trucks bij de villa te kapen. Vandaag. Als we de chauffeur moeten ombrengen, dan moet dat maar.' Raf keek even naar Cara. 'Dat risico moeten we nemen.'

Cara stond op, sloeg haar armen om haar middel en schudde haar hoofd. 'Dat kun je niet doen, Raf.'

'Wat een dom idee om een vrouw hier mee naartoe te nemen,' grauwde Pietro. 'Al is het misschien je meissie.'

Cara negeerde hem. 'Je steelt een Duitse truck en doodt de chauffeur en de nazi's nemen represailles door onschuldige burgers neer te knallen... En jij wilt het dorp beschermen? Dat moet toch anders kunnen.'

Raf zweeg.

Pietro lachte spottend, maar Raf keek haar aan.

'Ik vind dit net zo erg als jij Cara, maar onze pachters verhongeren, hun vee wordt gestolen, hun oogst in beslag genomen. En met Görings troepen in de buurt wordt het alleen maar erger. Het is een afschuwelijke keuze waar we voor staan, maar ik ben van plan tientallen vrijheidsstrijders in te zetten wanneer wij de truck kapen.'

'De partizanen zijn nog niet in staat de Duitsers te verslaan. Als de geallieerden eenmaal hier zijn en we onze krachten kunnen bundelen, dán wel. Maar ze zijn er nog niet.' Cara schudde haar hoofd en keek hem aan.

En als ze er eenmaal zijn, en dichtbij zijn, dan wordt er een bloedbad aangericht en zullen de nazi's nog gruwelijker represaillemaatregelen nemen…

Raf stopte zijn handen tussen zijn knieën en keek naar de grond. 'Deze missie kan op geen enkele andere manier worden volbracht.'

Cara hurkte naast hem neer. Met een vinger tilde ze voorzichtig zijn kin op zodat hij haar aankeek. 'Ik ben een staffetta. Ik fiets vanavond terug naar de villa, breng de explosieven waar je ze hebben wilt, en als ik word aangehouden zeg ik dat ik naar de stad ga om medicijnen te halen voor een ziek kind. Dat is de veiligste manier.'

'Nee,' zei Raf. 'Nee.'

Maar Cara legde een hand op zijn goede arm en kneep even in zijn spierbundels. 'Jawel.'

HOOFDSTUK 43

ANNIE

Annie overhandigde haar koffer aan de kruier, die hem in de bagageruimte onder in de bus propte. Tersluiks zag ze Emilia en Luca het café verlaten en de piazza op lopen. Ze gingen terug naar de villa. *Haar villa?* Ze zou er nooit achter komen.

Annie staarde naar haar koffer, die keurig bij de andere koffers lag. Een stel van middelbare leeftijd kwam kibbelend aanlopen en overhandigde hun koffers aan de kruier. Als die er eenmaal bij gepropt waren zou die van haar dieper ingegraven liggen en zou haar verblijf in Italië voor altijd tot het verleden behoren.

Waarom zou je niet knokken voor het leven waar je recht op hebt? Waarom zou je genoegen nemen met niét weten wie je bent? Waarom niet vechten voor de liefde die je verdient? Luca's woorden verteerden haar hart.

Annie haalde bibberend adem. Haar keel brandde toen ze slikte en tot haar schaamte en ergernis trilde haar kin. Ze wist niet of haar biologische moeder, Loretta Messina, dood of levend was. En als ze zelf zou sterven en het nooit te weten zou komen? Als Loretta nog leefde, dacht ze dan weleens aan Annie en zou het haar goeddoen om haar verloren dochter te ontmoeten? En de liefde, hoe zat het daarmee? Zou ze eenmaal terug in de VS niet iemand tegen kunnen komen? Wilde ze liefde? Of zou ze in haar eentje verdergaan, ook al was ze niet één keer, maar zelfs twee keer in de steek gelaten sinds papa stierf?

Annie was haar adoptiemoeder, Valerie, verloren toen ze nog heel jong was en ze kon zich nauwelijks herinneren ooit een moeder te hebben gehad. Als volwassene, bij haar vriendinnen, had ze het altijd moeilijk als ze zag hoe belangrijk een moeder was voor hen. Verschillende keren had ze het verzoek afgeslagen om bruidsmeisje te zijn, omdat ze het niet kon verdragen dat bruiloften de band tussen moeders en dochters benadrukten. Er waren overgangsrituelen die ze nooit zonder haar eigen moeder zou kunnen ervaren.

Ze dacht dat ze er gewend aan was geraakt. Dat ze had geaccepteerd dat ze het de rest van haar leven zonder moederliefde moest stellen. Al die keren dat haar vriendinnen van school op hun moeder bij het schoolhek afvlogen. Daarna, als tieners, ruzieden haar vriendinnen met hun moeder in hun zoektocht naar zichzelf, hingen ze rond en probeerden ze vrouw te worden. Annie had dat allemaal niet gekend. Wist ze eigenlijk wel wie ze was?

Nee.

Op een of andere manier was niet weten wie ze was verstrengeld met haar onvermogen om op de voorgrond te treden of in het middelpunt van de belangstelling te staan, en haar gebrek aan zelfvertrouwen om aanspraak te maken op wat dan ook in de wereld. Had Luca gelijk? Moest ze toch blijven om het uit te zoeken, zodat ze achter de waarheid kwam en door kon met haar leven. En als die waarheid betekende dat ze iets had om voor te vechten, wat dan?

Ze keek op haar telefoon. Vanaf de piazza klonk vrolijk gelach op van mensen die het naar hun zin hadden. Ze keek nog eens om naar Luca en Emilia, terwijl ze overspoeld werd door een wirwar van gevoelens.

Annie deed een stap naar voren en zei duidelijk verstaanbaar en vastbesloten: 'Ik blijf hier. Wilt u mijn koffer er alsjeblieft weer uit halen?'

De man veegde met een hand langs zijn voorhoofd. Het was warm in de Italiaanse avondzon en hij keek naar de keurig opgestapelde berg koffers in het bagageruim. ‘Weet u het zeker, signorina?’ vroeg hij. ‘Want ik pak hem niet nog een keer aan, mocht u van gedachten veranderen.’

Annie knikte. ‘Ja, zeer zeker. Zo zeker ben ik nog nooit geweest.’

HOOFDSTUK 44

CARA

'Cara,' mompelde Raf. 'Als jou vandaag iets overkomt, doe ik mezelf wat aan.' Hij sprak heel zacht en was toch duidelijk verstaanbaar. Ze sloot haar ogen.

'Weet je,' zei ze terwijl haar stem werd weerkaatst in de grot, 'toen ik laatst mijn missie volbracht... werd ik door woede gedreven.' Ze sperde haar ogen open en keek op naar Ralf, die haar onderzoekend aankeek. 'Die woede motiveerde me en spoorde me aan om door te zetten en mijn vaders dood te wreken. Maar nu is die boosheid verdwenen en besef ik dat toen mijn vader stierf, hij me op mysterieuze wijze de kracht heeft gegeven die hij zelf had. Ik ben niet bang, Raf. Ik ga de explosieven voor je wegbrengen. Laten we onze bijdrage aan het verzet leveren zodat Cortona en de vallei voorgoed bevrijd worden.'

'Cara, als het straks allemaal voorbij is –'

Maar ze legde haar hand op zijn lippen. 'Raf, het wordt nooit wat. Jouw moeder.'

Hij trok een grimas. 'Mijn moeder maakt domme keuzes. Ik heb daar geen controle over.'

Pietro maakte bij de ingang van de grot de fiets gereed voor Cara's tweede tocht als staffetta.

Raf vouwde Cara's hand in de zijne. Hij keek haar diep in de ogen en zijn gezicht was heel dichtbij... Pietro wilde de fiets met de explosieven, verpakt in een bruine papieren zak in de fietsmand, naar de open plek rijden.

Raf haalde een hand door zijn haren. 'Als je de explosieven hebt afgeleverd, wil ik graag dat je in Cortona blijft en bij de andere dorpsbewoners de schuilkelder in gaat. Ik kan je in contact brengen met een van mijn vrienden daar.'

'Raf… dat ga ik niet doen.' Ze staarde naar het pakket in de fietsmand. Het pakket zag er precies uit als een ingepakte bom.

Vijf minuten later fietste Cara op de weg naar Cortona en bleef vanwege de landmijnen in het midden rijden. Ze koos steeds de stilste, smalste weggetjes. De velden aan weerszijden waren bezaaid met tarwehalmen die verspreid lagen alsof een bruid een verlept boeket bloemen had opgegooid.

Cara fietste langs haar dorp, dat bezoedeld leek na de aanval van Luigi. Ze wendde haar blik af van de honingkleurige oude gebouwen op de steile helling en hield haar ogen strak op de weg gericht.

Het was zaterdag maar bij de dorpshekken was geen toerist te bekennen. Het dorpsplein was uitgestorven, geen enkele marktkoopman of -vrouw durfde een stalletje op te bouwen met Görings soldaten in de buurt; de pachters hadden deze week geen producten van het land kunnen inbrengen. De sfeer van verlatenheid die over de oude vallei hing was verontrustend en de lucht erboven was nog steeds loodgrijs en zwaar, alsof er storm op komst was.

De zon schoot tartend gele stralen door de grijze wolkenpartijen en terwijl Cara flink doorfietste, dankte ze God op haar blote knieën dat ze een local was en de weg door en door kende. Ze wist precies waar ze Rafs contacten kon vinden en waar ze de explosieven moest afleveren.

De inwoners zaten verstopt in hun dorpshuizen en boerenhoeves en het vreemde licht op de gele velden verhoogde de spanning die in de lucht hing.

Toen een nazivrachtwagen recht op haar afkwam, stopte ze zo goed en zo kwaad als het ging en was er net genoeg ruimte over om de truck te laten passeren. Ze plantte haar voet voorzichtig op de grond en hield haar adem in bij de gedachte dat ze, God helpe haar, op een mijn zou stappen.

De truck stopte naast haar. Op de zijkant was een kruis geschilderd. Het was de Duitse legerarts die net als de lokale commandant al meer dan een jaar in het dorp woonde.

'Buongiorno, signorina,' zei hij met een beleefde hoofdknik.

'Buongiorno,' zei Cara zo zelfverzekerd als ze maar kon; ze liet niet merken dat ze verrast was dat de nazi Italiaans sprak. Ze concentreerde zich op het gezicht van de man en vermeed een steelse blik op het pakket in haar fietsmand.

'Signorina,' vervolgde de legerarts, een man van middelbare leeftijd, 'u kunt zich beter niet buiten wagen. We adviseren alle vrouwen om zich de komende dagen op een veilige plek te verschuilen.' Hij dempte zijn stem: 'De geallieerde indringers kennen geen genade voor Italiaanse vrouwen in de bezette steden. Er gaan geruchten dat er meerdere verkrachtingen hebben plaatsgevonden in andere Toscaanse dorpen toen die bevrijd werden. Probeer een veilig huis in Cortona te vinden en sluit uzelf op met uw lotgenoten.'

Cara hield zijn blik vast zodat hij op zijn beurt ook niet naar het pakket in haar fietsmand zou kijken. 'Dank u wel, meneer.'

De arts knikte haar toe, haalde de truck van de handrem en reed weer door. Het geluid van de rammelende motor in de verte was het enige wat de spookachtige stilte verbrak.

Cara greep het stuur vast van de fiets. Er stond haar maar één ding te doen. Vechten voor haar thuis en de mensen die ze haar hele leven had liefgehad. Vechten zou ze, wat er ook zou gebeuren.

HOOFDSTUK 45

ANNIE

Sinds Annie naar Luca en zijn moeder Emilia die het dorpsplein verlieten was toe gerend en geroepen had dat ze blééf, was het haar grootste verlangen om naar de oude boerenkeuken van de villa te gaan, waar Ernesto's moeder Bettina ooit de scepter had gezwaaid. Ze zou de boel helemaal uitmesten en schoonpoetsen en de voorraadkast vol zetten met allerlei soorten olijfolie, wijnen uit de streek en haar zelfgemaakte pasta. Ze wilde kruiden kweken in terracotta potten en uitstallen op de vensterbank, de tuindeuren naar het achterterras opengooien en buiten in de zon van haar ochtendkoffie genieten. Helaas mochten ze alleen de tuin onderhouden totdat duidelijk was hoe het met het eigenaarschap van de villa zat. Tot dusver had ze geen reden om te geloven dat het niet in Sandro's voordeel zou uitpakken.

De zon ging onder in de vallei en Annie fronste toen ze vaststelde dat haar pogingen om de klimop te bedwingen in een gedeelte van de terrastuin nauwelijks effect hadden.

'Ik heb totaal geen vooruitgang geboekt,' zei ze terwijl ze naar de klimop keek die de oude houten pergola, die ooit vol kleine roze roosjes zat, volledig overwoekerde. 'Er is geen doorkomen aan.'

Vandaag waren Luca en zij een uur bezig geweest om alleen al de wortels van de klimop uit te graven.

'We komen er wel,' zei hij zacht.

Ze keek weg, beet op haar lip. Haar ogen, hoofd, alles deed pijn. Ze sliep slecht. 's Nachts lag ze te woelen en te draaien, maakte ze zich zorgen over waar ze mee bezig was, of ze toch niet beter gewoon naar huis had moeten gaan.

Emilia had met notabelen en ondernemers in het dorp gesproken: de notaris, de bibliothecaris en ook de oude mannetjes op het dorpsplein, maar niemand wist wat er met Loretta Messina was gebeurd of herinnerde zich, na zo'n lange tijd, haar geboorte.

Annie had Emilia de eerste dagen vergezeld op haar onderzoeksmissie, maar Emilia, die Annies wanhoop aanvoelde, had voorgesteld dat Annie vandaag een dagje rust zou nemen.

Maar er was geen sprake van rust. Door niets omhanden te hebben had ze te veel tijd om na te denken en vlogen haar gedachten alle kanten op. Luca had aangeboden haar gezelschap te houden, wat ze meteen had geaccepteerd. Ze had zijn voorstel van een dagje rondkijken in Toscane geweigerd en hem in plaats daarvan, om weer een beetje op adem te komen, aangeboden in de tuin te helpen, die om onderhoud schreeuwde.

'Sandro komt vanavond weer met een nieuwe projectontwikkelaar om een offerte uit te brengen,' zei Luca. 'Ik wilde het je besparen.' Zijn ogen hadden weer die diepe, begripvolle glans wat ze zo was gaan waarderen van hem.

Annie keek rond in de geliefde, vervallen tuinen. Ze verafschuwde het idee dat ze straks tot buitenruimte voor bedrijfsuitjes en netwerkcongressen gedegradeerd zouden worden. Maar had ze enig recht van spreken? Zelfs als bleek dat ze een Messina was, dan nog was haar afkomst met nazibloed besmeurd. 'Zullen we heel even pauzeren?' zei ze.

Wat de uitkomst van de zoektocht in Italië ook mocht zijn, één ding stond vast: papa wilde dat ze alles uit haar leven haalde wat erin zat. Willen leven was hét antwoord als je eenmaal ondergedompeld was geweest in rouw.

'Zullen we anders een hapje gaan eten?' vroeg Luca aarzelend. 'Ik weet een geweldig restaurant in Cortona. Met een prachtig uitzicht over de vallei. 's Avonds is het terras heel mooi verlicht.'

Annie glimlachte naar hem. 'Ja,' zei ze zacht. 'Dat lijkt me wel wat.'

HOOFDSTUK 46

CARA

Een eenheid van zes bommenwerpers scheerde laag over Cortona. Bommen kwamen suizend neer en ontploften. Cara trok haar hoofd tussen haar schouders en duwde haar fiets vooruit. Eindelijk kwam ze bij de verlaten schuur aan waar ze haar vracht moest afleveren en terwijl de grond schudde door het geronk van de overvliegende gevechtsvliegtuigen, duwde Cara de zware schuurdeur open.

Plotseling, terwijl ze de explosieven uit de mand haalde, de verborgen valdeur opende en het dynamiet verstopte volgens Rafs instructies, was er de wolkbreuk die al een tijdje dreigde. De regen kletterde tegen het dak, onstuimig, razend en tierend, alsof de natuur terugvocht.

Cara gleed omlaag tot op de grond en leunde met haar hoofd tegen de muur. Ze had haar handen gevouwen en haar hart bonsde. Ze staarde in het niets.

Toen de schuurdeur een uur later openging en Raf binnenkwam, stond Cara op en liep naar hem toe.

'Dank je wel,' zei hij alleen maar.

Terwijl ze vragend zijn gezicht afspeurde sloeg hij zijn ogen neer. Hij trok fijne rimpeltjes in zijn voorhoofd.

'Ik heb doodsangsten uitgestaan om jou, al die tijd dat je onderweg was.'

'Het ging goed. Geen problemen gehad. Niemand verdenkt een meisje zoals ik.'

Raf keek weer op en stak zijn hand naar haar uit. 'Als jou ook maar íéts was overkomen...' Hij schudde zijn hoofd en keek weg.

Tot Cara's afgrijzen zag ze dat zijn schouders schokten.

'Mag ik mee handgranaten gooien op de Duitse barricade?'

Boven hun hoofd vloog nog een squadron gevechtsvliegtuigen laag over. Het geluid van afweergeschut ratelde in de verte en de hevige knallen na het neerploffen van de bommen schalden door de vallei.

'De lokale boeren zijn eigenwijs. Ze weigeren hun boerderij te verlaten,' zei Raf.

Cara ademde langzaam uit.

'Zowel de nazi's als de geallieerden waarschuwen dat iedereen onmiddellijk de schuilkelders in moet.' Raf stopte zijn hoofd in zijn handen. 'Het wordt één grote nachtmerrie: voedsel, water, elektriciteit. De voorraden raken zo langzamerhand op en de Duitsers blijven halsstarrig zitten.'

'Zijn water en elektriciteit afgesloten in de vallei?' vroeg Cara.

Raf knikte.

'Dan roep ik de dorpelingen en boeren bijeen en zeg dat ze naar Cortona moeten vluchten. Op de top van de Via Medici is een oude boekhandel waar mijn vader graag kwam, met een veilige schuilkelder. Ik weet zeker dat de eigenaren die beschikbaar stellen.'

Ze keek vastberaden naar Raf. Hij beantwoordde haar blik.

'Ik wil dat jij ook onderduikt,' fluisterde hij. 'De partizanen, het leger, zelfs de gehate nazi's raden iedere Italiaanse burger aan om de komende dagen de schuilkelders op te zoeken. Vooral meisjes en vrouwen.'

Cara ging fier voor hem staan.

Raf vervolgde. 'Als jij de pachters van mijn familie kunt beschermen tegen de woede van de nazi's nu ze zich terug moeten trekken, zal ik je nooit genoeg kunnen bedanken. En ik weet niet hoe mijn moeder je ooit kan bedanken. Deed ze het maar.'

Er viel een stilte.

'Ik pak de fiets en verspreid het nieuws,' zei Cara. 'Ik zal al jullie pachters en de dorpsbewoners en hun gezinnen aansporen om hun toevlucht te zoeken in Cortona.' Ze schudde haar hoofd. 'Maar daarna kom ik terug om samen met jou de stad te helpen bevrijden. Ik ga niet in een schuilkelder zitten als jij voor onze veiligheid vecht. En ik ga voor je bidden tijdens je missie om de barricade op te blazen.' Ze legde een hand op haar hart. 'Kom alsjeblieft weer terug... ongedeerd.'

Raf stond bij de schuurdeur en ademde zwaar. Zijn donkere ogen raakten haar in haar ziel. Cara liep naar hem toe. Ze sloeg haar armen om hem heen. Toch bleef er nog één brandende vraag over.

'En je moeder?' fluisterde ze terwijl ze naar hem opkeek. 'We sturen alle boeren naar Cortona, maar er is geen enkele garantie dat de villa veilig is.' Ze keek hem vragend aan toen hij diep zuchtte. 'Waar is Bruno Klein? Zit de gravin alleen in de villa?'

Langzaam bracht hij een hand naar haar mond en streek zijn duim over haar lippen. 'Liefste, ik weet het niet... ik weet alleen dat ik voor onze mensen moet vechten. Ik heb geen controle over wat mijn moeder doet of wie ze is. De keuzes die ze maakt. Ik wil alleen niet dat haar opvattingen, of mijn vrees, ons samenzijn nog langer in de weg staan.'

Hij pakte haar hand. Dit waren de woorden waar ze zo naar verlangd had, die ze zo graag had willen horen, maar die sprak hij alleen uit omdat er nu zo veel op het spel stond...

'Zorg dat je veilig blijft, Raf,' fluisterde ze. 'Dat is het enige wat nu telt.'

'Jij ook.' Hij trok haar dicht tegen zich aan en streelde haar rug.

Nu ze eindelijk het gevoel had dat ze thuiskwam, voelde ze tegelijkertijd ook de angst om alles in één klap te verliezen.

De stortregen en stormachtige wind hadden plaatsgemaakt voor verblindend zonlicht. Cara klopte op de voordeur van een boerderij. De boerendochter deed open. Ze hield een baby tegen haar borst gedrukt terwijl Cara haar uitlegde hoe belangrijk het was om te vluchten. Maar haar oude vader was onvermurwbaar.

'Dit is mijn hele hebben en houwen, ik laat de boel niet in de steek.'

Zijn dochter keek hem bezorgd aan. 'Maar, papa, we hebben geen keus. We staan machteloos. We zitten midden in het oorlogsgebied...' fluisterde ze.

Cara zweeg en gunde hem de tijd om de woorden tot zich door te laten dringen.

Ze richtte zich tot de dochter. 'Het advies is heel dringend. Er is geen tijd te verliezen.'

De boer bleef bij zijn standpunt en schudde zijn hoofd. Als er iets was wat Cara de afgelopen weken, maanden, jaren had geleerd was het dat halsstarrigheid niets oplevert. Als je in deze wereld overeind wilde blijven, deze oorlog wilde overleven, dan moest je je niet verzetten tegen verandering. Hij zou huis en haard moeten achterlaten om zichzelf en zijn gezin te redden.

De bejaarde boer tuurde over hun schouders de verte in naar zijn land. Zoals veel andere pachters in de regio had hij met gestolen oogsten en vee te kampen gehad en waren de voorraden die zijn dochter zorgvuldig had aangelegd om te overleven, geplunderd en geroofd. De nazi's hadden ervoor gezorgd dat ze berooid en uitgehongerd waren achtergebleven.

Maar in hun ogen zag Cara waar zijzelf en elke dappere dorpeling tegen gevochten had. Er was één ding dat ze nooit zouden opgeven. Dat was hun waardigheid.

'Mij krijg je hier niet weg,' zei hij. Hij sloeg zijn armen over elkaar. 'Ik zal de boerderij tot mijn laatste snik verdedigen. Als ik vlucht, verwoesten ze mijn levenswerk, dat weet ik. Ik ben niet gek.'

Cara sloot haar ogen. Wat ze nu ging zeggen kreeg ze nauwelijks over haar lippen, maar diep in de harten van de mensen in deze contreien leefde nog steeds een loyaliteitsgevoel met de eeuwenoude stelsels, ook al leidde de huidige plaatsbekleder van de villa een leven waar niemand in de streek ook maar iets van begreep. Toch dwong de naam van de gravin nog steeds respect af.

'Het is een bevel van signor Rafaeli Messina,' zei ze terwijl ze haar kin ophief. 'En ook zijn moeder dringt er ten zeerste op aan. U hebt helaas geen keus. U moet met me meekomen.'

Cara keek rond in de oude boerenkeuken, die nog intact was ondanks de laatste oorlogsbrandhaarden in de vallei.

'Kom,' zei ze vastberaden.

De oude man staarde naar de grond, zijn handen tot vuisten gebald, maar uiteindelijk knikte hij.

Toen hij weer opkeek, zag Cara een eenzame traan over zijn wang rollen.

HOOFDSTUK 47

Het was Cara gelukt bijna alle boerengezinnen in de vallei en veel inwoners van het kleine, kwetsbare dorp te overtuigen om huis en haard te verlaten en een veilige schuilplaats te zoeken in de kelders van de boekhandel in Cortona. Ze had hun duidelijk gemaakt dat het een kwestie van leven of dood was en dat volgens de instructies iedereen de bossen en de boerderijen moest verlaten en moest onderduiken in de oude stad die met zijn vestingmuren, torens en poorten eeuwen geleden precies voor dit doel was gebouwd. Naar men zei was de aanslag die de partizanen hadden gepleegd op het wapendepot buiten bij Cortona geslaagd. Ze viel bijna flauw van opluchting toen ze hoorde dat het depot was opgeblazen en dat de weg die naar de stad voerde nu vrijgemaakt was voor de geallieerden. De bevrijding van Toscane was nabij. Maar natuurlijk was Cara ook bezorgd over de represailles van de nazi's die erop zouden volgen. De spanning in de vallei was te snijden. Nog steeds terroriseerden de nazi's de plaatselijke bevolking en stalen ze hun oogst en vee.

Ondanks de berichten dat de geallieerden elke dag, ieder moment zelfs, in de vallei konden aankomen, werd hun gestage opmars naar het noorden als pijnlijk langzaam ervaren. De Duitsers weigerden te capituleren, ook al werd de ene na de andere stad in Toscane door de geallieerden bevrijd. Nadat ze twee dagen achtereen bij de boeren en hun gezinnen had aangeklopt met het dringende advies te vertrekken, was het Cara gelukt om meer dan zestig mensen zover te krijgen: voornamelijk vrouwen, kinderen en bejaarden. Het was haar gelukt ze in veiligheid te brengen en ze had geregeld dat er twee keer per dag water en voedsel naar de schuilkelder werd gebracht.

Ze was eraan gewend geraakt een soort opluchting te voelen als ze de valdeur naar de kelder bij de boekhandel opende en de dorpelingen van de gevaarlijke trap af begeleidde, van oude, in traditioneel zwart geklede vrouwen met zoetgevooisde stem en met een rozenkrans om de vingers tot kleine kinderen met gebogen hoofd die diep onder de indruk waren, tot kinderen die er juist een spelletje van maakten.

Al achtenveertig uur lang hingen er donderwolken boven de vallei die stortregens aankondigden, afgewisseld door broeierige warmte.

Boven hun hoofden scheerden vliegtuigen over en suisden bommen door de lucht voordat ze ontploften. Soms stonden hele gebouwen op hun grondvesten te schudden of sprongen er ruiten kapot vanwege de kracht van de explosies, terwijl Cara mensen bij de hand nam en meetrok om ze in veiligheid te brengen.

Papa's vriendin signora Ricci, de eigenaresse van de boekhandel, had dekens gebracht voor als het 's nachts koud zou zijn in de kelders. Ook had de vriendelijke vrouw een stapel oude boeken beneden afgeleverd zodat de mensen wat te lezen hadden. Cara had haar agenda in bewaring gegeven in de wetenschap dat die bij haar in veilige handen was. Maar voordat ze dat deed, had Cara de pagina's eruit gescheurd waarop ze haar gevoelens voor Raf had beschreven, haar verdriet om papa en haar haat jegens Luigi Santino. Als ze het niet zou overleven, zou niemand er ooit achter komen wat er werkelijk in haar hart was omgegaan.

Elke keer als ze het luik naar de schuilkelder opende, scheen vaalgeel licht het halfduister in de kelder binnen en keken de tijdelijke bewoners zwijgend naar haar op, zonder te kibbelen of met elkaar te vechten om de schrale porties die de partizanen twee keer per dag kwamen brengen. De melk was bestemd voor de kinderen en de bejaarden en de meeste gezonde volwassenen overleefden op water, brood en fruit. Het Rode Kruis dropte voedselpakketten met corned-beef waardoor zogende moeders en bejaarden nog wat eiwitten binnenkregen. Cara klom met een baby op haar heup de ladder af naar beneden, achter zijn moeder aan. De jonge vrouw had Cara met een bleek gezicht toevertrouwd dat haar oudere kinderen vroeg in de ochtend steevast wakker schrokken van nachtmerries. Elk kind dat Cara aan de hand had meegevoerd door de stad op de heuveltop, verlangde verschrikkelijk naar zijn of haar vader. Maar die zaten niet in de schuilkelder. De vaders vochten aan het front en velen van hen zouden nooit terugkeren en hun vrouw en kinderen nooit meer zien.

Ze keek toe hoe de moeder met haar baby een plekje zocht in de donkere, koele kelder, beklom de ladder en liet de veilige haven weer achter zich. Met gebogen hoofd spoedde ze zich door de lege straten van Cortona naar het adres dat Raf had opgegeven, alleen bedoeld voor partizanen.

Tien minuten later stond ze in een kaal appartementje van de familie Messina in een smal straatje van Cortona. Pietro had haar zwijgend binnengelaten en haar uiteindelijk met enig respect toegeknikt.

De twee partizanen van middelbare leeftijd die in de grot op de grond hadden liggen slapen, zaten nu fronsend aan een houten tafel midden in de ruimte. Raf stond tegen de muur aan geleund en tuurde uit het raam.

Hij liep meteen naar Cara toe toen ze binnenkwam.

Cara werd even onzeker door de manier waarop hij haar aankeek en bleef staan. Raf zag bleek en had donkere kringen onder zijn ogen. Zijn zwarte haar was lang geworden sinds hij thuis weg was en ze bespeurde een stoppelbaard op zijn wangen en kin.

'Wat is er?' vroeg ze. Haar stem klonk schril in de stilte, maar ze was niet in staat haar zorgen om hem te verhullen.

Iedereen had het over de snelle opmars van de geallieerden en de Britse troepen die elk moment de vallei konden binnenvallen. De doelgerichte bombardementen hielden aan en alles was klaar voor de bevrijding. Wat kon er mis zijn?

'Er is nog één nazibolwerk in de regio dat standhoudt,' zei een van de mannen aan tafel. 'Onze opdracht is het vanmiddag aan te vallen en uit te schakelen, voordat de geallieerden er zijn.'

Cara keek even bezorgd naar Raf, maar die draaide zich om, zodat ze alleen de blik van de mannen achter hem aan tafel kon peilen, maar die bleven strak naar het houtnerfpatroon in het tafelblad kijken, alsof daar het antwoord verscholen lag...

Plotseling drong het tot haar door waar de partizaan zojuist op doelde.

'Villa Rosa,' zei de man. Zijn woorden resoneerden in de beklemmende stilte. 'De geallieerden die met ons samenwerken in dit gebied hebben duidelijke orders gegeven, namelijk dat de partizanen geen genade moeten kennen voor de vijand. De villa is een nazibolwerk en als Rafaeli's moeder wordt afgevoerd, samen met haar geliefde en het personeel, zal dat als krijgsgevangene zijn.'

Alphonso. Bettina. Rafs moeder.

Cara liep naar Raf toe, pakte zijn arm en trok zijn bevende lichaam naar zich toe. Ze omhelsde hem stevig maar kon geen zinnig woord uitbrengen. Raf zou deze order van de partizanenbeweging niet weigeren. Maar als ze Alphonso en Bettina op wat voor manier dan ook kon redden, zou ze daar alles voor geven.

De avond schemerde boven Villa Rosa. De vogels zongen hun laatste lied van de dag en een lichte bries deed de bladeren ruisen alsof het omringende bos een klaagzang had aangeheven.

Cara stond naast Raf. Opnieuw had hij geprobeerd haar tegen te houden, maar ze was vastbesloten en had hem gezegd dat Villa Rosa bijna net zoveel voor haar betekende als voor hem. Overal om hen heen wachtten groepen potige partizanen, klaar voor de strijd. Vanaf haar standpunt zag Cara dat de nazitrucks nog precies zo op de binnenplaats geparkeerd stonden als toen ze weggeslopen was. Ze draaide zich naar Raf, opende haar mond om de woorden uit te spreken waar ze al de hele dag wanhopig naar gezocht had. Maar Raf staarde met een ondoorgrondelijke gezicht voor zich uit, zijn blik op zijn huis gericht, zijn thuis, waar zijn moeder en haar naziminnaar hun lot afwachtten.

'Weet je zeker dat je dit aankunt?' fluisterde ze.

Zijn gezicht verried tal van emoties en hij staarde naar de grond, zijn geboortegrond. Hij knikte zwijgend.

Het enige waarop ze wachtten was het signaal, het startsein voor het bloedbad.

Toen het signaal klonk – een imitatie van vogelgezang diep uit het bos – kwamen de partizanen in beweging. Terwijl Cara mee naar voren stapte, haar hart klopte in haar keel, pakte ze even Rafs hand.

Daarna werd alles wazig. Het ruwe partizanenleger drong op naar de binnenplaats van Villa Rosa en er barstte een oorverdovend tumult van oorlogskreten los. Cara rende mee naar voren, haar instructies waren duidelijk. Ze herhaalde ze in haar hoofd als een mantra. *Eenmaal binnen in de villa pak je alle nazidocumenten die je ziet.* Ze moest naar het kantoor dat ze zo goed kende.

Ze dook in elkaar en rende over de achterplaats. Ze had Rafs hand moeten loslaten terwijl het geluid van geweerschoten door de anders zo stille tuinen echode. Ze hield haar blik op de keukendeur gericht en bad zo hard ze kon dat Bettina de villa was ontvlucht, dat ze een schuilplaats had gevonden en dat Alphonso niet dapper had willen zijn en er ook vandoor was.

Zonder problemen kwam ze via de achterdeur de verlaten keuken binnen. Buiten klonken strijdkreten en er werd geschoten. Een truck werd gestart. Duitse stemmen brulden bevelen. Kaplaarzen stampten over het grind. Cara huiverde en kreeg het plotseling koud. De partizanen waren van plan de nazi's die het transport bewaakten aan te vallen en elke Duitser die in de weg stond af te slachten.

Voetstappen dreunden de trap af in de villa en opgefokte Duitse stemmen schalden door de hal, snauwend, vloekend, schreeuwend. Cara verschool zich achter de keukendeur terwijl er een groep soldaten langsrende naar buiten, naar de binnenplaats.

Hijgend van angst wachtte ze tot ze verdwenen waren en het weer stil werd om haar heen. Vervolgens haastte ze zich bukkend van de ene kamer naar de andere – de laatste was Arturo's zitkamer geweest –

naar de smalle bergruimte aan het einde van de vleugel die ooit als stal had gediend en nu als kantoor fungeerde.

Cara's ogen werden groot bij het zien van het bedrog dat in deze ruimte was gepleegd: het houten bureau was onder een lichtpeertje geschoven en papieren vol diagrammen en gekrabbel in onleesbaar Duits lagen open en bloot op het bureaublad. De nazi's gingen uiterst nauwkeurig te werk.

Ze waren blijkbaar midden in een planningssessie overrompeld, maar de afleidingsmanoeuvre bij de villa werkte: er klonk buiten nog meer geschreeuw en gegil, er werd geschoten en motoren werden gestart. Cara deed een schietgebedje voor Raf, terwijl twee jonge partizanen de bergruimte binnenslopen om haar assistentie te verlenen. Ze begon dossiers en paperassen op te stapelen in hun armen.

Godzijdank had ze haar eigen agenda bij signora Ricci van de boekhandel achtergelaten.

'Is dit het?' vroeg een van de jongemannen.

Cara speurde de bergruimte rond en knikte.

'Rénnen, nu het nog kan,' beval ze de twee.

Ze maakten dat ze wegkwamen. Cara knipte het licht uit van de bergruimte en haastte zich via Arturo's zitkamer door het kantoor waar het bureau van de gravin nog op precies dezelfde plek stond, naar de hal met de openstaande voordeur, waar ze plotseling tot haar grote schrik werd staande gehouden.

Tegenover haar, op de onderste traptree, stond de gravin met een klein vuurwapen in haar hand.

'Cara,' zei de gravin. Haar stem klonk minder vast dan anders, maar dwong nog altijd gezag af. Buiten op de oprit klonken geweerschoten. Er kwam rook naar binnen via de voordeur.

Cara staarde naar het pistool in de onbeweeglijke hand van de gravin; haar blik was staalhard.

Ze hief het pistool en richtte het op Cara. 'Het spijt me dat het zo af moet lopen,' zei ze. Cara kreeg bijna een hartstilstand van schrik. Was Rafs moeder bereid om haar eigen secretaresse neer te schieten en haar eigen hachje te redden, of wat het ook was dat haar gedreven had tot een verhouding met een nazikopstuk? Het was onmogelijk ook maar iets van haar drijfveren te begrijpen. Ze was altijd al een mysterie geweest, koel en afstandelijk en duidelijk superieur aan ieder ander. Maar het feit dat ze alles zo ver had laten komen terwijl ze wist… moest weten wat Cara voor Raf voelde en hij voor haar, hartverscheurend was het en toch stond het als een onoverkomelijk obstakel tussen hen in.

'Handen omhoog.' Er klonk een Duitse stem. Een stem zoals ze die zich had voorgesteld en tegelijkertijd gevreesd had en nooit meer had willen horen.

Bruno Klein stond op de trap achter de gravin.

'De kleine secretaresse. Altijd loyaal,' lachte hij smalend. 'Of misschien toch niet.'

Cara hief haar kin en keek hem recht in de ogen.

'Maak haar af, Evelina,' beval Bruno Klein.

Maar de gravin bleef met een bleek gezicht stokstijf staan, haar hand nog steeds doodstil.

Cara ademde bevend in.

'Of… beter nog, we nemen haar mee naar Duitsland,' zei hij. 'Als we weer in Berlijn zijn, kan ze voor ons werken. Op de baby passen.'

Cara keek naar de gravin. *Baby?* Ging ze het kind van een nazi ter wereld brengen, een schandvlek op de familiestamboom? Cara kon zich niet bewegen en haar maag kromp ineen.

Bruno Klein kwam de majestueuze trap af, alsof hij de heer des huizes zelf was en minzaam op zijn onderdanen neerkeek.

In de hal bleef hij staan en wendde zich tot Cara. 'Voor elke nazi die gedood wordt, zullen er tien Italianen moeten sterven. Maar ik zal je genadig zijn en je wat langer laten leven. Als we eenmaal in Duitsland zijn, zullen we zien wat er voor je in het verschiet ligt. De Führer is niet zo dol op personeel met gebrek aan loyaliteit, en ik ook niet.'

Een branderig gevoel steeg vanuit Cara's maag en slokdarm op naar haar keel. Haar hart leek een blok ijs en ze duwde de nagels van haar handen diep in haar handpalmen. Ze bleef de gravin aanstaren, ze kon niet anders. Hoe kon ze een kind dragen van dit monster? Cara dacht aan Raf en haar hart huilde. Kwam hij dit ooit nog te boven? Wat zou ze tegen hem zeggen? Als ze hem ooit weer zou zien… de werkkampen in Duitsland, huisslaaf worden bij dit afschuwelijke stel. De scenario's tuimelden over elkaar in haar hoofd.

De gravin stond nog steeds met het pistool op haar gericht terwijl haar blik naar Bruno schoot en weer terug.

'Neem haar dan maar gevangen, Evelina, als je wilt. Maar ze zal moeten toekijken bij de executies van de verraders die ons vandaag hebben durven uitdagen. Misschien heeft ze wel een partizanenvriendje. Ik weet zeker dat ze hem graag ziet sterven.'

Met het gemak van een crimineel trok Bruno een pistool tevoorschijn uit zijn colbert en dwong Cara mee naar buiten.

Er had een slachting plaatsgevonden. Cara sloeg haar hand voor haar mond toen ze zag dat Alphonso met zijn handen op zijn rug werd afgevoerd naar een van de nazitrucks. In de hele tuin werd gevochten tussen partizanen en de ruige nazi's van Göring terwijl anderen zich een weg langs hen heen baanden naar de openstaande voordeur van de villa. Toen ze het geluid van brekend glas hoorde, sloot Cara even haar ogen. Ze zouden alles kort en klein slaan daarbinnen. Op het moment dat de gravin en Bruno zich van schrik en verwarring omdraaiden door het geluid van huisraad dat in puin werd geslagen, greep Cara haar kans en rende ze naar de truck waar Alphonso in geduwd werd. Ze staarde ontzet naar Bettina, die ook op een van de houten banken zat, klaar om op transport gesteld te worden naar Duitsland of in koelen bloede te worden vermoord.

Een nazi lachte spottend naar haar. 'Je kent de regels. Tien Italianen voor elke gedode nazi. De executie is vanmiddag, in Cortona.'

Er klonk een schot en de nazi zakte in elkaar. Hij was dwars door zijn voorhoofd geschoten.

Cara schreeuwde naar Alphonso en Bettina. 'Eruit, snel! Rennen!'

In een fractie van een seconde, waarin ze beiden vol afgrijzen naar de omgelegde nazi bij de truck staarden, stonden ze op van de houten banken, sprongen uit de truck en renden weg.

Waar was Raf?

Wegduikend achter elke boom in de tuin, terwijl haar hart in haar keel klopte, besloop Cara het zomerhuis en keek naar binnen. Daar was Raf. Hij was in een hoek gedreven en stond met zijn rug tegen de muur terwijl zijn moeders minnaar, Bruno Klein, een pistool op hem gericht hield. Het kwaad droop van zijn nazitronie af.

'Nee!' gilde ze.

Ze greep een losse kei van de stapelstenen muur die naar het volgende terras leidde, stormde op hen af, hief de kei hoog boven haar hoofd en gooide hem met kracht tegen het achterhoofd van Bruno Klein, die met één klap geveld werd.

Eén langdurige seconde staarde Cara naar de uitgeschakelde nazi, maar Raf stortte zich in haar armen. Hij beefde over zijn hele lijf en snikte het uit. Ze bleef hem vasthouden tot de laatste nazivoertuigen ratelend de oprit afreden naar de weg.

'Ze zijn weg,' fluisterde Raf. In de roerloze stilte die volgde, verschenen meerdere jongemannen en twee jonge vrouwen onderaan de oprit. Ze hadden de nazi's voorgoed uit Villa Rosa verdreven, al troffen ze buiten hartverscheurende taferelen aan. In de tuinen was een bloedbad aangericht. Dode lichamen, zowel van partizanen als van nazi's, lagen over de oprit verspreid.

Raf zonk naar de grond met zijn armen stevig om Cara heen en verborg snikkend zijn hoofd tegen haar schouder. De partizanen die het overleefd hadden kwamen schoorvoetend dichterbij en keken zwijgend toe.

'Waar is de gravin?' sprak Cara met verbazingwekkend vaste stem.

'Ik ben hier,' klonk het.

Cara keek met een ruk van haar hoofd op naar het terras boven hen, en daar stond ze. In lichtblauwe zijde gehuld, haar kapsel perfect en haar handen slap langs haar lichaam met in één ervan het kleine pistool.

Langzaam hief Raf zijn hoofd op en keek zijn moeder aan.

'Mijn zoon,' mompelde ze zacht, bijna fluisterend. 'Rafaeli...'

Zware laarzen stapten op het grind van de oprit.

Ze draaide zich om, evenals de partizanen, die ondertussen hun geweren op haar richtten. Raf stond op.

‘Leg je wapens neer,’ fluisterde hij, maar zijn bevel klonk luider dan het geblaf van welke nazi dan ook. ‘Ze zijn gekomen.’

Op de oprit van Villa Rosa, in de opening van het fraai versierde smeedijzeren hek, stonden twee soldaten in uniformen van het Britse leger. Achter een heuveltop ging de zon langzaam onder in de groene vallei.

HOOFDSTUK 48

Cara en Raf liepen voor het aanbreken van de nieuwe dag naar Cortona, samen met de jonge Britse soldaten die zich bij het hek van de villa hadden aangediend en een aantal plattelanders. De nazi's waren gevlucht, Alphonso was in de villa achtergebleven en had de dode lichamen geborgen in het bos én had de gravin, die zich had teruggetrokken in haar slaapkamer en de deur op slot had gedraaid na een aanvaring met Raf, stoïcijns genegeerd. Maar Bettina was gevlucht. Ze had het terrein van de villa samen met een aantal partizanen verlaten nadat ze Cara had omhelsd en haar gezegd had dat ze niet meer voor de gravin kon werken.

Cortona werd al snel bevrijd en het ging ook makkelijk: de Britse divisie kon de stad binnenmarcheren nu de kust veilig was; het depot van de nazi's was vernietigd. Raf en zijn partizanenbende hadden een grote rol gespeeld in het vrijmaken van de weg voor de geallieerden zodat de bevrijding van de stad op de heuveltop snel verliep.

Eindelijk stond Cara weer bij het kelderluik bij signora Ricci's boekhandel. Het duurde enkele seconden voordat er iemand bewoog daar beneden. Daarna, zo traag als het rommelen van de donder, klonken er juichkreten. Mensen stonden op, vielen elkaar om de hals, kinderen sprongen opgewonden in het rond, al snapten ze niet wat er aan de hand was. Maar ooit zouden ze het wél begrijpen. De vallei, hun vallei, was bevrijd. De geallieerden waren gekomen. Voor hun stukje Italië was het voorbij. Ze waren vrij en konden weer naar huis. De mensen begonnen hun spullen bijeen te zoeken, staarden elkaar steeds verbaasd aan, omhelsden elkaar alsof ze familie waren en jarenlang van elkaar gescheiden waren geweest.

De jonge Britse soldaat die Cara had vergezeld stak zijn hand uit en hielp mensen de ladder op. 'We hebben het gebied hier vlakbij afgezet. Er is een bom neergekomen en we hebben een veilig pad naar de straat gemarkeerd,' zei hij.

'Dank je,' fluisterde Cara terwijl ze naar buiten liep.

Cortona was overeind gebleven. Partizanen omhelsden elkaar midden op straat, inwoners juichten en iemand had op het balkon al een Britse vlag gehesen.

Cara voelde Rafs armen stevig om zich heen. Overal klonken kreten van blijdschap, mensen huilden van opluchting of schreeuwden de frustratie van de afgelopen jaren van zich af.

'Liefje?' mompelde hij. 'Ik hou van je. Niets mag onze liefde nog in de weg staan. Ik wil niet dat iets of iemand me er nog van weerhoudt om bij jou te zijn,' fluisterde hij. Hij boog zijn hoofd en zocht haar blik.

Ze wist wat hij vroeg, knikte en kuste hem. Wat er ook gebeurd was of nog te gebeuren stond, ze aanbad hem.

Hij kneep in haar hand. 'Ik heb mijn moeder gesproken en verteld dat ik van je hou. En niet zonder jou wil leven.'

Cara wilde iets zeggen, maar de pachters en hun familieleden die ze naar de veilige schuilkelder had begeleid, waren naar hen toe gekomen en omhelsden haar. Plotseling werd ze op de schouders gehesen. Ze bleef Rafs hand vasthouden terwijl steeds meer onderduikers de schuilkelder van de boekhandel uit klommen.

Raf keek op naar Cara, stak zijn andere hand ook naar haar uit, tilde haar voorzichtig van de schouders en zette haar weer op de grond. 'Trouw met me,' zei hij schor. Er rolden tranen over zijn wangen.

Er daalde een stilte neer en er klonk gefluister in de menigte. 'Raf Messina,' mompelden de stadsbewoners en dorpelingen. '*Il Conte!*'

Cara zag alleen de man van wie ze altijd had gehouden. Het maakte haar niet uit of hij de zoon van de gravin was en lid van de vermaarde familie Messina of in een pachtershuisje in het dorp was geboren...

Hij was niet verantwoordelijk voor zijn moeders daden, wat de toekomst ook mocht brengen. Ze hield van hem. En liefde was uiteindelijk het belangrijkste wat er bestond. De liefde die ze voor papa voelde zou ze voor de rest van haar leven koesteren. Die ging nooit voorbij en dat gold ook voor haar liefde voor Raf, die bleef altijd bestaan, onveranderd sinds het eerste moment dat ze hem zag.

'Cara, ik ben zo gek op je. Het enige waar ik aan kon denken in deze afschuwelijke tijden was aan jou. Als ik aan het front was, hield ik je dicht bij me in mijn hart. En toen we in het verzet gingen, hield mijn gedachte aan jou me op de been. Ik wil je nooit meer kwijt. Ik wil ontzettend graag, als jij dat ook wil, Villa Rosa nieuw leven inblazen, samen met jou.'

Cara keek hem aan. Het leven was kort, en als ze dit goed zou doen, dan zou al het andere ook op z'n plek vallen. Zwijgend, na wat een eeuwigheid leek, knikte ze en sloeg haar armen om hem heen.

De pachtersfamilies die ze in veiligheid had gebracht juichten en overal om haar heen voelde ze de warmte van haar mensen, haar thuis en de liefde van deze mensen wier licht en dapperheid nooit zouden doven.

Maar ook al was ze veilig in Rafs armen, één beeld bleef door haar hoofd spoken. De gravin die een pistool op haar gericht hield. *'Kan ze voor ons werken. Op de baby passen...'*

HOOFDSTUK 49

ANNIE

De hemel kleurde oudroze en obers bewogen zich over het terras met uitzicht over de serene vallei. De vogels hadden hun laatste lied gezongen. Overal hing feestverlichting, er klonk geroezemoes van de gasten en uit de keuken van het restaurant kwamen verrukkelijke geuren.

Annie keek naar Luca. 'Weet je, terwijl we hier zo heerlijk zitten zou je toch wensen dat Sandro niet bestaat en dat ik in de villa woon en die als mijn thuis mag beschouwen. En dat ik met jou elke avond heerlijk buiten zit en bij het licht van de maan van Toscane geniet.' Ze sloeg haar ogen neer en hield haar adem in nu ze deze woorden eruit had geflapt.

'Ik zou er best aan kunnen wennen, hoor, net als jij,' fluisterde Luca.

Annie beet op haar lip, voelde zijn blik op haar rusten.

Luca speelde met zijn glas prosecco. Een kom olijven en broodstengels stond naast een kristallen vaasje met een enkele gele rozenknop erin.

'Wist je dat ik gele rozen mooier vind dan rode?' zei Annie.

'Rood staat voor passie.' Hij probeerde een glimlach.

'En geel,' zei Annie, 'voor de zon.'

Luca's hand schoof naar die van haar maar bleef op tafel liggen.

Er klonk luid gelach op aan de andere kant van het terras, waar een ober een elegante, oude vrouw met rechte rug naar een tafel begeleidde. Haar haren waren strak naar achteren gebonden zodat haar prachtige gezicht goed uitkwam. De ober wilde haar aan een tafeltje zetten aan de rand van het terras met uitzicht over de vallei, maar ze legde een hand op zijn arm en schudde haar hoofd. Koppig liep de oude vrouw naar een rustig, afgezonderd tafeltje achterin.

Annie kon haar ogen niet van het tafereel afhouden; iets binnen in haar ontvouwde zich als een rozenknop en plotseling viel alles op zijn plek.

HOOFDSTUK 50

CARA

Cara stond in de olijfboomgaard van Villa Rosa. De simpele witte jurk voor haar bruiloft viel tot op haar enkels en liet haar slanke figuur goed uitkomen. De nazi's hadden de oesterwitte zijden gordijnen in de gravins slaapkamer van de roede gerukt en op de vloer laten liggen. Raf had besloten dat één ervan perfect geschikt was om een trouwjurk van te laten maken.

Cara had onvermoeibaar aan Rafs en Alphonso's zijde gewerkt om samen met de lokale pachters de puinhoop die de nazi's in de villa hadden achtergelaten op te ruimen: de eettafels vol vuile borden met rottend eten erop, de smerige vloeren, vieze bedden, de swastika's die op de muren waren geklad, de kostbaarheden die vertrapt op de vloer lagen, de kapotgesmeten glazen en gore badkuipen.

Elke dag kwamen de dorpelingen en boeren de heuvel op om water te komen halen bij de oude pomp die in verbinding stond met de ondergrondse waterput. Het was inmiddels een ochtendritueel om hen te helpen hun emmers vol te pompen zodat ze vers drinkwater hadden om te overleven.

Er waren al twee doden te betreuren in de vallei vanwege tyfus en Raf maakte zich ernstige zorgen. Als ze de ondergrondse waterput niet snel weer aan de praat kregen, zou het verse water opraken en kon de ziekte zich weldra verspreiden; er zouden onvermijdelijk nog meer levens verloren gaan. Elke dag ging hij naar Cortona en werkte hij samen met het democratisch gekozen, maar toch haastig ingestelde lokale bestuur. Raf had een leidende functie aanvaard en bracht zijn avonden door in het kantoor van de gravin om te vergaderen met de lokale bewoners van het bestuur.

Op de drempel van het zomerhuis, met naast hem een oude priester uit het dorp, stond Raf, gekleed in een simpel wit overhemd en een zwarte broek. Hij was keurig geschoren en zijn blik smolt toen Cara langzaam vanuit de olijfboomgaard naar hem toe schreed en voor het geïmproviseerde altaar bleef staan.

Ze draaide zich naar de man die ermee had ingestemd haar naar het altaar te begeleiden in plaats van haar vader en keek naar hem op. Alphonso. Ze kneep in zijn hand.

Voor haar stonden groepjes dorpelingen en pachters, boerenfamilies die de heuvel opgeklommen waren voor de trouwerij, mensen die Cara en Raf al van kinds af aan kenden.

Cara liep op de man toe van wie ze altijd had gehouden.

Ze hadden elke avond tot laat gepraat over hoe het was om samen te werken met de locals, voor ze te zorgen, ze te vertegenwoordigen.

Cara keek op naar de trouwe vriend die haar naar het altaar had begeleid. 'Dank je voor alles, Alphonso,' fluisterde ze.

Hij glimlachte naar haar. 'Het genoegen is geheel aan mijn kant, Cara,' zei hij. Zijn stem klonk zacht. Hij legde haar hand in die van Raf.

Die avond werd er gedanst op het terras. Cara had kaarsen op de lange bruidstafel gezet en de gasten hadden zich tegoed gedaan aan wat Alphonso buiten had neergezet, en wat bijna een feestmaal genoemd kon worden. De lokale boeren die Cara geholpen had zichzelf en hun gezin in veiligheid te brengen tijdens de bevrijding van Cortona, hadden erop aangedrongen dat het bruidspaar wat er nog over was van hun oogst, zou aannemen. Eén van hen was grijnzend met een paar kippen aangekomen die hij verborgen had weten te houden in een kippenhok. Een groepje dorpsbewoners had in de grote keuken van de villa gekookt en ze hadden de kip met room, spinazie en paprika opgediend (de room was afkomstig van de paar koeien die het hadden overleefd op een van de pachtboerderijen).

Cara danste langzaam met haar armen om Rafs hals, haar wang rustte tegen zijn schouder. Het was een perfecte dag geweest en ook al ontbraken er een paar mensen, ze hadden in elk geval elkaar.

Een van de dorpsbewoners had zijn viool meegenomen en speelde een langzame wals. Toen Raf zich losmaakte en even aarzelde, bleef Cara staan. Vlak voor hen stond de gravin. Ze droeg een ingetogen, zachtgroene zijden jurk.

De afgelopen weken hadden ze onvermoeibaar hard gewerkt in de villa en de gravin steevast ontweken, terwijl zij het zwijgen ertoe deed over wat er aan het licht was gekomen op de dag dat Cortona werd bevrijd. Niemand had het nog over Bruno Klein.

Raf had zich aanvankelijk gereserveerd opgesteld tegenover zijn moeder, maar de afgelopen weken leek hij meer open en op zijn gemak in haar buurt; Cara had hem niet verteld dat de gravin een pistool op haar gericht had, of dat ze een kind verwachtte, wat aan haar slanke postuur ook nog niet te zien was.

Nu de huwelijksplechtigheid achter de rug was, wist ze dat ze zich zo mee had laten slepen door haar gevoelens van verliefdheid dat ze het vermeden had om de moeilijke situatie onder ogen te zien met de vrouw die nu haar schoonmoeder was.

Raf mengde zich onder de bruiloftsgasten. Bij het flakkerend kaarslicht leek de gravin mooier dan ooit.

'Dank je wel,' zei de gravin zacht, 'dat je van mijn zoon houdt.'

Cara hield haar hoofd schuin. 'Zo moeilijk is dat niet.'

De gravin vouwde haar handen en bleef Cara aankijken. Ze keek zo ernstig en had zulke grote ogen opgezet dat Cara door die plotselinge eerlijkheid een stap terug deed.

'Ik moet je nog iets vertellen,' vervolgde de gravin. Ze ademde diep in en keek naar de vrolijke dorpelingen op het terras. 'Bruno Klein is onlangs opgepakt door de geallieerden zodat ik nu vrijuit kan spreken en je de waarheid kan vertellen. Ik heb niet gecollaboreerd met de nazi's.'

Cara verstijfde en fronste.

'Ik heb gespioneerd voor de geallieerden, informatie doorgegeven over de nazikopstukken in het hoofdkwartier in Florence zodat de Britse regering op de hoogte was van hun plannen.' De gravin schudde haar hoofd. 'Ik ben er niet trots op hoe ik me gedragen heb op de dag dat Cortona werd bevrijd, maar ik had geen keus. Als Klein een vermoeden had gehad dat ik loyaliteit voelde voor jou, dan had hij ons allemaal gedood.'

Cara sloeg verschrikt haar hand voor haar mond en keek om zich heen of ze ergens kon gaan zitten, zo hevig knikten haar knieën. Ze was het liefst in elkaar gezakt.

'De oorlog is nog niet voorbij, Cara,' vervolgde de gravin. 'Ik heb tot nu toe niet kunnen vertellen wat ik allemaal gedaan heb, omdat Bruno in Florence zat tot de stad werd bevrijd.' Ze sloeg haar ogen neer, waarbij haar lange donkere wimpers haar zijdeachtige wangen raakten. 'Ik moest wachten tot de missie volbracht was.'

'Maar hij zei dat u zwanger was!'

'Helaas was dat de enige manier om hem bij me weg te houden de afgelopen tijd. Ik heb gezegd dat ik zijn kind verwachtte. Hij had een nogal overdreven neiging om zijn familie te beschermen en zodoende verzon ik de zwangerschap en deed ik net alsof ik ziek, zwak en misselijk was. Ik moest mezelf tegen hem beschermen, zodat hij me niet meer aanraakte, begrijp je...' De lippen van de gravin bewogen geluidloos en tot Cara's schrik werden haar ogen ook nog vochtig. 'Ik ben blijkbaar een te goede actrice, voor mijn eigen bestwil, maar daarmee heb ik jou en Raf heel veel verdriet gedaan. Dat spijt me oprecht. Maar wat de baby betreft, nee, zo dom ben ik niet.'

Cara staarde haar werkgeefster aan, haar schoonmoeder, en werd overspoeld door respect, sympathie en ontzag voor de vrouw die had moeten verdragen wat geen enkele vrouw ooit zou willen verdragen. Impulsief strekte ze haar armen naar haar uit en omhelsde haar. Wat kon haar Mussolini's klassenonderscheid schelen? Wat kon het schelen wat iedereen over de gravin had gedacht, over wat ze gedaan had? De waarheid was veel belangrijker. Voor het eerst in wat een eeuwigheid leek, was de gravin eerlijk tegen haar geweest, als tegen een gelijke. Ze hadden allebei op hun eigen manier gevochten voor hun mensen, op de enige manier die in hun macht lag. 'Het spijt me wat u allemaal hebt moeten doorstaan,' zei Cara en ze meende het oprecht.

De gravin deed een stap achteruit en hield Cara op armlengte. 'En het spijt mij heel erg wat jij hebt moeten doorstaan door deze oorlog, Cara. Ik wil dat je beseft dat je nu bij mijn familie hoort. Ondertussen zullen we nooit de trots en de immense moed van jouw vader vergeten, die opkwam voor zijn buren.'

Cara knikte. Wat zou papa er graag bij geweest zijn vandaag. Hij zou het allemaal geweldig hebben gevonden. Ze wist zeker dat hij vanuit de hemel meekeek. Ze wist zeker dat hij alles had gevolgd.

HOOFDSTUK 51

De lentezon sijpelde langs de kieren in het gordijn de slaapkamer binnen. Raf had een minirozenknopje op zijn hoofdkussen achtergelaten, zoals hij iedere dag sinds hun huwelijk gedaan had. Cara pakte het bloemetje en zette het in een vaasje naast haar bed. Hij had haar beloofd dit elke ochtend voor de rest van hun leven te blijven doen. Raf verwende haar, bracht haar ontbijt op bed met versgebakken brood en altijd een potje zelfgemaakte jam. Ze was altijd later wakker dan hij.

De avond ervoor waren ze laat opgebleven om het te vieren: ook Milaan was eindelijk bevrijd, Mussolini was opgepakt en Italië was na meer dan twintig jaar verlost van het fascistische regime. Samen met Raf, de gravin en Alphonso volgde Cara de opmars van de geallieerden en van de partizanen. Ze luisterden naar de radio, lazen de krant die sporadisch weer verscheen – en die de gravin dan wist te onderscheppen – aangezien Florence en daarna de noordelijke steden eindelijk het nazi-juk hadden kunnen afwerpen.

Cara rekte zich uit tussen haar kussens en er speelde een tevreden glimlach om haar mond. Het gefladder in haar buik als van een vlindertje maakte haar nog blijer. Haar baby zou in de nazomer worden geboren en ze stelde zich nu al voor dat ze haar kind verwelkomde in een wereld die weer vol mogelijkheden was. Een wereld die totaal anders was dan die waarin ze het voorafgaande jaar hadden geleefd.

Cara stapte uit bed en liep naar de kaptafel. Ze pakte een van de zilverkleurige borstels die Raf haar als huwelijksgeschenk had gegeven. Ze hadden aan zijn grootmoeder toebehoord en hij verzekerde haar dat zijn geliefde oma haar op handen zou hebben gedragen. De gravin had ze in een doos opgeborgen en achter in de tuin verstopt zodat de nazi's ze niet zouden vinden en had ze tevoorschijn gehaald nadat Raf Cara ten huwelijk had gevraagd.

Cara borstelde haar lange donkere haren en glimlachte omdat ze weer kleur op haar wangen zag. Ze liep naar de kledingkast, trok haar simpele katoenen ochtendjas aan en bond hem dicht om haar middel.

En toen gebeurde het.

Er klonk een oorverdovende knal. De harde slag was dichtbij genoeg om de ruiten te doen rammelen en het hele gebouw op zijn grondvesten te laten schudden.

Cara haastte zich in haar witte ochtendjas de trap af naar de hal en struikelde bijna. Alphonso was ook in de hal en samen renden ze naar buiten de oprit af naar het hek.

Er was een landmijn ontploft op de weg bij de oprit van de villa.

Raf lag op de weg. Naast hem lagen vers geplukte bloemen. Er liep een straaltje bloed uit zijn mond, zijn ogen waren opengesperd en star. In de weg was een enorme krater geslagen, precies op de plek waar Luigi Santino Cara had aangevallen.

Raf bewoog niet.

Cara rende naar hem toe. *'Mio amato,'* probeerde ze te schreeuwen, maar haar stem klonk schor en het kwam eruit als een fluistering.

Hij reageerde niet.

'Mio amato? Alsjeblieft,' fluisterde ze en snikkend omhelsde ze zijn lichaam.

Cara voelde dat een paar zachte armen haar omklemden. De gravin was er, vlak achter haar. Cara stak haar hand naar achteren en pakte de hand van Rafs moeder.

HOOFDSTUK 52

ANNIE

Annie baande zich een weg langs de tafeltjes op het terras. Stelletjes babbelden met elkaar bij kaarslicht en verderop nam de oude dame plaats nadat de ober uitnodigend haar stoel naar achter had geschoven.

Annie stopte bij haar tafeltje. 'Mevrouw Ricci?'

Katarina Ricci slikte de woorden in die ze tot de ober richtte en keek hem vragend aan, alsof ze hoopte dat hij haar zou redden.

Maar de ober, met een wit servet over zijn onderarm gevouwen, verstond zijn vak en trok zich beleefd terug.

'Mevrouw Ricci, zou u ons alstublieft het genoegen gunnen om bij ons te komen zitten?' vroeg Annie enigszins gehaast. Ze had haar vraag gesteld nog voordat de ober wegliep. Ze richtte zich tot hem. 'Kunt u misschien een extra stoel voor de signora bij ons tafeltje aanschuiven?'

Katarina Ricci leek behoorlijk van de wijs gebracht. Ze wapperde met haar handen naar de ober en keek verschrikt.

En daar was het weer. Annies hand vouwde zich om haar telefoon in haar zak. Ze omklemde het ding als een talisman, als een link met het verleden dat tot nu toe zo ongrijpbaar had geleken.

'Nou nee,' stamelde ze. 'Dank je. Ik kom hier om rustig van een maaltijd te genieten. Ik heb echt geen behoefte aan een tafeltje voorin, zo centraal op het terras. Ik zit hier prima.'

Maar u mist zoveel als u zich blijft verstoppen.

Signora Ricci pakte haar servet op, vouwde die open en streek hem glad in haar schoot. 'Een glas prosecco alstublieft,' zei ze tegen de ober.

'Maar natuurlijk,' zei hij beleefd. 'Ik wil natuurlijk met alle liefde een extra plaats indekken aan het tafeltje met uitzicht over de vallei, als u dat wilt.'

Annie knikte hem toe.

Katarina Ricci bleef aan haar servet friemelen, haalde hem van haar schoot en schudde hem uit, terwijl ze schielijk om zich heen keek.

Annie, die nog steeds naast de stoel van de oude dame stond, zocht in haar handtas en haalde de oude, in leer gebonden kantooragenda tevoorschijn die ooit aan Cara Cartazzo had toebehoord. Ze legde hem voorzichtig op tafel.

Katarina Ricci schraapte haar keel en schonk een glas water in uit de fles die op tafel stond.

'Alstublieft, mevrouw Ricci. Wilt u me vergezellen en me wat meer vertellen?'

'Ik weet niets,' zei de oude vrouw, terwijl haar ogen nieuwsgierig over het in leer gebonden boek dansten. Ze bracht het glas water naar haar lippen maar dronk er niet van. Haar handen verfrommelden het servet.

Voorzichtig, terwijl haar eigen handen ook beefden, boog Annie zich naar haar toe en nam het servet uit Katarina's handen. 'Alstublieft, ik bedoel het alleen maar goed.'

De ober kwam eraan met in zijn kielzog een chic stel. 'Dit is het laatste tafeltje dat beschikbaar komt,' zei de ober en hij keek Annie en Katarina met veelbetekenende blik aan.

Het stel drentelde heen en weer, blijkbaar niet gewend om geduldig op iets te moeten wachten. De man keek op zijn horloge en de vrouw zuchtte.

'Zou u wellicht nog gebruik willen maken van het aanbod om vooraan op het terras aan te schuiven?' vroeg de ober aan Katarina. 'Het is geheel aan u, uiteraard. Niets moet.'

Katarina Ricci sloeg haar ogen ten hemel. Ze mompelde iets en schoof haar stoel naar achteren.

Annie begeleidde de oude dame over het terras en had het gevoel alsof ze droomde. Ze had geen idee wat ze zou gaan zeggen, maar ze ging dicht naast Luca aan het tafeltje zitten.

Luca staarde Katarina Ricci alleen maar aan en fronste.

Annie legde Cara Cartazzo's agenda als een talisman op tafel. 'De helft van de bladzijden is eruit gescheurd,' zei ze. 'En dit ligt al tientallen jaren in uw antiquariaat.'

De ober zette een glas prosecco neer voor Katarina Ricci. Ze staarde ernaar, pakte het op en nam een flinke teug.

'Deze agenda stamt uit de tijd dat Cortona werd bevrijd, juli 1944.' Annie leunde op het tafeltje en dempte haar stem. 'Mevrouw Ricci, Luca's moeder heeft ook connecties met Villa Rosa. Haar vader was de tuinman van de villa tijdens de oorlog. De afgelopen dagen heeft ze geprobeerd meer te weten te komen over het verleden en ze hoorde van Ernesto van het dorpscafé dat tientallen lokale pachters en hun familie in de schuilkelder onder uw boekhandel hebben gezeten tijdens de oorlog. Bent u de dochter van de eigenaresse van de boekhandel?' vroeg Annie.

Katarina speelde met de steel van haar glas. 'Nee, ik ben haar schoondochter. Ik ben met haar zoon Nino getrouwd, uiteindelijk.' Ze hief haar kin. 'Maar zijn moeder was erbij tijdens de bevrijding. Ze heeft heel wat mensen uit de vallei het leven gered, samen met –'

Annie pakte haar telefoon en zocht in haar fotogalerij naar de foto die ze had gemaakt van het portret van Evelina Messina in haar slaapkamer in Villa Rosa.

'Vergeef me, mevrouw Ricci, maar u ziet er vanavond zo prachtig uit en de gelijkenis is frappant...'

Annie beet op haar lip, haar kin trilde. Hier kwam het allemaal op aan. Een foto van een mysterieuze gravin, een agenda met een groot aantal pagina's eruit gescheurd. Twee vrouwen uit een zo gedenkwaardige periode dat zelfs haar generatie nog steeds in het duister tastte over wat er precies was gebeurd.

Katarina Ricci richtte zich met grote ogen en veelzeggende blik tot Annie. 'Voordat ik met Nino Ricci trouwde, heette ik Loretta Katarina Messina en, mijn lieve kind, ik wist wie jij was vanaf het eerste moment dat je mijn boekhandel binnenkwam.'

Annie voelde Luca's hand op die van haar. Ze verstomde.

'Mijn moeder was de secretaresse van gravin Evelina Messina. Ze heette Cara Cartazzo en dit is haar agenda. Ze heeft zelf de pagina's eruit gescheurd. Zij en mijn grootmoeder Evelina Messina hebben mij grootgebracht nadat mijn vader Rafaeli in de herfst van 1944 om het leven kwam door een landmijn. Het spijt me. Het spijt me heel erg.' Katarina Ricci's hand beefde toen ze haar glas terugzette.

Annie trilde. Ze leunde naar achteren op haar stoel, niet in staat zich te concentreren, de groene vallei die voor haar uitgestrekt lag was in nevels gehuld.

'Annie, mijn grootmoeder was helemaal kapot toen ze haar jongste zoon verloor. Hij was het enige familielid dat ze nog had en na de oorlog trok ze zich terug als een kluizenaar. Jammer genoeg is mijn moeder, Cara, ook een soort kluizenaar geworden, overmand door verdriet om het plotselinge verlies van haar man, mijn vader Rafaeli. Mijn moeder kwam zelden nog buiten het hek van de villa. Dus zo konden er ook roddels ontstaan over wier kind ik was, waar mijn grootmoeder nooit op inging. Ze zei altijd dat ze erboven stond. Ze was nogal koppig en weigerde absoluut te reageren op roddel en achterklap.'

'Ik begrijp het,' zei Annie buiten adem.

Katarina sloeg haar ogen neer. 'Maar ik moet je helaas bekennen dat het geroddel voor mij heel naar was en veel invloed op mijn leven heeft gehad, zo veel dat ik het gevoel had nooit een plek te krijgen in deze gemeenschap. Gezinnen waren altijd terughoudend en op hun hoede als ze met mij te maken hadden en toen ik een tiener was, gingen mijn leeftijdgenoten zo ver dat ik gepest werd en uitgescholden. Misschien kwam het omdat ik blond was, net als mijn oma, en niet op mijn moeder Cara leek. Ik had altijd het gevoel alsof ik op de verkeerde plek was geboren, dat ik het niet verdiende opgenomen te worden in de vallei... Als mijn moeder niet zwanger was geweest van mij, dan was mijn vader nooit 's ochtends vroeg, terwijl zij nog uitsliep, naar buiten gegaan en de weg op gelopen, om veldbloemen voor haar te plukken.'

Katarina pakte een tissue uit haar tas en snoot haar neus.

Annie keek even naar Luca. *Nu weten we eindelijk hoe het zit...*

'Mijn moeder bleef in Villa Rosa wonen en gravin Evelina, haar schoonmoeder, stond erop dat ze mij samen zouden grootbrengen. Dat deden ze zonder veel woorden. Mijn oma weigerde namelijk nog over de oorlog te praten nadat ze twee zoons had verloren. Maar ik moest de roddels aanhoren. Mijn hele leven lang. Ik wilde jou daar niet aan blootstellen.'

Annie knikte. Ze wist niet hoe ze moest reageren.

'Het spijt me, maar het was zo'n akelige, droevige tijd. Na mijn vaders dood verliet Alphonso, onze tuinman, Villa Rosa. Hij had mijn vader Rafaeli altijd op handen gedragen en zou hem nooit meer zien. Mijn moeder Cara sprak altijd met zo veel respect en bewondering over hem.' Katarina lachte dapper naar Luca.

Precies op dat moment arriveerde Emilia, die stilletjes op de stoel naast Katarina schoof. Annie keek even naar Luca; hij hield zijn telefoon omhoog. Hij had zijn moeder in het hotel vlakbij een berichtje gestuurd en gezegd dat ze naar hen toe moest komen.

Annie staarde roerloos voor zich uit...

'In de oorlog heeft mijn grootmoeder, de gravin, als spion voor de geallieerden gewerkt,' vervolgde Katarina. 'De Britse regering wilde dat ze informatie doorsluisde over de ware aard, doelen, idealen en principes van het fascisme in Italië en over de plannen en activiteiten van de Duitse bezetter in Italië. Ze ging akkoord met het plan om een verhouding aan te gaan met een nazikopstuk om hem zo de informatie te ontfutselen die de geallieerden nodig hadden. Alles wat Bruno Klein haar vertelde, gaf ze door aan de Britten. Maar... het gerucht ging dat ze zwanger raakte van hem. Een gemene roddel die een eigen leven ging leiden, namelijk dat ze een kind van hem had.'

'Sandro's grootvader Nicolas heeft Italië verlaten na een conflict met zijn moeder over haar fascistische voorkeuren,' zei Annie. 'Sandro is onvermurwbaar in zijn overtuiging dat hij de enige rechtmatige eigenaar is van de villa en dat het eigenaarschap van de oudste zoon en stamhouder van gravin Evelina, Nicolas, moet worden doorgegeven aan hem, Sandro.'

Katarina schudde haar hoofd. 'Dat is de aantrekkelijkste versie van het verhaal voor Sandro, mijn lieve,' zei ze. 'Maar om je de waarheid te vertellen was het juist Nicolas die fascistische sympathieën koesterde, niet zijn moeder. Ze ging met hém het conflict aan, niet andersom. En toen is hij vertrokken.'

Annie leunde naar achteren op haar stoel.

'Annie, het spijt me dat dit zo veel invloed op jouw leven heeft gehad. Ik wilde je beschermen tegen dit alles, begrijp je? Ik wilde dat je een onbezorgde jeugd had. Niet een jeugd die bezoedeld zou zijn door de oorlog.' Katarina veegde een verdwaalde traan van haar wang. 'Maar door mijn toedoen is alles in het honderd gelopen. Had je een gelukkige jeugd, Annie?'

Annie trok aarzelend haar hand onder die van Luca vandaan. Ze was van haar stuk gebracht. 'Ik... waarom heb je me niet verteld wie je was toen ik het antiquariaat binnenliep?'

Katarina sloeg beschaamd haar hand voor haar mond. 'Het was te veel... sorry.' Haar adem stokte.

'Dus Nicolas was degene met fascistische sympathieën, niet de gravin?' vroeg Emilia op zachte toon.

Annie was blij met Emilia's afleidingsmanoeuvre.

Katarina knikte. Haar kin beefde. 'Nicolas kreeg aan het begin van de oorlog ruzie met zijn moeder en verhuisde naar Venetië, waar de familie van de gravin een palazzo bezat aan het Canal Grande. Na de oorlog verhuisde hij naar de Verenigde Staten en werd hij een succesvol zakenman. Hij heeft nooit meer contact gezocht met zijn moeder. Zelfs niet nadat mijn vader Rafaeli werd gedood... Ik denk dat Nicolas de geruchten bevestigde dat zijn moeder een kind had van een nazikopstuk en dat hij daarmee voor zichzelf rechtvaardigde dat hij haar de rug had toegekeerd.'

Annie bracht vol afgrijzen haar hand naar haar mond. Ze was in tweestrijd. Ze voelde zich verscheurd door het feit dat de vrouw tegenover haar nooit contact met haar had opgenomen en dat ze de moeder was die Annie nooit gekend had.

'Sandro is niet de rechtmatige erfgenaam van de villa,' zei Katarina. Ze hief haar kin en richtte zich vol respect tot Annie. 'Jij bent de rechtmatige eigenaresse van de villa, Annie. De gravin heeft mij erfgenaam gemaakt. Maar,' ze schudde droevig haar hoofd, 'ik voel me veel meer op mijn plek in het antiquariaat van mijn overleden echtgenoot. Ik was dol op hem. Ik heb hem helaas pas op latere leeftijd ontmoet, toen ik al achter in de vijftig was.'

'Dus de eigenaar van de boekhandel is niet de vader van Annie?' vroeg Emilia. 'Vergeef me, ik kwam pas later bij dit gesprek.'

'Toen mijn grootmoeder stierf, was ik stuk van verdriet,' zei Katarina. 'Ik was zo verknocht aan haar en had mijn hele leven in de villa gewoond. Ik besloot te gaan reizen na haar dood. Ik moest voor mijn gevoel een poosje weg uit Italië. Afstand nemen van de gruwelijke roddels waar ze zelfs na haar overlijden nog mee bestookt werd.' Katarina schudde haar hoofd.

'Soms is afstand nemen de enige manier om ermee om te leren gaan,' zei Emilia.

Annie zat stil voor zich uit te staren, plotseling overmand door vermoeidheid.

Katarina knikte. 'Ik ben naar Californië gegaan en heb gesolliciteerd in een boekhandel in San Francisco en er een paar maanden gewerkt. Ik kwam daar een uiterst aimabele man tegen, een vaste klant die altijd op zoek was naar boeken over architectuur.'

Annies handen beefden niet meer, maar haar hart klopte hevig.

Katarina veegde haar ogen af, en haar stem klonk onvast. 'Oscar Reynolds was een charmante, aardige man. Ik hield veel van hem. Hij was architect.'

'Papa,' fluisterde Annie. *Papa.*

Katarina knikte, ze ademde diep in en vervolgde haar verhaal. 'Oscars vrouw, Valerie, kreeg de diagnose terminale kanker. Hij was er helemaal ondersteboven van, net zo diepbedroefd als ik was over het verlies van mijn grootmoeder. We waren beiden in de rouw en begonnen regelmatig af te spreken.' Katarina sloeg haar ogen neer. 'Ik ben bang dat het een beetje uit de hand is gelopen en toen ik ontdekte dat ik zwanger was...' Ze schudde haar hoofd. 'Ik was niet in staat om een kind groot te brengen. Ik was al halverwege de veertig en was ervan overtuigd dat het kind een saai en eentonig leven bij mij zou hebben. Ik vond ook dat ik het moederschap niet waard was. De familie Messina zat bovendien niet te wachten op nog meer schandalen. Dus ben ik teruggekeerd naar Italië nadat ik van jou was bevallen en ben ik bij mijn moeder Cara gaan wonen in Villa Rosa, totdat zij naar Florence verhuisde om in een verzorgingstehuis te gaan wonen... mijn moeder hield meer van de villa dan ik. Het voelde ook altijd als haar thuis en dat van de gravin. Niet als mijn thuis. Nadat mijn moeder naar het tehuis in Florence was verhuisd, voelde Villa Rosa niet meer hetzelfde voor mij. Ik kon er niet meer wonen, dus heb ik het aan jou nagelaten. Ik heb Oscar een brief geschreven waarin ik hem dit officieel heb meegedeeld. Het was het minste wat ik kon doen.'

Annie legde haar hand op haar mond. Al die tijd had ze gedacht dat haar moeder, Valerie, dood was, maar ondertussen was haar biologische moeder er altijd geweest, hier in Italië. Misschien zou ze nooit echt snappen waarom Katarina geen contact met haar had gezocht, en misschien zou ze ook nooit echt de complexiteit van de Tweede Wereldoorlog begrijpen. Ze vond Nicolas moeilijk te begrijpen, evenals Sandro, maar zou Villa Rosa nu echt een nieuwe kans krijgen, nieuw leven ingeblazen krijgen, een leven dat zelfs beter en mooier was dan voor de oorlog?

'Misschien kwam het omdat mijn grootmoeder nooit het gerucht de kop in heeft gedrukt dat ik haar kind zou zijn, geboren uit haar verhouding met een nazi. En zo ging dat een eigen leven leiden in het dorp zonder dat het werd tegengesproken... Toen ze stierf en haar beschermende rol wegviel, voelde ik me er alleen in staan... in die valse identiteit... dus vertrok ik naar Cortona, ging in de boekhandel werken en werd uiteindelijk verliefd op de eigenaar – maar heel anders dan ik van Oscar heb gehouden – en ik heb nooit meer in het dorp gewoond. Ik heb het verleden weggestopt en met rust gelaten. Ik vroeg me wel af of jij zou besluiten hiernaartoe te komen.'

Annie zweeg. Het had haar geschokt hoe ze zich gevoeld had toen papa overleed. Het had ook een onmogelijkheid geleken dat zij zijn dochter niet was. Nu wist ze dat ze dat wél was. En de gravin was haar overgrootmoeder. De vrouw die zo dapper was geweest te spioneren voor de geallieerden en weigerde de geruchten tegen te spreken die er de rest van haar leven rondgingen. Geruchten die aangewakkerd werden door haar eigen zoon Nicolas, door haar kleinzoon en door Sandro, haar achterkleinzoon!

'Ik kan je verzekeren dat mijn moeder Cara, jouw vader, Alphonso, op een voetstuk had,' zei Katarina Ricci tegen Emilia. 'Ze zei altijd dat hij fantastisch was.'

'Hij moet heel dicht bij jouw ouders hebben gestaan, Cara en Rafaeli. Misschien zag hij zichzelf als een soort vader voor hen. Hij was altijd al een geweldige lieve man,' zei Emilia.

Annie wist Luca sterk en zelfverzekerd naast zich en voelde het vertrouwen dat haar grootmoeder, Cara, in zijn grootvader moest hebben gehad, de tuinman. De warmte die Emilia en Katarina uitstraalden maakten het cirkeltje om haar heen rond en ze was niet langer alleen. Er was nog veel dat ze wilde uitzoeken, maar dat ze de waarheid had leren kennen was een sterk begin.

Katarina legde een hand op Annies schouder. 'De villa is van jou. Ik zal met Sandro praten en hem de waarheid vertellen. Het moment is aangebroken, dat weet ik. Je hebt geen nazibloed, Annie. Verre van. En ik ben meer dan verrukt dat Alphonso's kleinzoon na al die jaren is teruggekomen.'

'Welkom thuis jullie allebei,' zei Emilia. 'Annie en Luca.'

Annie draaide zich naar Luca en voelde zijn hartverwarmende, lieve blik en ook nog iets anders. Ze wist wat het was. Na al die tijd was er weer hoop. De vallei strekte zich onder hen uit, vredig en rustig, en op het terras flonkerden de lichtjes onder de sterrenhemel.

Luca strekte zijn arm naar haar uit en legde zijn hand in die van haar.

EEN BRIEF VAN ELLA CAREY

Ik wil je enorm bedanken dat je je keuze op *Een Italiaans geheim* hebt laten vallen. Als je het boek de moeite waard vond om te lezen en op de hoogte wilt blijven van mijn nieuwste publicaties, meld je dan aan via de link hierna. Je e-mailadres zal nooit met anderen worden gedeeld en je kunt je altijd weer afmelden.

www.bookouture.com/ella-carey

Een Italiaans geheim is mijn twaalfde roman. Ik heb het gevoel dat de cirkel rond is: een dozijn boeken, een dozijn verhalen. Dit boek herinnert me aan mijn eerste roman *Paris Time Capsule,* dat zich ook afspeelt in een oud, verlaten pand. Ik ben lang gefascineerd geweest door betoverende oude huizen. Zodra ik er binnenkom, begint mijn fantasie te werken en stel ik me voor wat er allemaal is gebeurd. Al die mensen, al hun verhalen...

Ik herinner me de eerste keer dat ik dit gevoel had. Ik was acht jaar en we kregen een rondleiding door een oud huis in Nieuw-Zeeland. Onze gids vroeg of er iemand graag een stukje op de vleugel wilde spelen, die Olveston heette. Mijn vader wees naar mij en ik speelde een Slavisch marsmuziekje. Dat kan ik me tot op de dag van vandaag herinneren!

Maar er is nog een aspect aan dit boek dat diep met mij verbonden is. Onlangs kreeg ik de gelegenheid om mijn vaders dagboeken uit de Tweede Wereldoorlog te lezen. Zoals velen van jullie weten die *The*

Paris Maid hebben gelezen, was mijn vader in de Tweede Wereldoorlog piloot bij de RAAF (the Royal Australian Air Force), die parachutisten dropte boven Frankrijk. Zijn dagboeken werden in een ander familiearchief bewaard en toen ik daar onlangs op bezoek was, kreeg ik eindelijk de kans ze te lezen. Maar er was iets mee... meerdere pagina's waren er zorgvuldig uitgescheurd en ik weet niet wie dat gedaan heeft. Mijn moeder? Dat zou kunnen. Ik vroeg me af of deze mensen wisten wat voor soort boeken ik zou schrijven! Maar hij was een getalenteerd schrijver en zijn beschrijvingen van Londen zijn echt prachtig. Ik kijk ernaar uit om meer van hem te lezen. Ik heb foto's van deze dagboeken op mijn Facebookpagina gedeeld en je mag er absoluut een kijkje nemen als je dat leuk vindt.

Ik hoop dat je *Een Italiaans geheim* mooi vond en zou je heel dankbaar zijn als je een review wilt schrijven. Ik ben heel benieuwd wat jij ervan vindt en nieuwe lezers zullen zo eerder gestimuleerd worden om een boek van mij te gaan lezen.

Ik hoor graag van mijn lezers: je kunt contact met me leggen via Facebook, x, Goodreads of mijn website.

Dank,
Ella x

www.ellacarey.com
Facebook: ellacareyauthor
x: Ella_Carey

DANKWOORD

Mijn grootste dank gaat uit naar mijn redacteur, Maisie Lawrence, voor het vele werk dat je verzet hebt en je toewijding om dit boek tot stand te brengen. Dank je wel dat je het verhaal met me doorgenomen hebt, voor je briljante redactionele suggesties, en voor je begeleiding bij mijn romans. Bedankt iedereen bij Bookouture, vooral mijn bureauredacteur Jade Craddock, corrector Anne O'Brien en Sarah Hardy voor haar geweldige werk rondom de publiciteit van het boek. Dank aan Debbie Clement voor het prachtige boekomslag en dank aan het marketingteam, met name Melanie Price en aan Mandy Kullar voor het coördineren van het persklaar maken, het corrigeren en de definitieve afronding. Dank aan mijn familie en vrienden, vooral aan een van mijn oudste vriendinnen Kelli Jones. Deze is voor jou. Dank aan mijn lezers en aan de bloggers en recensieschrijvers voor de tijd die je gestoken hebt in het lezen en recenseren van mijn werk. Ik ben jullie zeer erkentelijk en waardeer het enorm.

Heb je genoten van dit boek?

Laat dan een review achter op de site van de winkel waar je het gekocht hebt, of op een lezerscommunity als Hebban.nl. Dat helpt andere lezers dit boek ook te vinden.